त्रिखंडिता

त्रिखंडिता

रंजना जायसवाल

वाणी प्रकाशन

वाणी प्रकाशन
4695, 21-ए, दरियागंज, नयी दिल्ली 110 002

शाखा

अशोक राजपथ, पटना 800 004

फ़ोन : +91 11 23273167 फ़ैक्स : +91 11 23275710

www.vaniprakashan.in
vaniprakashan@gmail.com
sales@vaniprakashan.in

TRIKHANDITA
by Ranjana Jaisawal

ISBN : 978-93-5229-625-5
Novel

प्रथम संस्करण 2017
आवृत्ति 2018
मूल्य : ₹ 295

सिटी प्रेस, दिल्ली-110 095 में मुद्रित

वाणी प्रकाशन का लोगो मक़बूल फ़िदा हुसेन की कूची से

भूमिका

ज़िन्दगी राजनीति प्रेरित है और यह राजनीति सत्ता की राजनीति है, जो चारों तरफ व्याप्त है। परिवार हो या पास-पड़ोस। राज्य या समाज। प्रदेश या देश। गाँव या क़स्बा। साहित्य या कला। थियेटर या फ़िल्म। पुरस्कार या सम्मान। नियम या कानून। स्त्री हो या पुरुष। प्रेम या विवाह। अपने या पराये। रिश्ते या नाते। हर जगह एक जबर्दस्त राजनीति है। शह और मात की राजनीति। दिल की जगह दिमाग की राजनीति। जीत उसी की जो कूटनीतिज्ञ, दुनियादार, बहुरूपिया, ड्रामेबाज। सफल वही जो इस राजनीति की नब्ज़ समझ गया। वरना सारी संवेदना, भावना, अच्छाई, सच्चाई के बावजूद भी फ्लॉप। सबसे बड़ी बात ज़िन्दगी की राजनीति बड़ी ही सूक्ष्म होती है, दिखाई नहीं पड़ती। कुछ लोग तो जीवन के अन्तिम क्षणों तक इसे नहीं समझ पाते, कुछ सब कुछ खत्म होने के बाद समझते हैं। कुछ उसी में घुल-मिल जाते हैं, कुछ झींकते-पछताते हैं, पर कुछ कर नहीं पाते हैं। कुछ ऐसे भी बदनसीब हैं जो कलम उठाते हैं और फ्लॉप लेखक बन जाते हैं।

जब स्त्री पुरुष के लिए नियम निर्धारित करना था, तब हमारे नियम-निर्धारक

इसी राजनीति से प्रभावित थे। जिसका खमियाजा आज भी स्त्री भुगत रही है। धर्म भी राजनीति से मुक्त कहाँ है? वरना इस इक्कीसवीं सदी में भी धर्म को लेकर युद्ध की स्थिति नहीं बनती। स्वार्थ, नफरत, ईर्ष्या, भेद-भाव, हिंसा और अभिमान इस राजनीति की पहचान है। इसके शिकार हर युग में अच्छे और सच्चे लोग रहे, आज भी हैं। यह वही राजनीति है जो बच्चों, किशोरों, युवाओं और प्रौढ़ों तक को विभक्त मानसिकता और दुहरे व्यक्तित्व वाला बना रही है। यह वह बीमारी है, जो परम्परा से सबकी रगों में पैबस्त है। आदमी जान ही नहीं पाता कि वह इस लाइलाज बीमारी से ग्रस्त है। वह समझ ही नहीं पाता कि क्यों दूसरों को दुख देकर, सताकर या शोषण कर उसे आत्मतुष्टि मिल रही है? कभी-कभी तो वह हैरान हो जाता है कि उसने ही यह अकरणीय कर्म किया है। विकृति उसके दिल-दिमाग का इस तरह हिस्सा बन जाती है कि वह अपराध पर अपराध करता चला जाता है, जाने भी अनजाने भी और फिर पूरी उम्र खुद को सही साबित करने में निकाल देता है। अपनी आत्मा को वह पहले ही मार देता है, क्योंकि वही उसे रोकती है और बाद में प्रायश्चित्त करने को कहती है। कभी किसी को ख़ुद को गलत कहते हुए नहीं देखे जाने के पीछे यही राजनीति है। आदमी हमेशा दूसरों को दोष देता है। खुद को सही साबित करने के लिए भी राजनीति करता है और दूसरों को गलत साबित करने के लिए भी। दुखद यही है कि वह इन बेकार के कार्यों में अपने कीमती मस्तिष्क का एक महत्त्वपूर्ण हिस्सा इस्तेमाल करता है जो रचनात्मक हो सकता है, जो राजनीति की सूक्ष्मता को पहचान कर उससे मानवता को बचाने का प्रयास कर सकता है।

हर जगह मौजूद इसी राजनीति की थोड़ी समझ ने मुझे यह उपन्यास लिखने को प्रेरित किया है। अलग-अलग कहानी से लगने वाले अध्यायों में इसी राजनीति की एकरूपता है। उम्मीद है पाठक इसे पकड़ पायेंगे।

इस उपन्यास का शीर्षक 'त्रिखंडिता' है। जिसमें मुख्यतः तीन स्त्रियों अनामा, श्यामा और रमा की कथा है पर तीन खंडों में बँटने के बावजूद यह एक ही स्त्री की कथा है जिसमें पूरी स्त्री जाति की व्यथा शामिल हो गयी है—

'निदा फ़ाज़ली' के शब्दों में कहूँ तो—

छोटा लगता था अफ़साना
मैंने तेरी बात बढ़ा दी
सोचने बैठे जब भी उसको
अपनी ही तस्वीर बना दी।

—रंजना जायसवाल

प्रारम्भ

दिसम्बर की कड़कड़ाती ठंड के कारण कालोनी के लोग शाम से ही अपने घरों में बन्द हैं। चारों तरफ सन्नाटा छाया हुआ है पर रमा को नींद नहीं आ रही है। वह सोच रही है कि अब तो वर्ष 2015 भी अपनी अन्तिम साँसें ले रहा है। कितना सबल रहा यह पूरा साल। बहुत कुछ गुजरा इसके शासन काल में। खट्टी और कड़वी यादें ज्यादा देकर जा रहा है यह। इस वर्ष कई विभूतियों, साहित्यकारों, विद्वानों ने देह-त्याग किया। भूकम्प आया। माँ चली गयी। और भी कई हादसे हुए। देश में कभी पुरस्कार वापसी तो कभी असहिष्णुता के नाम पर हंगामा बरपता रहा। राजनीतिक उथल-पुथल तो खैर हर वर्ष की बात है।

रमा को अब हर घटना जीवन की नश्वरता का बोध कराने लगी है। जीवन की समीक्षा के लिए उकसाने लगी है। वैसे भी उम्र के पचासवें शिशिर में स्त्री वैराग्य की ओर मुड़ जाये तो क्या आश्चर्य? तो क्या सच ही संसार से उसका मोह भंग हो रहा है? वह खुद को टटोलती है तो कोई सन्तोषजनक उत्तर नहीं पाती। इतना तो लगता है कि वह बदल गयी है। बहुत कुछ परिवर्तित हुआ है

उसमें। देह-मन-भावना सभी स्तरों पर। पर यह अवसाद भी हो सकता है। माँ की मृत्यु ने उसे हिला दिया है। अब हर रात उसे अपनी मृत्यु का आभास होता है। जैसे वह एकाएक बूढ़ी हो गयी हो। माँ थी तो वह खुद में कितनी ऊर्जा शक्ति और यौवन पाती थी। मृत्यु के बारे में तो कभी सोचती ही नहीं थी, पर माँ अपने साथ उसकी सारी खुशी, सारी जिजीविषा लेकर चली गयी। अब तो वह जैसे मौत के साये में जिन्दगी को जी रही है। काम करने की मजबूरी है, इसलिए काम किये जा रही है। एक-सी दिनचर्या, एक-रस-सी जिन्दगी। इस समय अगर उसके साथ कोई होता तो शायद वह इतनी नीरस ज़िन्दगी नहीं जीती, पर उसकी किस्मत में कहाँ किसी का साथ लिखा है? शायद उसमें ही कोई कमी थी कि वह अकेली रह गयी या शायद वह इस दुनिया के लिए बनी ही नहीं थी। वह जीवन भर किस्मत से लड़ती रही पर कहाँ जीत पायी उससे? पर हार भी तो नहीं मानी है। हार न मानना जीत से कम नहीं होता। अपने अस्तित्व के लिए, अपनी पहचान के लिए वह जीवन भर संघर्ष करती रही, लड़ती रही तो योद्धा तो हुई ही।

'तुम्हारा जीवन एक बृहद् उपन्यास है।' कभी किसी ने उससे कहा था। आज वह सोचती है कितना सत्य कहा था। सचमुच उसका जीवन एक उपन्यास बन गया है जिसके कई अध्याय हैं।' हर अध्याय अपने आप में एक पूरा जीवन है। अध्याय के पात्र अलग हैं उनकी परिस्थितियाँ अलग हैं पर सभी अध्यायों की नायिका वही है। लगभग एक-सी पीड़ा की भोक्ता। एक-सी नियति की शिकार। वही अकेली लड़ती स्त्री। जब भी वह अपने अतीत की ओर देखती है, देखती रह जाती है। क्या यह उसी का जीवन था? एक जीवन में कितना जीवन जीती रही है वह? क्या उसने ही यह सब भोगा है? एक जीवन से दूसरे जीवन में प्रवेश आसान तो नहीं होता। पुरानी देह छोड़नी पड़ती है, नयी देह में प्रवेश करना पड़ता है। हर जीवन से स्मृतियाँ जुड़ी होती हैं- खट्टी, मिट्ठी, कड़वी, कषाय। जो अचेतन से चेतन में आकर तड़पाती हैं, क्योंकि मन आत्मा तो वही रहती है देह बदलने से बदल थोड़े जाती है? अपनी आत्मा पर कितने आघात झेलती रही है वह? जीवन में सब कुछ लुटाकर भी वह कुछ न पा सकी। पाया तो अकेलापन, दर्द, लांछन। बचपन में उसका हाथ देखकर एक ज्योतिष ने कहा था—'अजीब हैं इस लड़की के हाथ की लकीरें। सब कुछ होगा पर इसका कुछ नहीं होगा।' सच ही जीवन में कुछ तो नहीं मिला उसे। जो मिला भी कहाँ रहा उसका? वह सबकी थी, पर उसका कोई नहीं हुआ। आज उसके जीवन से जुड़े हर शख़्स के पास सब कुछ है। पर उसके पास कुछ नहीं। दुनिया के सामने वह एक छद्म जीवन जीती है। सच को सच नहीं कह पाती।

अकेलेपन को भरने के लिए उसने क्या-क्या नहीं किया? फिर भी अकेली रह गयी। जब भी उसने सामान्य जीवन की आकांक्षा की, जरा भी असावधान हुई या विश्राम लिया वहीं फँसी, वहीं उसके जीवन में नये पन्ने जुड़े। शोषित हुई। कुछ और पीड़ा हिस्से में आयी।

अब उम्र के इस पड़ाव पर उसे मान ही लेना चाहिए कि अकेलापन उसकी नियति है पर देख रही है। जाने कितने पन्ने फड़फड़ा रहे हैं, उसके उपन्यास का पृष्ठ बनने के लिए। क्या रोक पायेगी वह उन्हें जुड़ने से? जीवन अभी शेष है तो उपन्यास पूरा कैसे हो सकता है?

अनामा की डायरी

रमा 'एक अनाम अकेली स्त्री' की डायरी के पन्ने पलट रही है। यह डायरी उसे फुटपाथ पर बिकने वाली पुस्तकों के ढेर में मिली थी। शीर्षक ने प्रभावित किया तो ले लिया था। डायरी नयी थी। समय-समय पर लिखी डायरी के पन्नों से उस स्त्री के मनोभाव झाँक रहे थे। डायरी पढ़ कर रमा को लगने लगा है कि यह हर अकेली स्त्री की व्यथा है, उसकी भी।

5 जनवरी

कभी-कभी मेरा क्रोध चरम पर होता है। मुझे सब पर गुस्सा आता है। अपने आप पर भी! लोगों का स्वार्थी रूप मुझे पीड़ित करता है। अपने आप को कोसती हूँ कि क्यों ऐसे लोगों से मैं रिश्ते रखती है? पर मैं करूँ भी तो क्या? इन्सान अकेले ना तो जी सकता है, ना हर काम कर सकता है। कभी न कभी किसी ना किसी की जरूरत आन ही पड़ती है। मुझे झुकना पड़ता है ऐसे वक्त! मीठे बोल बोलने पड़ते हैं, ताकि किसी तरह वह जरूरी काम पूरा हो सके, पर लोग

भी कम चालाक नहीं होते। समझते हैं कि जब तक काम है मैडम सीधी हैं। वे जरा-सा हाथ आगे बढ़ाएँगे, तो टेढ़ी हो जायेंगी। मुझे उनकी इस सोच पर गुस्सा आता है—'तो क्या मैं सबके साथ...छीः!' समाज परस्पर सहयोग से चलता है। मैं किसी का सहयोग चाहती हूँ तो क्या अपनी इज्जत उछालती फिरूँ? कैसे लोग हैं! क्या मेरे शहर में ही ऐसे लोग हैं या संसार में हर जगह के लोगों की स्त्री के प्रति यही सोच है! मैंने तो अपने अनुभव से यही जाना है कि यह मर्दों की दुनिया है। एक मर्द दूसरे मर्द की बात सुनता है, उसका सहयोग करता है। औरत अगर मर्द के समकक्ष है, तब भी उसे अपना काम कराने के लिए मर्द की जरूरत पड़ती है। और मर्द मदद के बदले स्त्री से सिर्फ सम्मान ही नहीं चाहता, उसकी देह भी चाहता है। जो देह नहीं चाहता, वह मदद भी नहीं करता। मर्द चाहे सोलह वर्ष का किशोर हो या सत्तर साल का बूढ़ा। उसकी स्त्री के प्रति सोच एक-सी है। यह सोच पढ़-अपढ़, सम्पन्न-विपन्न सबमें समान रूप से विद्यमान है। मैं सोचती हूँ कि यदि स्त्रियाँ ही एक-दूसरे का सहयोग करना शुरू कर दें, तो शायद मर्दों का वर्चस्व कम हो जाये, पर ज़्यादातर स्त्रियाँ अपने घर या बाहर किसी न किसी मर्द की गिरफ्त में हैं। जो आजाद हैं। उनके पास ना तो वक्त है, ना सहयोग करने की भावना।

मधुमिता और अनुराधा बाली जैसी स्त्रियों के बारे में जब मैं सोचती हूँ तो उनके प्रति सहानुभूति से भर जाती हूँ। समाज कहता है कि उन्होंने स्वार्थ के लिए विवाहित सत्ताधारी पुरुष का साथ करके गलत किया। पर क्या करें उन जैसी स्त्रियाँ। जब समाज का हर पुरुष उन्हें नोच खाने को तैयार बैठा हो। जब हर कदम पर उन्हें समझौते पर मजबूर किया जाता हो, ऐसे समय उनके पास दो ही विकल्प होते हैं या तो वे अपनी महत्वाकांक्षा का परित्याग कर एक आम स्त्री की तरह पारम्परिक जीवन जिएँ, या फिर समझौता करके सफल स्त्री बनें। तीसरा कोई विकल्प है क्या!! लोग जिन सफल स्त्रियों के नाम गिनाते हैं उनके पीछे कोई ना कोई पुरुष जरूर है। हाँ, उनसे रिश्ते अलग-अलग हो सकते हैं। पर बिना मर्द का सहारा लिए इस मर्दों की दुनिया में कोई भी आम स्त्री सफल नहीं हो सकती। मर्द पिता-भाई, पति-पुत्र, दोस्त-प्रेमी किसी भी रूप में हो सकता है, पर जरूरी है। मैं अक्सर सोचती हूँ कि आखिर अपनी सारी प्रतिभा के बावजूद मैं क्यों एक साधारण जीवन जी रही हूँ? क्यों उस हद तक सफल नहीं हूँ? जबकि मुझसे कमतर स्त्रियाँ सुख-वैभव पूर्ण सफल जीवन जी रही हैं। कारण मुझे पता है। मैं अपनी आत्मा से समझौता नहीं कर पाती। प्रेम का नाट्य मुझसे नहीं होता। मैं अनिच्छित पुरुष को नहीं सह सकती। मुझे उबकाई आने लगती है जब

युवा, सुन्दर स्त्रियों को धनाढ्य घृणित बूढ़ों या ऐयाश पुरुषों से सम्बन्ध बनाते देखती हूँ। उस वक्त मैं सोचती हूँ कि ऐसे घृणित पुरुष जब उस स्त्री को छूते होंगे तो क्या उसे लिजलिजा-सा अहसास नहीं होता होगा?

5 फरवरी

मैं कभी नहीं चाहती थी कि किसी को मेरे कारण दुःख पहुँचे, पर अपना चाहना हमेशा पूरा तो नहीं होता। मुझे आश्चर्य होता है कि मेरे जैसी सरल, सहृदय, निश्छल स्त्री से इतने सारे लोगों को दुःख पहुँचा? क्या मैंने कभी भी ऐसा चाहा था? अब स्थिति यह है कि चारों तरफ मेरे आलोचक ही हैं। जब कभी मैं आत्ममंथन से गुजरती हूँ तो इन सबका कारण यह पाती हूँ कि मैं अपनी मर्जी से सुकून भरा जीवन चाहती थी। पुरुष का प्रेम मेरी प्राथमिकता थी, जो मुझे कभी नहीं मिला। आखिर क्यों? मैं अति सुन्दर तो नहीं, पर आकर्षक हूँ। मुझमें संवेदना और करुणा है। फिर क्यों?

यह कहना झूठ होगा कि मेरे जीवन में पुरुष नहीं आये। कई आये पर टिके नहीं। कारण यही था कि वे मुझसे प्रेम नहीं करते थे, बस मुझे हासिल करना चाहते थे। मेरे शरीर ही नहीं, दिल-दिमाग को भी। वे मुझ पर हावी होकर मुझे एक आम स्त्री बना देना चाहते थे। पुरुष की मुहताज स्त्री! परतन्त्र स्त्री! पारम्परिक स्त्री! पर मैं आम स्त्री से अलग थी। मैं प्रेमहीन सम्बन्धों का निर्वाह नहीं कर सकती थी। इसलिए आखिर में मैं अकेली पड़ जाती थी। और आज मैं पूर्णतया अकेली हूँ। एक भी पुरुष मेरे करीब नहीं। मैं किसी के प्यार में नहीं हूँ। मुझे अब तक एक भी ऐसा पुरुष नहीं मिला, जिससे मैं आत्मा से प्यार करूँ। मैं सोचती हूँ कि क्या संसार में एक भी सच्चा पुरुष नहीं? होगा तो जरूर, पर मेरी बदकिस्मती कि मेरे जीवन में सिर्फ ढ़ोंगी, बनावटी, दंभी, स्वार्थी, बदनीयत व पौरुषहीन पुरुष ही आये। कहते हैं इन्सान को वही नहीं मिलता, जिसकी चाहत उसे सबसे ज्यादा होती है। मेरे साथ भी यही हुआ। शायद पुरुष का प्यार मेरी किस्मत में नहीं है। चलो प्रेमी नहीं मिला, पर क्या एक अच्छा मित्र भी नहीं मिल सकता था? कहने को तो मेरे कई सारे मित्र हैं, पर कोई भी मुझे व्यक्ति नहीं समझता। सब मुझे स्त्री ही समझते हैं...एक अकेली स्त्री! और हमेशा इस प्रयास में रहते हैं कि मेरे अन्दर की स्त्री कमजोर पड़े और कुछ पल को ही सही, उनकी बाँहों में शरण ले। मेरी दूसरी समस्याओं को वे न केवल अनदेखा करते हैं, बल्कि उन्हें मेरे स्वयं द्वारा उत्पादित समझते हैं। मैं अकेली ही जूझती रहती हूँ।

5 मार्च

मर्द प्रगतिशीलता का कितना भी दावा कर ले पर प्रगतिशील नहीं हो पाता। इसी कारण बोल्ड छवि स्त्री के लिए जी का जंजाल बन जाती है। स्त्री का बोल्ड होना पुरुषों के लिए स्वछंद होना है। स्वछंद यानी हर वर्जना से मुक्त, यहाँ तक सोचना तो फिर भी गनीमत है, पर उसे 'सुलभ' मान लेना कहाँ का न्याय है? मैंने इस अन्याय को इतनी बार सहा है कि मुझे पुरुष जाति से नफरत होने लगी है। ऐसी मानसिकता वाले पुरुष हर उम्र, जाति, धर्म, प्रदेश, पद पर मिल जाते हैं। गाँव, कस्बे, शहर का भी भेद नहीं। शिक्षित-अशिक्षित, मालिक-मजदूर हर वर्ग में मौजूद ऐसे लोग ऊपर से बोल्ड यानी प्रगतिशील दिख सकते हैं, प्रगतिशील बातें कर सकते हैं। स्त्री की बोल्डनेस की सराहना कर सकते हैं, पर समझते उसे 'वस्तु' ही हैं। उनकी प्रगतिशीलता की थाह तब मिलती है, जब उन्हें स्त्री की तरफ से इन्कार मिलता है। उस समय वे बिल्कुल जंगली बिल्ले हो जाते हैं, झपट्टा मारने को तैयार या फिर स्त्री को अमर्यादित शब्दों से नवाजने वाले उजड्ड पुरुष। पहले स्त्री की जिन खूबियों की वे सराहना करेंगे वे ही दोष बन जायेंगी। मेरे कई मित्र जो पहले अपने परिवार की स्त्रियों के सामने मेरी प्रशंसा करते थे, अपने घर दावत पर बुलाते थे, अब मुझसे उन्हें इसलिए दूर रखते हैं कि मेरे कारण उनके घर की स्त्रियाँ बिगड़ जायेंगी। हद तो तब होती है जब वे मेरे लिए 'घुमा चुका हूँ' जैसा द्विअर्थी संवाद बोलते हैं। मैं जानती हूँ कि मैंने जिन पुरुषों को निराश किया है, वे मुझे बदनाम करते हैं। मेरे बारे में गलत बातें करते हैं। मैं सोचती हूँ आखिर पुरुष दोस्ती, प्रेम और विवाह में अन्तर क्यों नहीं कर पाता? स्त्री को भोग्या समझने की उसकी मानसिकता कब बदलेगी? कब वह उसे एक व्यक्ति समझेगा? व्यक्ति के रूप में समकक्ष समझेगा? स्त्री को उससे इससे अधिक कुछ चाहिए भी तो नहीं।

5 अप्रैल

मैं अकेली हूँ...आत्मनिर्भर हूँ...बोल्ड हूँ तो क्या सिर्फ एक देह हूँ? क्यों पुरुष सिर्फ मेरी उसकी देह के बारे में ही सोचते हैं? मैंने अकेलापन क्यों चुना? यह जानने की किसी ने कोशिश नहीं की। सबने यह अपने आप ही तय कर लिया कि स्वछंदता की आकांक्षा ने मुझे अकेला किया है या फिर अत्यधिक महत्वाकांक्षा ने। यह सच है कि मैं सामान्य स्त्री नहीं हूँ। सब कुछ सहकर अपने घर-परिवार में मरने-खपने वाली स्त्री। स्त्री का यही घरेलू रूप तो पुरुष को पसन्द है क्योंकि

ऐसी स्त्री ही उसकी अपनी स्वतन्त्रता और महत्वाकांक्षा में बाधक नहीं बनती। ऐसी स्त्री के त्याग की नींव पर ही वह अपने सुख की विशाल इमारत खड़ा करता है, सफलता के झंडे गाड़ता है, इतिहास में दर्ज होता है। एकाधिक स्त्रियों का सुख हासिल करता है। उसके मन में यह धारणा होती है कि महत्वाकांक्षी और बोल्ड स्त्रियाँ बस शो पीस और देह सुख देने वाली वस्तु होती हैं भले ही वह उनकी बुद्धि, योग्यता, प्रगतिशीलता की सराहना करता है और अपने इन विचारों को सभा-सम्मेलनों में मंच से प्रकट भी करता है, पर तभी तक, जब तक उसकी अपनी सुख-प्राप्ति में बोल्ड स्त्री बाधक न बने।

मैं अपने अतीत के बारे में बात नहीं करना चाहती तो इसका अर्थ यह लिया जाता है कि मैं अतीत छिपाती हूँ। जबकि मैं अतीत के गड़े मुर्दे निकालकर उसकी जाँच-पड़ताल नहीं करना चाहती, क्योंकि अतीत बीत चुका है, फिर से वापस नहीं आ सकता। किसने क्या गलती की, क्यों की—यह विषय इतना आसान तो नहीं कि झटके से उस पर टिप्पणी जड़ दी जाये। पर लोग अक्सर ऐसा ही करते हैं—'स्त्री की ही गलती रही होगी।' या फिर किसी की कोई आकांक्षा पूरी ना हो तो—'इसीलिए तो इसकी यह हालत है।' कहकर अपनी हार पर पर्दा डालने की परम्परा है। मैं कभी किसी की ज़िन्दगी पर आसानी से टिप्पणी नहीं करती। अपराधी के भी मनोविज्ञान तक पहुँचना चाहती हूँ और यही सब मैं अपने लिए भी चाहती हूँ। मेरा मनोविज्ञान समझा जायेगा, तभी तो पता चलेगा कि मैं अकेली क्यों हूँ? क्या कोई भी मनुष्य अकेला रहना चाहता है? वह भी एक स्त्री, जिसका मनोविज्ञान ही घर-परिवार की संकल्पना से निर्मित होता है। होश सँभालते ही जो घर...घर खेलने लगती है। पति-बच्चे की कल्पना करती है। गुड्डे-गुड़िया के माध्यम से उसे व्यक्त करती है। उसकी शिक्षा...खेल... व्यक्तित्व में अपने-आप घर-परिवार शामिल हो जाता है। मैं भी तो उसी भारतीय वातावरण में निर्मित हुई है, फिर मैं क्यों अन्य स्त्रियों से अलग हो गयी? क्यों मेरी रुचियाँ, आकांक्षाएँ और व्यक्तित्व आम स्त्री की तरह नहीं है? क्यों मैं त्याग ...बलिदान के पुराने फार्मूले पर नहीं जीना चाहती? मैं प्यार और सम्मान चाहती हूँ। अपने मनुष्य होने का अधिकार चाहती, हूँ तो क्या यह गलत चाहना है?

मैंने लड़की के रूप में जन्म लेने का अधिकार छीना। परवरिश में भाई से कमतर समझे जाने का विरोध किया। शिक्षा के लिए संघर्ष किया। देह समझे जाने के प्रति तन कर खड़ी हो गयी। दोस्त...प्रेमी...पति किसी के अन्याय को, प्रेमहीन रिश्ते को स्वीकार न कर सकी, तो क्या गलत किया? मैं पारम्परिक स्त्री बनकर हर कदम पर ज़्यादतियाँ नहीं सह सकती थी। मैं दोहरा जीवन नहीं

जी सकती थी। हृदय के हाहाकार करते समय चेहरे पर मुस्कान चस्पाँ नहीं कर सकती थी...यही मेरा अपराध था...गुनाह था क्योंकि यही तो सदियों से स्त्री की नियति है, फिर क्यों कोई मेरे साथ रहता, मुझसे प्यार करता! मैं अकेली हो गयी। यह अकेलापन मुझे खलता जरूर है पर इसे मैं उस स्थिति से नहीं बदलना चाहती, जिसमें अधिकांश स्त्रियाँ जीती हैं। मैं सोच भी नहीं पाती कि दिन भर जली-कटी सुनाने वाले, हर जगह अपमानित करने वाले पति के साथ कोई स्त्री कैसे दैहिक रिश्ते बनाती है? कैसे जेवर...कपड़े पाकर अपमान भूल जाती है? पराई स्त्री से सम्बन्ध रखने वाले पति से जीवन भर का साथ निभाती है! दोषी ना होते हुए भी अपना दोष मान लेती है वह भी सिर्फ इसलिए कि पति ने दोष निकाला है...और पति का ईगो हर्ट न हो। बच्चों की सारी ज़िम्मेदारी अकेले उठाती है फिर भी बच्चों के बनने का श्रेय पति को देती है और बिगड़ने का दोष खुद पर लेती है। नहीं, उससे यह सब नहीं हो सकता। वह प्रेम के खातिर हर खतरे को उठा सकती है, पर प्रेमहीन जीवन नहीं जी सकती। अपनी इन्हीं विचित्रताओं के कारण उसे अकेलेपन का अभिशाप मिला है।

5 मई

मैं तब असामान्य हो जाती हूँ जब किसी की बातों में मेरे अतीत की तरफ संकेत होता है। जब कोई जाने-अनजाने मेरे मर्म को छू लेता है तो मैं बौखला उठती हूँ। बहुत कुछ कह जाती हूँ...जो शायद सामान्य अवस्था में कभी नहीं कहती। तरस और दया शब्दों से मुझे नफरत है। औरत होने के नाते मैं दयादृष्टि से देखी जाऊँ, यह मुझे असह्य है। मेरा अतीत मेरी दृष्टि में कभी कलंक नहीं रहा। जब कोई दुनिया और लोगों की बातें कहकर यह साबित करना चाहता है कि वह मुझसे रिश्ता रखकर अहसान कर रहा है। या यह कहता है कि लोग मेरे बारे में सत्य ही कहते हैं कि मैं किसी की नहीं हूँ, तो मेरे अधैर्य की सीमा नहीं रहती। अपनी निर्दोष आत्मा पर मुझे सदा विश्वास रहा है और उस विश्वास को किसी के द्वारा दलित होते देखकर मेरा आक्रोश उमड़ पड़ता है। मैंने कभी किसी से खुद को अपना लेने की प्रार्थना नहीं की है। दोस्त ही मुझे अतीत के साथ अपनाने को इच्छुक रहे, फिर बाद में वे ही क्यों मेरी दुखती रग पर हाथ रखते हैं? क्यों? क्या पुरुषों का अहं खुद को सर्वोपरि रखने हेतु यह सब कुछ कहलवाता रहता है।

मेरी जैसी स्त्री को दयनीय दिखना चाहिए पर मैं कहीं से भी दयनीय नहीं दिखती। मुझे लोगों की ईर्ष्या की वस्तु बनना पसन्द है दया का पात्र नहीं। दया

और सहानुभूति को मैं हेय समझती हूँ शायद इसीलिए यह मुझे नहीं मिलती। मैं चाहती भी नहीं। मैं किस गर्व से गर्ववती हूँ, यह आज तक कोई नहीं समझ पाया।

मैं समझ नहीं पाती कि लोगों को मेरे ज़ख़्मों में क्यों रुचि है? क्यों लोग मुझे रोते-कलपते, टूटते देखना चाहते है? क्यों? बहुत बाद में वह समझ सकी कि स्त्री जब भी कुछ छोड़कर आगे बढ़ती है उसे इल्जाम मिलते हैं। उसके दर्द...जख्म की तरफ किसी का ध्यान नहीं जाता। मुझे अब यह लगने लगा है कि ज़ख़्मों की संख्या में निरन्तर वृद्धि ही विधाता ने मेरे भाग्य में लिख दिया है। हरदम मुझसे लिया ही जाता है...माँगा ही जाता है...अपेक्षा ही की जाती है। कभी सम्बन्ध कभी फर्ज...कभी दया...कभी वफ़ा के नाम पर। देने के नाम पर अपने-परायों सबने मुझे सिर्फ ज़ख़्म ही दिये हैं। सिर्फ ज़ख़्म।

मुझे अपने अनुभवों से यही लगता है कि सरल, भावुक, छल-छद्म से रहित संवेदनशील व्यक्ति, जो दुनियादार नहीं है, दुनियावी लोगों से एडजस्ट नहीं कर पाता। किसी के साथ रहने का अर्थ अपने आदर्शों के साथ समझौता, अपने आत्मसम्मान को मारना या किसी अन्य प्रकार की अधीनता हो, तो यह उसके वश की बात नहीं होती। वह जिसे अपना समझता है, उसके असली चेहरे को देख लेता है, तो आहत हो जाता है। उसकी विडम्बना है कि वह ऐसे लोगों के साथ नहीं रह सकता जिससे वह प्यार नहीं करता या जो उससे लगाव नहीं रखते। मैं भी उसी तरह की हूँ। उस घाव को नहीं भरना था उस दर्द को नहीं मिटना था, जो मेरे हिस्से का है। कोई साझीदार सह अनुभूति नहीं कर सकता। अच्छा भी है। कुछ तो है जो सिर्फ मेरा है...सिर्फ मेरा...दर्द या ज़ख़्म ही सही।

रमा डायरी एक ओर रखकर सोचने लगी कि वह भी तो अकेली है और बहुत हद तक उसके अनुभव उस अनाम स्त्री के समान ही रहे हैं। क्या हर अकेली स्त्री का दर्द एक जैसा ही होता है? कौन है यह अनामा? काश कभी मिले तो उसके जीवन के कुछ और भी गूढ़ अनुभव सुनने को मिले।

यह सुखद संयोग ही रहा कि उसकी आकांक्षा जल्द ही पूरी हो गयी। दिल्ली के विश्व पुस्तक मेले में एक सुन्दर स्त्री वाणी प्रकाशन के स्टाल पर खड़ी होकर बड़े ध्यान से उसके उपन्यास को पढ़ रही थी। उसने उसे हॅलो कहा तो दोनों में बातचीत होने लगी। जब रमा ने बताया कि उसका दूसरा उपन्यास शीघ्र आने वाला है जिसमें एक अनाम स्त्री की डायरी भी है तो वह चौंकी। रमा ने डायरी मिलने की कहानी बताई तो वह मुसकुराई। फोन का आदान-प्रदान हुआ फिर शीघ्र ही दोनों अच्छी सहेलियाँ बन गयीं। अन्तरंग सहेलियाँ जिनके बीच कुछ भी

छिपा नहीं रहता। श्वेत-स्याह कुछ भी। अनामा के जीवन में कई पुरुष आये थे, जिन्होंने उसके जीवन को बदल डाला था।

ऐसा नहीं कि रमा के जीवन में पुरुष नहीं आये। आये थे और उसके अकेलेपन को भरने का दावा भी किया था, पर उसे उनकी आँखों में सच्चा प्रेम न दीखा, इसलिए वह उनसे दूर हो गयी। पर यह कहना भी झूठ होगा कि इतने लम्बे युवा-काल में उसके मन को किसी ने झंकृत नहीं किया। किया–पर वे इतने दिव्य थे कि वह उनसे दुनियावी रिश्ता नहीं बना सकी। ना वे आगे बढ़े और ना वह बढ़ सकी। उसका उनसे रूहानी रिश्ता रहा और वह भी एकतरफा। शायद यह उसका अपना ही डर था कि वे करीब आते ही आम पुरुष हो जायेंगे। या शायद उन दिव्य पुरुषों में उस जैसी स्त्री से प्रेम का साहस नहीं था इसलिए वे उसके जीवन का हिस्सा नहीं बन पाये। हाँ, जीवन के कई-कई वर्ष उसने अपने उन्हीं प्रिय पुरुषों के काल्पनिक सान्निध्य में गुजार दिया। इसलिए कुछ अनुभूतियाँ हैं। यादगार क्षण हैं...महकती खुशबू का एहसास है। खुद को चाहे जाने का गर्व...खट्टी-मिट्ठी स्मृतियाँ...। यही तो उसकी धरोहर है। कौन समझ पायेगा इन बातों को? उसकी आँखें अक्सर मुस्कुराने क्यों लगती हैं? संगीत क्यों सज उठता है उसके अधरों पर...किन मधुर स्मृतियों में वह जीवन की कटुताओं को विस्मृत किये रहती है...?

अधूरी कहानी

रमा को याद है हर्ष। जब पहली बार उसने उसे देखा था तो देखता रह गया था। उसके गाइड ने दोनों का परिचय कराया था। हर्ष को जब पता चला कि वह उसी के क्षेत्र की है और उसी के कॉलेज में पढ़ी है तो खुश हो गया और उसे छोड़ने उसके आवास तक आया। फिर अक्सर उससे मुलाकातें होती रहीं। वह उसके सौन्दर्य का कायल था और हमेशा कहता कि मेरे दोस्तों में आपकी भव्यता की चर्चा होती है। आप भारतीय स्त्री की सुन्दरता की प्रतिमान हैं। उसे आश्चर्य होता कि अब तक तो किसी ने इस तरह उसकी सुन्दरता का बखान नहीं किया था। अपने रूप-रंग को लेकर वह बचपन से ही हीन भावना की शिकार थी। गोरे-चिट्टे माँ-बाप और भाई-बहनों के बीच उसका गेहुआँ रंग काला माना जाता था। उसे 'कलूटी' नाम से पुकारा जाता था। स्कूल से कॉलेज तक किसी ने उसे प्रेम की दृष्टि से नहीं देखा। उसे अन्य लड़कियों की तरह छेड़छाड़ का शिकार भी नहीं होना पड़ा और इन सबका कारण उसका सीधा-सादा रहन-सहन, पढ़ाकू छवि और गम्भीर होना था। माँ को लड़की की चंचलता से सख्त नफरत थी।

इसका प्रभाव अन्य बहनों की अपेक्षा उस पर ज्यादा पड़ा। माँ कॉलेज तक उसकी चोटी खुद गूँथती थी। उसकी तेल लगी दो चोटी और मेकअप रहित सादा चेहरा लड़कों को अपनी ओर आकर्षित नहीं करता था। पर वे उसका सम्मान करते क्योंकि वह शरीफ और पढ़ाकू समझी जाती थी। उसको भी लड़कों में दिलचस्पी नहीं थी क्योंकि उसके सपनों में जो राजकुमार आता था, वह बेहद गम्भीर था जबकि साथ पढ़ने वाले लड़के ज्यादातर चंचल औार छिछोरे टाइप के थे। नयी उम्र में वह पढ़ाई में जुटी रही। प्रेम-प्यार उसके लिए वर्जित फल था। यही कारण था कि हर्ष द्वारा अपने रूप-रंग की प्रशंसा उसे अतिशयोक्ति पूर्ण लगती थी और इस प्रशंसा से उसे कुछ भी गौरव महसूस नहीं होता था। अपने संघर्षपूर्ण जीवन में वह कोई रस नहीं पाती थी। उसका पूरा ध्यान अपनी आत्म-निर्भरता की ओर था। बचपन में वह बचपना नहीं जी पायी थी तो यौवनावस्था में यौवन की उमंग-तरंग उससे दूर थी। पर हर्ष की बातें उसके मन में सोई कोमल भावनाओं को जगा रही थीं, पर ये कोमल भावनाएँ हर्ष के लिए नहीं उसके एक मित्र के लिए जगीं। समीर हर्ष का अभिन्न मित्र था। हर्ष और समीर दोनों ही विश्वविद्यालय में लेक्चरर थे और वह शोध कर रही थी। समीर के प्रति उसका आकर्षण हर्ष की वजह से हुआ और बढ़ते-बढ़ते अपने चरम पर पहुँच गया। हर्ष इस बात से जल-भुन गया, पर वह भी क्या करती! हर्ष विवाहित था जबकि समीर के जीवन में कोई स्त्री नहीं थी। दूसरी बात समीर एक आकर्षक व्यक्तित्व का स्वामी था और उसके प्रति प्रेम भी रखता था।

वह हर्ष को अपना अच्छा मित्र मानती थी, पर हर्ष के लिए यह काफी नहीं था। वह उसका प्रेम पाना चाहता था। कई बार स्पष्ट कह भी चुका था। यह जानने के बाद भी कि उसका समीर के साथ प्रेम चरम पर है, वह प्रेम निवेदन करता रहता था। उसके इस निवेदन से वह मन ही मन हर्ष के प्रति उपेक्षा का भाव रखने लगी। उसके इस व्यक्तित्व से उसे चिढ़ हुई। भला कोई अपने मित्र की प्रेमिका के प्रति प्रेम-दृष्टि कैसे रख सकता है? इतनी प्रगतिशील विचारधारा रखने वालों का जब यह हाल है तो फिर दूसरों से क्या उम्मीद? हर्ष को जब यह लगा कि वह उसे प्राप्त नहीं कर सकेगा तो उसने उसका सहयोग करना बन्द कर दिया। उसके शोध-कार्य में जो भी मदद वह करता था, एकाएक बन्द कर दिया। वह शहर में नयी थी और अकेली भी। उसे परेशानी होने लगी। यही नहीं हर्ष समीर और उसके बीच कटुता के बीज बोने की भी कोशिशें करता रहा। वह तो उसे समझने लगी थी, इसलिए उस पर उसकी बातों का असर नहीं पड़ता था पर समीर उसकी बातों से प्रभावित हो जाता था और उसका खमियाजा वह भोगती

थी। समीर भी उसका भावनात्मक शोषण कर रहा था। वह उससे चोरी-छिपे रिश्ता रखना चाहता था। उसमें हर्ष जैसा साहस भी नहीं था कि उसके साथ दो कदम चल सके। हर्ष समीर की इस कमजोरी (हर्ष के हिसाब से चालाकी) को समझता था, इसलिए बार-बार उसकी दुखती रग पर हाथ रखता रहता था—क्या वह भी आपसे प्यार करता है? उससे क्यों नहीं मदद माँगती? हर्ष की इन बातों का उसके पास कोई जवाब नहीं होता था। समीर को समझना आसान नहीं था। इतना तो वह जानती ही थी कि वह उससे विवाह नहीं करेगा, पर यह नहीं जानती थी कि वह प्रेम भी नहीं निभा पायेगा।

प्रेम जैसा सुन्दर भाव हृदय का इतना रक्त पीता है, ज़िन्दगी का इतना वक़्त बरबाद करता है। इतनी बेचैनी, इतनी निराशा देता है, यह वह नहीं जानती थी। अपने दुःखद अतीत को भुलाकर समीर के साथ वह जिस स्वप्निल संसार में थी, उसका कोई आधार ही नहीं था। वह अकेली इस संसार को बचाने में लगी थी पर समीर ने एक दिन स्वयं ही इस पर घातक प्रहार किया। सुनहरा संसार धूल-धूसरित हो गया। वर्षों वह उसके कणों में लोटती रही...लोटती रही इतनी लोटी कि उसकी देह सुनहरी हो गयी।

समीर अपने नये संसार में गुम हो गया। हर्ष अपने व्यक्तित्व की नकार समझकर उसके प्रति उपेक्षा भाव रखने लगा। दोनों बुलन्दियों को छूने में लग गये और वह टूट-टूटकर जुड़ती-टूटती रही। स्वर्ण की नियति उसकी अपनी नियति बन चुकी थी। समीर और हर्ष हमेशा एक-दूसरे के अच्छे मित्र रहे और एक-दूसरे को आगे बढ़ाने में सहयोग करते रहे पर उसे दोनों ने काटने की कोशिश की। हर्ष की बात तो वह समझती थी कि वह नकार की पीड़ा से गुजर चुका है पर समीर जिसे उसने शिद्दत से प्यार किया था...क्यों उसे तोड़ना चाहता है? क्यों उसे साबुत नहीं देखना चाहता? वह कभी नहीं समझ पायी। हर्ष ने एक दिन उससे कहा था—'ईश्वर ने जिस तरह आपको भरपूर रूप दिया है, मुझे भी भरपूर दिमाग दिया है।' हर्ष ने अपने दिमाग का भरपूर उपयोग किया और बुलन्दियों पर पहुँच गया! पर वह अपनी अस्मिता की सुरक्षा में ही पूरा जीवन खो बैठी। एक स्त्री के लिए अपनी अस्मिता की रक्षा कितनी मुश्किल होती है, उससे अधिक कौन जान सकता है? 'किसको क्या मिला यह मुकद्दर की बात है।' इस गीत को सुनकर वह सोचती है कि मूल्यांकन किया जाय तो समीर और हर्ष दोनों कामयाब इन्सान है। नाम, यश, पैसा, परिवार, समाज, संसार सब कुछ उनके पास है और वह आज भी एक सामान्य स्त्री है। कुआँ खोदकर पानी पीने वाली। कहने को वह भी आत्मनिर्भर है। जरूरत की चीजें उसके पास हैं। पर

कितनी अकेली है वह। कोई भी उसके साथ नहीं। शायद यह स्त्री होने की सजा है...। स्त्री होकर भी अपने व्यक्तित्व को गढ़ने की कोशिश की सजा है। अपनी मर्जी से प्रेम करने की सजा है।

अति सुधो सनेह को मारग है

ओम...रमा जब भी यह नाम सुनती है। मन में मन्दिर की घंटियाँ बजने लगती हैं। कितना गहरा है इस शब्द से लगाव, यह उसकी बरबस छलकने लगती आँखे बता सकती हैं। एक ऐसा प्रेम जो अधूरा था, एक-तरफा था, पर कितना सुन्दर था! यह उसके जीवन का पहला नहीं अन्तिम प्यार साबित हुआ क्योंकि उसके बाद कोई पुरुष उसे अच्छा ही नहीं लगा। बचपन में उसकी पढ़ाई का विरोध करते समय उसके पिता अक्सर ताना देते थे 'कलेक्टर बनेगी क्या'। शायद तभी से उसके मन-मस्तिष्क में कलेक्टर शब्द बस गया हो। शायद इसीलिए कलेक्टर ओम को पहली दृष्टि में ही वह प्रेम करने लगी थी। ओम की नजरें भी उसकी तरफ उठी थीं फिर उठती ही रही थीं। उन नजरों में जाने क्या-क्या होता था कि उसकी अपनी नजरें झुक जाती थीं। उन नजरों की छुअन से वह लाजवंती की तरह सकुचा जाती। उसके पतझर से जीवन में कल्पनाओं के अनगिन फूल खिल गये थे। ...जाने कितने सपने उसकी आँखों में आ बसे थे। मन में कितने ...कितने तो अरमान पलने लगे थे। खुशी से वह खिली रहती...दमकती रहती। भूल गयी थी कि दोनों के बीच दो ध्रुवों की दूरियाँ हैं। वे कभी एक नहीं हो सकते। सपने में वह अक्सर उससे मिलती। कल्पनाओं की रंग वर्षा में उसके संग भीगती...गाती, नृत्य करती। उसका मन हमेशा ओममय हुआ रहता, फिर भी मन नहीं भरता था। ओम भी गाहे-बगाहे कुछ ऐसी बातें कह जाता कि वह इस भ्रम में पड़ जाती कि वह भी उसके प्रति प्रेम रखता है, पर उसने कभी इस बात का इजहार नहीं किया। शिकायत करने पर कहता- हर बात को बताने की जरूरत नहीं होती...। जब वह इजहार करती तो भी कहता...सब जानता समझता हूँ। बार-बार बताने की जरूरत ही नहीं। उसकी प्रेम भरी भावुक-सी आवाज उसके मन को कहीं गहरे छू लेती थी। वे करीब से कभी नहीं मिले। ना एकान्त ही उन्हें नसीब हुआ। हमेशा भीड़ में ही मुलाकात हुई पर वहाँ भी वह बिहारी की नायिका-सी 'भरे भौन में करत हैं नैनन ही सो बात' बनी रही। ओम की आँखें, पूरी देह वही भाषा बोलती थी जो उसकी आकांक्षा थी। हो सकता है वह भ्रम हो, मृगतृष्णा हो पर कई वर्षों तक यही सच बन गया था। ओम के दूसरे शहर फिर विदेश चले जाने के बाद भी उसका लगाव कम नहीं हुआ। हाँ, वियोग में

उसका मन कसकता था, उसकी आँखें बरसने लगती थीं। आज भी जिस दिन वह उसे शिद्दत से याद करती है, सो नहीं पाती। रोती रह जाती है। वह अपनी दुनिया में खुश है सन्तुष्ट है, इसलिए वह उसे फोन नहीं करती। नहीं चाहती कि उसके कारण वह परेशान हो। जानती है कि उसने उस तरह उसे कभी नहीं चाहा, जिस तरह वह चाहती रही। दोनों के प्रेम में अन्तर है पर ऐसा भी तो नहीं हो सकता कि उधर कुछ भी ना हो। ना होता तो उसे आभास कैसे होता! उनका प्रेम दुनियावी कभी नहीं रहा। कुछ पाने की आकांक्षा से रहित शुद्ध-सात्विक प्रेम! फिर यह कसक क्यों! शायद इसलिए कि ना चाहते हुए भी प्रेम में चाह आ ही जाती है। मानसिक प्रेम भी दैहिक रूप की कुछ न कुछ इच्छा रखता ही है क्योंकि मन देह से बाहर की चीज नहीं। तो क्या वह ओम को दैहिक रूप से पाना चाहती थी। वह खुद को टटोलती है तो एक आवेग से भर जाती है। यह आवेग कुछ और ही बयान करता है जिसे वह झुठलाती रही है। शायद ओम के साथ एकान्त में वह संयम खो देती। उसी में लीन हो जाती। गनीमत है कि समय ने कभी इसकी इजाज़त नहीं दी। दोनों ने इसका अवसर आने ही नहीं दिया। वह कभी नहीं चाहती थी कि ओम अपने जीवन साथी से बेवफाई करे। किसी को चाहना अलग बात है, पर पाने की इच्छा करना अलग बात! पर पाने-खोने से प्रेम पर कोई असर नहीं पड़ता। प्रेम तो रहता है किसी न किसी रूप में। वह कभी खत्म नहीं होता। आग में तपाये जाने पर निखरता ही है, जलकर भस्म नहीं हो जाता। ओम को वह कभी नहीं भूल सकती। स्पर्श-रहित इस प्रेम ने उसकी देह के अंग-प्रत्यंग ही नहीं मन-आत्मा को भी छुआ है। प्रेम का आस्वाद भले ही गूँगे को गुड़ की तरह अव्यक्त हो पर उसे व्यक्त करने की कोशिश से सदियों से साहित्य समृद्ध हो रहा है। वह भी यही कर रही है क्योंकि ओम ने कहा था कि अपने प्रेम का प्रवाह रचना की तरफ मोड़ दें। अपनी हर किताब की पहली प्रति वह आज भी ओम को भेजती है और वह उसे बधाई जरूर देता है। तो क्या वह उसके प्रेम का नहीं साहित्य का सम्मान करता रहा है, जिसे वह प्रेम समझ बैठी थी। वह भ्रम भी कितना लुभावना था, वह भ्रम जिस दिन टूटा था, वह बुझ गयी थी। फिर वह कभी नहीं खिली। जीवन जीती तो रही पर उसका रोमांच गायब हो गया। ज़िन्दगी में प्रेम का होना ही इन्सान को सही मायने में ज़िन्दा रखता है। अब ज़िन्दगी बढ़ तो रही है पर उसी मोड़ पर ठहरी भी हुई है, जहाँ से ओम के प्रेम का भ्रम टूटा था। वह वहीं खुद को बिखरा हुआ पाती है, काश, ओम इस सत्य को समझ सकता। हालाँकि ओम ने ना तो इकरार किया था, ना इन्कार। ना प्रोत्साहन ना हतोत्साहित ही। एक वही थी जो अपनी तरफ

से सब कुछ गढ़ती...गिराती रही। पता नहीं उसकी आत्मा की यह कैसी अबूझ प्यास है, जो पूरी उम्र बीत जाने और कई जलाशयों के समीप रहने पर भी ना बुझी। कारण भी साफ था वह जिन जलाशयों के पास थी, जिसके जल को देखती रही थी, वे सही मायने में जलाशय थे ही नहीं। कहीं जल पीने लायक नहीं था, कहीं उस जल पर पाबन्दियाँ थीं, कहीं वह जल 'किसी खास के लिए आरक्षित था।' ओम के बाद उसने अपने जीवन को लेखन की तरफ मोड़ दिया। सोच लिया कि प्रेम-प्यार का रास्ता उसके लिए नहीं। बस बहुत हुआ। हृदय का कितना तो रक्त पिला चुकी उसे। कितना कुछ खो दिया उसके लिए पर मिला क्या! सिर्फ अतृप्ति...भटकन। अब और नहीं। ओम अन्तिम प्यार रहेगा उसका। कसक है तो रहे। अकेली है तो रहे...जब यौवन विदा ले लेगा, फिर कौन प्रेम की बात करेगा? इस दुनिया में प्रेम के लिए उम्र की भी शर्त होती है। भले ही लोग कहते रहें कि प्रेम उम्र नहीं देखता। ओम ने भी एक बार उससे कहा था कि प्रेम से उम्र का क्या लेना-देना। ऐसा उसने तब कहा था, जब उसने कहा था कि वह उम्र में उससे बड़ी है। पर खुद ओम के मन में उम्र का फासला एक दूसरा भाव पैदा करता ही रहा। भले उसने यह दर्शाना नहीं चाहा। पुरुष के लिए स्त्री की उम्र मायने रखती ही रखती है। उसने कई संयमी, आदर्शवादी पुरुषों की आँखों में भी कमउम्र नवयौवनाओं के प्रति ललक देखी है। बाकियों की बात तो छोड़ ही दें वे तो हर लड़की के लिए लार टपकाते दिख जाते हैं। लड़की शब्द में ही इतना आकर्षण है कि देव-दानव, ऋषि-मुनि सबकी नीयत डिग जाये। पुरुष के लिए अपनी उम्र मायने नहीं रखती है। वह साठे पर भी पाठा बना फिरता है। पुरुष प्रधान समाज ने इतनी अहंमन्यता, इतना श्रेष्ठभाव उसमें प्रविष्ट करा दिया है कि वह दिव्य हो उठा है और अपने सिंहासन से उतरना नहीं चाहता। उसका वश चले तो दुनिया की हर सुन्दर लड़की उसके रनिवास में हो। जब भी वह 'पावर' में आता है अधिक से अधिक लड़कियों का शिकार करता है। यही उसे पौरुश लगता है पर ओम में उसे पुरुष की यह कमजोरी नहीं दिखी थी। वह अपने पद, कद, सौन्दर्य, संगीत, साहित्य और खेल जैसे अनेकानेक गुणों से किसी भी लड़की को प्रभावित कर सकता था, पर उसने ऐसा नहीं किया। वह सभा-सम्मेलनों में अक्सर पत्नी के साथ जाता और उसी के करीब रहने की कोशिश करता। उसने उसमें कभी छिछोरापन नहीं देखा इसी कारण वह उसे और अच्छा लगता। ओम ने प्रेम-विवाह किया था। दोनों की जोड़ी सुग्गा-सुग्गी सी थी, फिर भी उसके प्रेम पर इसका असर नहीं पड़ा।

रमा ने कभी ओम से किसी भी तरह का लाभ लेने की कोशिश नहीं की।

उसके एक मित्र ने कहा भी कि वह इतने महत्त्वपूर्ण पद पर है तुम आसानी से उससे कोई प्लॉट अपनी संस्था के लिए अलॉट करवा सकती हैं। कम-से-कम कोई सरकारी नौकरी तो पा ही सकती हो। उससे कहो तो...पर उसने जवाब दिया कि वह ऐसा कभी नहीं कर सकती। जिस दिन वह उससे कोई माँग रखेगी, उसी दिन अपनी नज़र से गिर जायेगी। उसकी नज़रों से तो गिरेगी ही। अपना संघर्ष वह खुद करेगी। अगर वह उससे प्रेम नहीं कर रही होती तो शायद अपने करियर के लिए उससे मदद माँगती भी...पर प्रेम करते हुए नहीं। यह तो स्वार्थ होगा। मित्र ने उसकी नासमझी पर सिर पीट लिया। मित्र प्रेम के स्वाभिमान से परिचित नहीं था या फिर इसी प्रकार के प्रेम को समझदारी मानता था। अक्सर वह देखती है लोग अच्छी तरह देख-भाल, सोच-समझकर प्रेम करते हैं। लड़कियाँ भी जाति-धर्म, पैसे, परिवार को रूप रंग से ज्यादा महत्त्व देती हैं और उसी आधार पर प्रेम करती हैं। जहाँ ऐसा सम्भव नहीं, वहाँ सिर्फ टाइमपास और मौज-मजा के लिए ही प्रेम है। 'प्रेम हो जाता है' का तर्क अब मूर्ख देते हैं। ऐसे में ओम के प्रति उसके प्रेम को लोग क्या समझेंगे? उसने ओम को इसलिए तो नहीं चाहा था कि वह अधिकारी है, पर एक मित्र ने एक दिन ताना मार ही दिया कि 'ओम कलेक्टर है, इसलिए... ।' ओम के कलेक्टर होने ना होने से रमा को क्या फर्क पड़ रहा था? वह ओम को उसके गुणों के नाते चाहती थी, वह कलेक्टर ना भी होता, तब भी उसके मन में वही स्थान पाता। देश में कलेक्टरों की कमी तो नहीं, पर क्या सभी प्रेम के लायक होते हैं? पर दुनिया के लोग व्यावहारिक हैं। लाभ की भाषा समझते हैं तभी तो सफलता की सीढ़ियाँ चढ़ते चले जाते हैं। वह आज भी वहीं की वहीं है। एक अध्यापिका...एक साधारण-सी लेखिका। अन्य लेखिकाओं-सी सफल कहाँ है वह! कारण भी है सबके साथ किसी न किसी रूप में सफल पुरुष हैं। उनका हर कदम पर साथ देने वाले, प्रोत्साहित करने वाले। पुरस्कार-सम्मान का लाभ दिलवाने में भूमिका निभाने वाले और उसके साथ कोई नहीं। हाँ, पैर खींचने वाले कई सारे हैं। ये वे ही लोग हैं, जिनके इशारों पर चलने से उसने इन्कार कर दिया। उनके साँचों में फिट ना हो सकी। अपनी अस्मिता, अपने स्वाभिमान की उसे बड़ी कीमत देनी पड़ी है, पर वह इस बात से सन्तुष्ट है कि उसने समझौतों की राह पर चल कर कुछ हासिल नहीं किया। उसके पास जो कुछ है अपने श्रम से अर्जित किया हुआ है। उसके अन्दर जो आग लोगों को दिखती है वह इसी स्वावलम्बन की आग है। कितनी स्त्रियों को मिलता है आजादी का ऐसा सुख! सुरक्षा, संरक्षण के नाम पर अपने स्त्रीत्व को कुर्बान कर देने वाली स्त्रियाँ उसके सुख को नहीं समझ सकतीं। समझ तो पुरुष

भी नहीं सकते, जिनके अनुसार बिना पुरुष के कोई स्त्री जी ही नहीं सकती। पुरुष का साथ उसके जीवन की अनिवार्य शर्त है। इसी कारण उसके जीवन में प्रवेश के इच्छुक पुरुषों ने पहला प्रश्न यही किया कि अकेले कैसे रहती हैं? इस 'अकेले' शब्द के अनेक निहितार्थ थे। पर सबसे बड़ा अर्थ है 'देह'। यानी पुरुष देह स्त्री के लिए जरूरी है और प्रत्यक्ष में कोई पुरुष नज़र नहीं आ रहा तो जरूर छिपाया जा रहा है यानी झूठ बोला जा रहा है। मनोविज्ञान के एक प्रोफेसर ने तो एक दिन यहाँ तक कह डाला कि पुरुष का साथ न करने वाली स्त्री जल्द ही बूढ़ी, बेरौनक, रसहीन, शुष्क होकर स्त्री का सारा सौन्दर्य खो बैठती है। उसने उनसे पूछा कि फिर वह क्या करे? उसके पास तो कोई पुरुष नहीं तो उन्होंने कहा–'आपको जो अच्छा लगे। बुलाइए बिना मन से बँधे, सम्बन्ध बनाइए और थोड़ी देर बाद बिना अपराध बोध के विदा कर दीजिए। ज़ुड़ना नहीं है ना ज्यादा देर अपने घर रोकना है, वरना बदनामी होगी।' उनके इस सुझाव पर वह चौंक पड़ी। एक बुजुर्ग प्रोफेसर जिनकी उसकी उम्र की बेटियाँ हैं उसे कैसी सलाह दे रहा है? उन्होंने उसके आगे कहा कि किसी एक का चयन करने से वह आप पर हावी हो सकता है इसलिए पुरुष बदलते रहिये। उसने जब यह कहा कि–'यह तो वेश्यावृत्ति-सा है तो उन्होंने कहा–'कदापि नहीं, वेश्यावृत्ति वहाँ होती है जहाँ पैसा लेकर सम्बन्ध बनाया जाता है यहाँ तो सिर्फ देह-सुख के लिए रिश्ता बनेगा।' वह समझ गयी कि इनका उद्‌देश्य बिना कोई जिम्मेदारी लिए मुफ्त में स्त्री सुख भोगना है और इसीलिए उसका ब्रेनवाश करने आये हैं। उसने सोचा–अगर देह सुख चाहिए होगा तो अपने मनपन्सद आकर्षक पुरुष को चुना जायेगा। प्रोफेसर से बूढ़े, बदसूरत, भयावह चेहरे वाले शख़्स को नहीं। उसने बड़ी ही उपेक्षा से प्रोफेसर की बात टाल दी और कहा–'कुछ अच्छी बात करिए। मैं आपका सम्मान करती हूँ मेरे पिता तुल्य हैं। इस तरह की बातें मत करिए।' प्रोफेसर साहब का चेहरा उतर गया। फिर कभी वे उसके घर नहीं आये।

कुछ तो है

रमा जब भी उनके तेजस्वी, सुन्दर, शान्त चेहरे को देखती है, अजीब सा सुकून महसूस करती है। कॉलेज आते ही वह उनके शीशे वाले केबिन की ओर जरूर देखती है और उन्हें देखते ही ऊर्जा से भर जाती है। जिस दिन वे नहीं होते, पूरे दिन उदासी महसूस करती है। जाने क्यों हमेशा उनका चेहरा उसकी आँखों में डोलता रहता है। जब से कॉलेज में वे प्रिंसिपल के रूप में आये हैं तभी से उसका यही हाल है। शुरू के दिनों में तो वह डर गयी थी कि क्यों वे उसे इतना याद

आते हैं। दिन भर कॉलेज में तो उन्हें देखती ही है, रात को सपने में भी दिखते हैं। कहीं उसे प्यार तो नहीं हो रहा है। एक 'संन्यासी' से प्यार! वे तो सांसारिक जीवन त्याग चुके हैं। स्त्री उनके लिए वर्जित फल है। उनकी तरफ आकर्षित होने पर वह भी कॉलेज से उसी तरह निकाली जा सकती है, जैसे हव्वा स्वर्ग से निकाली गयी थी। पर ये प्यार भी विचित्र होता है। हमेशा गलत जगह होता है। कम से कम उसे तो ऐसा ही अनुभव है। और हमेशा गलत जगह प्यार होने का ही परिणाम है कि वह जीवन में अकेली ही रह गयी। जो भी उसे अच्छा लगा, वह किसी दूसरी का था या फिर हो गया और वह दूर से देखती रही, कुछ न कह सकी। कहती भी क्या! यह उसी का तो चयन था। कभी उसका प्यार एक-तरफा ज्यादा रहा, तो कभी उसके जीवन को पचा पाना प्रेमी के लिए कठिन हुआ। आज जब वह उन प्रेमियों के बारे में सोचती है तो लगता है कि उसने उनकी आँखों में अपने लिए जो प्यार महसूस किया था, वह भ्रम था। दरअसल उनके हिस्से का प्यार भी उसका अपना प्यार था। तराजू के दोनों पलड़ों पर उसी का अकूत प्यार था। उनके पास तो उसके लिए कुछ था ही नहीं। 'तरस' रहा होगा या फिर 'लोभ'। प्यार तो कतई नहीं। प्यार करने वाला ऐसे दूर नहीं होता, ऐसा बेदर्द नहीं होता कि अपनी अलग दुनिया बसा ले। एक ऐसी दुनिया, जिसमें उसका प्यार हवा के ठंडे झोंके की तरह भी प्रवेश ना पा सके।

पर उसे अफसोस नहीं है। सच हो या भ्रम, जितने दिन वह प्यार में रही...सम्पूर्ण रही। अनुपम सौन्दर्य और दिव्यता से भरी रही। प्रेम को पूर्णता में जी लेना कोई छोटी उपलब्धि तो नहीं। पर जब वह अपने बारे में यह टिप्पणी सुनती है कि अभी तक भटक ही रही है तो उसे तकलीफ होती है। अपने दोस्तों को जब वह 'जोड़े' में देखती है, तो एक कसक-सी होती है कि आखिर वही अकेली क्यों है? जरूर कोई कमी होगी उसमें! पर क्या? इस पर सबकी अपनी-अपनी राय होगी, पर वह जानती है कि वह क्यों औरों की तरह पारम्परिक जीवन में नहीं है। वह सामान्य स्त्री नहीं है शायद कुदरत ने उसे अकेले रहने के लिए ही बनाया है।

पर यदि कुदरत का मन्तव्य उसे अकेला रखना है तो फिर उसके अन्दर प्रेम व पुरुष के प्रति आकर्षण क्यों भरा? इस मूल प्रवृत्ति को ही खत्म कर देना था...पर यह प्रवृत्ति नहीं होती तो क्या वह पूर्ण स्त्री होती! और अधूरी स्त्री बनकर क्या वह सुखी होती! अधूरी स्त्री की कल्पना से ही वह डर जाती है। उसने अपूर्ण मनुष्यों की तड़प देखी है जो उसकी तड़प से हजार गुना ज्यादा है। नहीं... नहीं...वह जैसी है...वैसी ही ठीक है। ठीक है उसे किसी पुरुष का पूर्ण प्रेम नहीं

मिला, पर किस स्त्री को पुरुष सम्पूर्ण प्रेम देता है? पुरुष का प्रेम अक्सर बँटा हुआ ही होता है। यह उसकी प्रवृत्ति है। सम्पूर्ण प्रेम तो स्त्री ही कर सकती है।

प्रेम पीड़ा का दूसरा नाम है और नयी पीढ़ी इस पीड़ा से दूर भाग रही है। प्रेम का स्वरूप बदल रहा है। वह रूहानी से दैहिक हो गया है। पर वह नयी और पुरानी पीढ़ी के बीच की कड़ी है इसलिए प्रेम उसके लिए आत्मा की पुकार है, तो देह की आकांक्षा भी! वह देह और मन को अलग नहीं कर पाती है। आखिर मन देह में ही तो अवस्थित है, वरना मृत्यु के बाद वह गायब नहीं हो जाता। यह अलग बात है कि पूरे शरीर का चीर-फाड़ करने पर भी डॉक्टर मन की सत्ता कहीं नहीं पाते। मन का पर्याय दिल शरीर में जरूर है पर वह खून साफ करने वाली एक मशीन की तरह है। यह उस मन की जगह नहीं ले सकता, जो आदमी के पूरे व्यक्तित्व को संचालित करता है। कुछ लोग मन को शरीर से अलग पर उसके इर्द-गिर्द मँडराता कोई किसी अदृश्य तत्त्व मानते हैं। जो भी हो यह दर्शन की बात है।

जब वह उनके बारे में सोचती है तो उसे सुख-शान्ति मिलती है। उनके जीवन में भी तो किसी का एकनिष्ठ प्यार नहीं है। अपना घर-परिवार नहीं है, फिर वे क्यों कर शान्त है? उनके पास भी तो एक सुन्दर, स्वस्थ युवा शरीर है फिर क्या उनमें वे लालसाएँ नहीं होंगी। किस तरह वे उसे नियंत्रित या दमित करते होंगे! क्या कभी भी उनका मन विचलित नहीं होता होगा। वे उन हिन्दू संन्यासियों की तरह भी नहीं हैं, जो मांस-मदिरा या भौतिक सुख-साधनों का उपभोग नहीं करते हैं। वे सब कुछ खाते-पीते हैं। इन सबमें उनके धर्मानुसार कोई संयम-नियम नहीं। हाँ, काम-वासना हर तरह से वर्जित है। हालाँकि साथी अध्यापिकाएँ बातचीत में संन्यासियों के संयम-नियम पर शंका व्यक्त करती हैं। उनके अनुसार धर्म की आड़ में वे लोग 'सब कुछ' करते हैं। 'सब कुछ', पर बँधते नहीं। वैसे भी एक स्थान पर ज्यादा समय तक उन्हें नहीं रखा जाता। क्या इसलिए कि उन्हें उस स्थान या वहाँ के लोगों से मोह-माया ना हो जाये? उनको भावनाओं के शमन की ट्रेनिंग दी जाती है। मनुष्य के सहज संवेगों को यूँ नियन्त्रित कर धर्म किस आदर्श की स्थापना करना चाहता है? अक्सर धर्म-स्थलों पर तमाम व्यभिचार की खबरें तह पढ़ती है। पवित्र स्थानों पर समलैंगिकता, बाल व्यभिचार की खबरें उसे विचलित करती हैं। क्या यह विकृतियाँ संवेगों के शमन का परिणाम नहीं? वह जानती है कि हर संन्यासी गलत आचरण नहीं करता, पर कुछ तो करते हैं। फिर वे क्यों संन्यासी बनते हैं? वापसी क्यों नहीं कर लेते! संन्यास मन का एक भाव है। यदि किसी व्यक्ति में यह भाव प्रचुर

मात्रा में है, तो वह सन्यास में जा सकता है पर जिसमें सांसारिक सुख-भोग की लालसा है उसे दिखावे के लिए संन्यस्त नहीं होना चाहिए।

पर जब वह उनके चमकते चेहरे और शान्त...मधुर आवाज को सुनती है तो जैसे सारी काम-वासनाएँ स्वतः भाग जाती हैं और एक पवित्र औदात्य भाव का जन्म होता है। उसे विश्वास है कि वे कभी गलत नहीं हो सकते। वह यह भी जानती है कि अगर वह उनसे प्रेम निवेदन करेगी तो वे नाराज हो जायेंगे। इसलिए वह अपने पर संयम रखती है। बहुत जतन करके वह उन्हें अपने दिल-दिमाग पर छाने नहीं दे रही है, पर जब भी उनकी बड़ी-बड़ी मुस्कुराती आँखों को देखती है, उसे कुछ हो जाता है। वे अक्सर उसे देखकर मुस्कुरा देते हैं (यह उनका स्वभाव है) और वह उस मुस्कुराहट को 'खास' समझती है। उनके मन में उसके प्रति क्या भाव है, वह नहीं जानती, पर वे उसको सम्मान अवश्य देते हैं। जब कभी वह किसी समस्या को लेकर उनके पास गयी। उन्होंने ध्यान से सुना और तत्काल उसका समाधान कर दिया। अध्यापिकाएँ कहती भी हैं कि 'वे आपको ज़्यादा मानते हैं।' पर वह भी तो कभी अपने हित के लिए उनके पास नहीं जाती। छात्रों या अध्यापकों से जुड़ी बातों के लिए जाती है। शायद उसकी उच्च शिक्षा व लेखन-कार्यों से वे प्रभावित हो या फिर अनुशासनबद्ध ढंग से शिक्षण कार्य करने के कारण। यह भी सच है कि वह उनके लिए उतनी खास नहीं है, जितना वे उसके लिए हैं। उसे पता है कि कोमल व्यक्तित्व के स्वामी होने के बावजूद वे इतने कठोर जरूर हैं कि उसकी गलती पर उसे बाहर का रास्ता दिखा दें। नौकरी उसकी जरूरत है, इसलिए उसने अपने मन को हिदायत दे दी है कि उनकी तरफ ना जाये, पर यह मन कहाँ हिदायतें मानता है।

उनसे लगाव कुछ अलग ही तरह का है। इसमें कोई वासना नहीं..उम्मीद नहीं। पाने की चाहत नहीं, ना पाने की कोशिशें हैं। बस एक राहत है, एक सबक है। भटकता मन अब इसलिए थिर हो चला है कि जब वे थिर हैं तो वह क्यों नहीं? उसने तो जीवन के खट्टे-मिट्ठे अनुभव लिए हैं। टुकड़े-टुकड़े में ही सही प्रेम पाया है...। उसकी देह की वीणा सधे हाथों से बजी है। 'मन-मयूर नाचा है देखकर प्रेम घन' पर वे तो कोरे हैं अनुभव-हीन। हो सकता है उनके पास भी अलग तरह के ढेर सारे अनुभव हों पर वे उससे अलग अनुभव ही होंगे। वे ऐसे हैं कि कोई भी उन्हें प्यार कर सकता है। अध्यापिकाओं, छात्राओं और महिला अभिभावकों में वह उनके लिए आकर्षण साफ-साफ देखती है। पर वे निर्लिप्त रहते हैं। हालाँकि सबसे मुस्कुराकर बात करना उनकी आदत है उनकी इस आदत से अक्सर स्त्रियाँ भ्रम में

पड़ जाती हैं। वह उनके प्रति एक दिव्य प्रेम से भरी है। उसके मन की तृष्णा समाप्त होती गयी है। उनके कारण ही वह जिन्दगी को...प्रेम को समझ पायी।

पहले वह कहाँ जानती थी कि जिस पुरुष को जिस प्रेम को वह बाहर ढूँढ़ रही है वह उसके ही भीतर है। बाहर के पुरुषों में उसकी झलक मात्र देखकर उनकी तरफ दौड़ती रही और तमाम दुख उठाये। दुनिया का कोई पुरुष उसके भीतरी पुरुष की तरह नहीं हो सका। हो भी कैसे सकता था? उसके अस्तित्व का अर्ध हिस्सा जो नहीं था। उराको उसी के रूप में समझने वाला, उसको उसकी सारी कमियों, खूबियों के साथ स्वीकार करने वाला। बाहरी पुरुषों का भ्रम शीघ्र टूट जाता रहा और उसका जीवन भटकाव बन कर रह गया। पर अब वह थिर हो चली है प्रेम के लिए अब उसे किसी अन्य पुरुष की तलाश नहीं है। उसने अपने पुरुष को अपने भीतर पा लिया है और खुश है, तृप्त है। वह पुरुष शिव है ऊर्जा का असीम स्रोत। उसकी ऊर्जा बाहर निःसरित नहीं होती उसके ही पूरे अस्तित्व में संचरित होती रहती है। इस शिव ने उसका सारा विष पी लिया है। वह नवीन हो उठी है यौवन पा रही है खुद में। शक्ति पा रही है। इस पुरुष से उसका कोई संघर्ष नहीं...विमर्श नहीं, टकराहट नहीं, ऊब नहीं, एकरसता नहीं। इस पुरुष से उसका चिर संयोग है, वियोग होता ही नहीं। दोनों मिलकर एक हो गये हैं। यह अस्तित्व से अस्तित्व का प्रेम है जो दुनियावी प्रेम में नहीं हो सकता। वह सोचती है कि काश जीवन के प्रारम्भ में ही वह इस सत्य को समझ गयी होती तो आज उसका जीवन दूसरा होता।

यह खाला का घर नहीं है

अनामा को जीवन के उत्तरार्द्ध में जिन पुरुषों की याद आती है उनमें अभय का स्थान सबसे ऊपर है। कारण स्पष्ट है अभय से उसे जो सुख मिला, वह किसी से नहीं मिला हालाँकि अभय को स्वयं इस बात का भान नहीं होगा। उसके अनुसार तो उसने प्रेम जाल में फाँसकर उससे देह सुख पाया था। आजकल की पीढ़ी इसे अपनी जीत समझती है, पर वह नहीं जानती कि पाने के भ्रम में वह भी इतना कुछ दे जाती है कि स्त्री की नीरस जिन्दगी में रस वर्षा हो जाये। आज भी अभय का एक-एक स्पर्श उसके प्यार का उद्दाम आवेग उसे याद है। उसे बाँधने के भ्रम में वह खुद बँध गया था और ना चाहकर भी उसके पास खिंचा चला आता। कई बार उसने बताया भी कि वह उससे दूर रहना चाहता है क्योंकि पास आने पर वह खुद को रोक नहीं पाता। वह किसी दूसरी लड़की से वर्षों से प्रेम करता था और उससे किसी बेलेंटाइन डे को विवाह करने का वादा कर चुका था क्योंकि उसी डे को उससे पहली बार मिला था। वह उसकी बातों को चुपचाप सुनती। कोई प्रतिक्रिया व्यक्त नहीं करती। कोई शिकायत

नहीं करती। उसे उससे कोई उम्मीद भी नहीं थी, पर उसका साथ उसे बहुत अच्छा लगता था। कारण भी साफ था वह अकेली थी और उसके जीवन में कोई पुरुष नहीं था। यौवन भी अभी विदा नहीं ले पाया था, पर अभय तो नवयुवा था। वह उसकी एक सहेली का घनिष्ठ मित्र था और उसके साथ ही उसके घर आया था। फिर आने लगा और धीरे-धीरे उसे अपना बनाता चला गया। उसने उसे रोका और समझाया भी। सहेली भी नाराज हो गयी। पर वह नहीं माना। जाने क्यों वह उसे इतनी अच्छी लगी! या शायद उसे अकेली समझकर वह आगे बढ़ा। सहेली ने बाद में बताया कि वह स्त्री सुख पाने के लिए बेचैन रहता था। विवाह से पूर्व यौन अनुभव लेना चाहता था पर उसकी प्रेमिका विवाह पूर्व इसकी इजाजत नहीं देती थी और कहीं और के लिए उसके पास पैसे नहीं थे। एकान्त में मिलने की जगह भी तो खतरे से खाली नहीं होती। कहीं पुलिस का डर तो कहीं समाज का। वह बदनाम भी नहीं होना चाहता था। ऐसे में अनामा उसे सुरक्षित विकल्प लगी। अनामा को इन चीजों से कोई मतलब नहीं था। उसे बस अभय अच्छा लगता था। उसका ऊँचा कद, सुन्दर चेहरा और सौम्यता उसे पसन्द आयी। दूसरी मुलाकात में ही अभय ने उसे चूम लिया और वह नाराज भी नहीं हो पायी। उसे अच्छा ही लगा। फिर तो जल्द ही दोनों एक हो गये और अक्सर मिलने लगे। एक दिन उसने अपनी प्रेमिका के बारे में बताया और दुःखी स्वर में कहने लगा कि उसके साथ छल कर रहा है पर खुद को रोक नहीं पाता। अनामा को इस बात का दुःख था कि उसके इतने करीब होने के बाद भी वह मन से उस लड़की से जुड़ा है। लड़की का अभय से गहरा लगाव था इसका आभास अनामा को अक्सर होता था। अभय जब भी उसे बाँहों में भरकर प्यार कर रहा होता, लड़की का फोन जरूर आता। जैसे उसे आभास होता हो। कुछ क्षणों के लिए अभय ढीला पड़ता फिर अपने रंग में आ जाता। हाँ बाद में उसका चेहरा जरूर लटक जाता और यह कहते हुए जाने की जल्दी करने लगता कि अभी उससे मिलने जायेगा या वह बहुत गलत काम कर रहा है। अनामा आहत नजरों से उसे देखती, पर कुछ भी शिकायत ना करती। अभय का साथ उसे इतना प्रिय था कि वह कुछ भी सह सकती थी। उसने अपने भीतर की चेतन स्त्री को सुला दिया था, जो तर्क, विमर्श या शिकायत कर सकती थी। वह जानती थी अभय उसका नहीं, उस पर उसका कोई अधिकार नहीं, इसलिए जो कुछ उससे मिल रहा है, उसे ही स्वीकार करने में भलाई है। वह अपनी तरफ से कोई ऐसी गलती नहीं करना चाहती थी, जिससे अभय भी उसके जीवन से चला जाये और वह फिर अकेली हो जाये। पर अभय को तो जाना ही था, वह चला गया और फिर

कभी नहीं लौटा। शायद उसने शादी कर ली थी और नये जीवन की खुशियों में गुम हो गया था। उसकी अच्छाइयाँ, उसका प्रेम यहाँ तक कि उसकी देह भी उसे बाँध न सकी। पर उसका प्यार वह कभी नहीं भूल पायी क्योंकि फिर कभी किसी पुरुष से अभय की तरह नहीं जुड़ पायी। अभय को वह प्रेम करने लगी थी, हालाँकि वह उतना अच्छा इन्सान नहीं था। वह एक साथ कई लड़कियों से दोस्ती रखता था। ज़िन्दगी को खुलकर जीने में उसका विश्वास था। उसके पास एक छोटी-सी नौकरी थी, पर घर का इकलौता होने के कारण उसे कोई अभाव नहीं था, पर लड़कियों पर वह पैसे खर्च नहीं करता था फिर भी लड़कियों में वह अपने आकर्षक व्यक्तित्व व रोमानी बातों के कारण लोकप्रिय हो जाता था। वह उस दिन तो हैरान हो गयी जब उसकी चचेरी बहन रेखा पर भी उसका जादू चल गया। बहन उसके यहाँ एक हफ्ते के लिए रहने आयी थी। उसका भी एक प्रेमी था, जिससे वह मिलकर आयी थी। यह जानने के बाद भी कि अभय से उसके अन्तरंग सम्बन्ध हैं, वह अपने हाव-भाव व सौन्दर्य से उसको लुभाने की कोशिश कर रही थी। वे दोनों उसके सामने ही आँखों ही आँखों में बतियाने लगे और वह शर्म के मारे आँखें चुराने लगी। अभय तो चलो पुरुष है थोड़ा दिलफेंक भी पर बहन को क्या हुआ है? वह तो उसके बेरंग जीवन से वाकिफ़ है। कितने दिनों बाद उसको थोड़ी-सी खुशी मिली है...उधार की ही सही। वह उसे भी छीन लेना चाहती है। वह उससे छोटी है खूबसूरत भी। लगभग अभय की उम्र की इसलिए अपने सौन्दर्य का सिक्का मनवाना चाहती है। यह दिखाना चाहती है कि देखिए मैं क्यों हूँ? ये किस तरह की निर्मम मानसिकता है स्त्रियों की। एक स्त्री दूसरी स्त्री से उसका प्यार छीनकर खुश होती है। इससे उसका आत्मविश्वास बढ़ता है पर क्या यह अपनी ही स्त्री जाति के साथ छल नहीं है। पुरुष बेवफा किसी दूसरी स्त्री के भरोसे ही होता है। अगर स्त्री ऐसे किसी पुरुष को दुत्कार दे, जो अपनी स्त्री के प्रति वफादार नहीं, तो कोई समस्या ही नहीं हो। पर एक भागे हजार धावे जैसी बात पुरुषों के पक्ष में जाती है। आज की पीढ़ी में तो यह मानसिकता और भी जोर पकड़ रही है कि एकनिष्ठता मूर्खता है। जहाँ और जब अवसर मिले खुलकर जी लेना चाहिए।

जब अभय ने उससे बहन को घुमा लाने की इजाजत माँगी तो उसने मना कर दिया। इस पर उसने बड़े ही आत्मविश्वास से कहा—कब तक रोक पायेंगी? घर में नहीं तो हम बाहर मिल लेंगे। बहन ने भी मौन स्वीकृति मुस्कुराकर दी। अनामा को आघात लगा। उस दिन के बाद उसने अभय को घर तब तक नहीं बुलाया, जब तक बहन चली नहीं गयी। उस घटना ने उसके मन में अभय के

लिए खटास पैदा की। अपनी माँ की बात याद आयी 'मर्द तो कुत्ता होता है, जो हर हड्डी की तरफ लपकता है।' पर बहन को क्या कहेंगे। पति के अलावा प्रेमी भी पाल रखा है। फिर भी बस नहीं। इतनी भी नैतिकता नहीं कि कम से कम बड़ी बहन की इस खुशी को बख़्श दे। वह जानती है कि कुछ कहने पर बहन उसके चरित्र पर अँगुली उठायेगी, पर क्या बहन और उसकी स्थिति में अन्तर नहीं। भरे पेट और खाली पेट का अन्तर। किसी के साथ होने और अकेले रहने का अन्तर।

वह यह जानती है कि वह जो कर रही है वह भी सही नहीं है। पर वह भी इंसान है, जवान है उसकी भी कुछ इच्छाएँ हैं। अभय खुद उसके जीवन में आया था, खुद उसने उसकी तरफ कदम बढ़ाया था। पति से अलग होने के वर्षो बाद वह उससे जुड़ी थी। वह कभी पति के साथ रहते प्रेमी से सम्बन्ध नहीं बना सकती। उसकी नैतिकता कभी इस बात की इजाजत नहीं देती। वह हैरान रह जाती है जब बहन को पति से प्यार जताते देखती है। दिन में प्रेमी के साथ समय बिताने के बाद रात में पति की बाँहों में सुकून से सोती है। ऐसा कैसे कर लेती हैं स्त्रियाँ! एक समय में एक से अधिक पुरुष के साथ समान भाव से प्रेम...समर्पण। वह दूसरी स्त्रियों से अलग है, तभी तो उसकी ज़िन्दगी इतनी एकाकी है। छल-कपट-समझौता वह नहीं कर पाती। कहीं इसी कारण तो उसकी ज़िन्दगी से एक-एक करके सारे मित्र नहीं चले गये क्योंकि वह बहन-सी नहीं है...अभय सी नहीं है। स्वतन्त्रता की पक्षधर होते हुए भी वह स्वच्छन्द नहीं है। अभय लौटा नहीं तो उसने सब्र कर लिया। जानती थी उसकी प्रेमिका उसके जीवन में है। वह भी किसी लड़की का हक नहीं छीनना चाहती। फिर अभय उससे प्यार भी तो नहीं करता था। फिर जितना प्यार उसके हिस्से का था, उसे मिल चुका था।

पराकर्षण

अपनी बाल-सखी सीमा के दमकते चेहरे को अनामा देखती रह गयी। इतना अपूर्व रूप! सीमा पहले भी सुन्दर दिखती थी पर इस समय उसके चेहरे पर नवयौवन की ताज़गी मधुरिमा व कमनीयता एक साथ उतर आयी थी। अनामा जान गयी कि सीमा प्रेम में है। प्रेम ही स्त्री को इतना सुन्दर, शान्त और आभामय बना सकता है। कुछ दिनों पूर्व तक वह मुरझायी और चिड़चिड़ी-सी थी। कम उम्र में शादी फिर एक-एक कर तीन बच्चे, घर-गृहस्थी की पूरी जिम्मेदारी और ऊपर से ससुराल वालों का अत्याचार। सीमा रात-दिन खपती रहती। अनामा को बड़ी तकलीफ़ होती। उसकी सबसे प्यारी सखी ज़िन्दगी जीना ही छोड़ चुकी थी। जब पन्द्रह की उम्र में उसकी शादी तय की गयी तभी अनामा ने विरोध किया था, पर सीमा के अभिभावकों के आगे उसकी एक ना चली। लड़का दुहाजू, परिपक्व और काफी खेला-खाया इन्सान था जबकि सीमा बहुत ही इन्नोसेंट थी। अनामा को यही डर लगा कि वह मासूम बच्ची उस पट्ठे को कैसे झेल पायेगी? उसका डर गलत नहीं था। सीमा ने ससुराल से लौटकर बताया कि उसका पति अशोक बड़ी

निर्ममता से उसके साथ सहवास करता है। रात होते ही वह डर से काँपने लगती है। उसे अपने ऊपर से ढकेलने की कोशिश करती है, पर सफल नहीं हो पाती। उधर उसकी कर्कशा सास घर के सारे काम उसी से कराती है और तरह-तरह से परेशान करती है। फूल सी बच्ची पर उसे दया नहीं आती। अनामा को यह सब जानकर दुख हुआ, पर क्या कर सकती थी! जब उसे मात्र सत्रहवें साल में ही सीमा के गर्भवती होने की खबर मिली तो उसे गुस्सा आया। बहन को डाँटा तो बोली– सास रात-दिन बाँझ होने का ताना मारने लगी थी, क्या करती उसकी उम्र कम है, पति की तो नहीं। अनामा उस रात सो नहीं पायी जिस रात सीमा ने बच्ची को जन्म दिया। उसकी पीड़ा की कल्पना करके ही उसके रोंगटे खड़े हो गये। आखिर ऑपरेशन करना ही पड़ा था और सीमा एक बच्ची की माँ बन गयी थी। फिर तो साल के अन्तराल पर दो बच्चे और हुए एक लड़की और एक लड़का। 21 वर्ष की उम्र में वह तीन बच्चों की जिम्मेदारी से लद गयी। किसी तरह उसका ग्रेजुएशन पूरा हुआ था वह भी अनामा की दखल अन्दाजी के कारण, वरना वह मात्र इंटर ही रह जाती। अनामा जब भी उससे मिली वह अपने पति का रोना रोती रही। पति शादी से पहले की प्रेमिकाओं के बारे में बताकर उसे कुढ़ाता था। यहाँ तक कि शादी की पार्टी में उसकी एक प्रेमिका मुख्य कार्यभार सँभाले हुए थी। इतना ही नहीं वह नीली फिल्मों का आदी था और उसके सारे टिप्स सीमा पर आजमाना चाहता था। सीमा विरोध करती तो लड़ाई करता और धमकी देता कि दूसरी औरतों के पास चला जायेगा।

सीमा की सास पानमती एक दिलजली औरत थी। ऊँचे डील-डौल और भयावह चेहरे वाली। सफेद बालों और बिल्ली-सी आँखों के कारण वह और भी डरावनी लगती। श्यामा तो पहली बार उसे देखकर बुरी तरह डर गयी थी। किसी दानवी से कम नहीं लगती थी। ऊपर से स्वभाव भी उतना ही कठोर था। सीमा को वह 'पोस' डालती थी। गाली देना उसके स्वभाव का हिस्सा था। पूरे घर पर उसका ही राज चलता था। बाद में पता चला कि उसे अपने जीवन में जो कड़वाहट मिली थी उसे ही बहू को लौटा रही थी। अपने पति की भी वह खूब लानत-मलामत करती थी जैसे जवानी के दिनों का बदला चुका रही हो। उसका बाल-विवाह हुआ था। उन दिनों लड़की देखने की प्रथा न थी, खानदान, परिवार के बड़ों की इच्छा से ही शादियाँ हो जाती थीं। गौने में जब पानमती ससुराल आयी तो उसको पति और सास किसी ने पसन्द नहीं किया। उसके साथ खूब दुर्व्यवहार किया गया। यहाँ तक कि पति ने उसे पूरी तरह अपनाया नहीं और एक दिन उसे मायके पहुँचा दिया। शादीशुदा होते हुए भी पानमती कुमारी थी

और रात-दिन अपने नसीब को रोया करती। पति दुबई में काम करता था। उसे छोड़कर दुबई चला गया पर किसी जानकार ने बताया कि वह दुबई में किसी पहाड़ी स्त्री के साथ रहता है और उसको एक बेटा भी हुआ है। पानमती यह खबर सुनकर अपने ससुराल आकर बैठ गयी। उसके पिता ने समझाया था कि वह अपना हक ना छोड़े। उसके सास-ससुर को भी पुत्र की कारस्तानी का पता चल चुका था। उन्होंने उसे वापस बुलाया और नौकरी छोड़कर आने को कहा तब फूलमती के पति ने एक अनोखा निर्णय लिया उसने पहाड़ी स्त्री को उसके पुत्र के साथ ट्रेन में बिठाया और पानी लाने के बहाने उतर गया। ट्रेन चली गयी। पहाड़ी स्त्री कहाँ गयी, उसका क्या हुआ! बच्चे का क्या होगा, इसकी चिन्ता छोड़कर वह अपने घर-परिवार में लौट आया। पानमती भारतीय स्त्री थी, पति के किये,-धरे पर पानी डालकर पत्नी धर्म निभाने लगी। चार बच्चे हुए। उसके पति ने फिर कोई ग़लत काम न करने की कसम ली और दुकान खोलकर बैठ गया। पर पानमती उसकी बेवफाई को कभी भूल नहीं पायी। सीमा बताती है कि एक बार पहाड़ी स्त्री का लड़का दुकान पर आया था, पर ससुर ने उसे पहचानने से इन्कार कर दिया, जबकि वह हुबहू पिता की शक्ल-सूरत का था। इसे सामाजिक व पारिवारिक मर्यादा कहें कि अमानवीयता पर उस आदमी को कोई फर्क नहीं पड़ा। अब वह पत्नी का भक्त था। उसके अनुसार ही उठता-बैठता था। यहाँ तक कि बहू को कोसने में सास के भी कान काटता था। ऐसे पिता का पुत्र अशोक भी कमीनेपन में पिता पर गया था। उसकी पहली शादी एक सामान्य लड़की से खूब दहेज लेकर की गयी थी। ससुराल आकर लड़की को अत्याचार सहना पड़ा तो वह मायके जाकर बैठ गयी। अशोक देखने में आकर्षक था। महानगर में रहने और ग्रेजुएट होने का भी उसे गर्व था। माँ-बाप के दुलार ने उसे इतना बिगाड़ दिया था कि हर महीने नयी लड़की से इश्क लड़ाता। शादी के बाद उसकी लम्पटई तो छूट गयी पर सीमा को वह मात्र देह समझता था। उसे सेक्स की जबर्दस्त भूख थी। उसकी हर नाराजगी का जवाब था देह! सीमा उसकी इस कमजोरी को समझने लगी थी। पति से कोई बात मनवानी हो या उसे खुश करना हो तो सीमा के शब्दों में—'बिस्तर पर लेट जाती हूँ, जो चाहे कर लो।' पर इस विवशता ने सीमा के मन में पति के प्रति घृणा का बीज बोया। औरत को मजबूर करके उसकी देह पर काबिज़ होने वाला कभी भी उसका सच्चा प्यार नहीं पा सकता। ऐसी औरत अपने जीवन में प्यार का आगाज़ पाकर उसकी ओर दौड़ पड़ती है। सती धर्म, पत्नी धर्म ही नहीं मातृत्व भी उसे रोक नहीं पाता और यही सीमा के साथ हुआ था।

आजकल वह प्रेम में है। अनामा जानती है कि सीमा का यह कदम सही नहीं है। इसका प्रभाव उसके बच्चों पर बुरा पड़ेगा। उसकी बनी-बनायी गृहस्थी तबाह हो जायेगी पर उसके दमकते चेहरे, खुशी से खिले मन को देखकर सोचने पर मजबूर है कि क्या किसी विवाहित स्त्री को प्रेम करने का अधिकार नहीं! क्या यह पाप है, अनैतिक है, अधर्म है! अगर ऐसा है तो इसमें इतना सुख... सौन्दर्य...आनन्द, तृप्ति क्यों है? विवाहिता राधा ने भी तो कृष्ण से प्रेम किया था...क्या वह गलत था! मीरा भी तो कुमारी नहीं थी। अनगिनत ऐसे उदाहरण हैं जब विवाहिताओं ने समाज की मर्यादा के खिलाफ जाकर प्रेम किया। समाज भले ही इसे वासना का अतिरेक माने पर इतिहास गवाह है ऐसा हमेशा होता रहा है। भले सारे केस जनता की अदालत तक न पहुँच पाये हों। छिप-छिपाकर तो आज भी ऐसे रिश्ते निभाए, जा रहे हैं। शायद परकीय का आकर्षण जबर्दस्त होता है। कोई नसीहत, कोई आदर्श, कोई सबक इसका रास्ता नहीं रोक सकता। रोकने वाला शत्रु नजर आने लगता है। सीमा को रोकना भी कठिन है। अनामा को उसकी किशोर बेटियों की चिन्ता हो रही है जो उसकी दोस्ती से वाकिफ़ है पर इस बात को पिता को नहीं बताती, पर अगर कल वे भी दोस्त (?) बनायें तो क्या सीमा उन्हें रोक पायेगी? बेटा भी समझदार हो रहा है। वह तो पुरुष जाति का है, जिसे माँ के दोस्त कभी नहीं सुहाते? पति को भी शायद आभास होने लगा है कि पत्नी अब सिर्फ उसकी नहीं रही। वह बूढ़े असहाय शेर की तरह दहाड़ता है। पर उसकी दाँतों व नाखूनों में पहले की तरह पैनापन नहीं रहा। उसकी ज्यादतियों का अब सीमा प्रतिकार करती है। सास-ससुर की मृत्यु तो बारह वर्ष पूर्व ही हो चुकी है। ननदें ससुराल हैं। छोटा देवर पत्नी के साथ अलग रहता है। अब वह किसके भरोसे पत्नी के खिलाफ कदम उठाये? फिर सीमा इतनी सतर्क रहती है कि कोई सबूत नहीं मिलता। अपना फर्ज भी वह बखूबी निभा रही है। बच्चों की पढ़ाई-लिखाई, रसोईघर के सारे काम, बाज़ार-हाट सब उसके ही ज़िम्मे है जिसे वह पूरी शिद्दत और मनोयोग से निपटाती है। यहाँ तक कि बिस्तर पर भी पति को नहीं रोकती। बस वह अपने लिए फोन पर बात करने का समय निकाल लेती है। अपने सजने-सँवरने का ध्यान रखती है। वह दिन पर दिन निखर रही है बस यही अशोक को खलता है। वह भूल रहा है कि सीमा अब जाकर पूर्ण युवा हुई है। यौवन के चरम पर है। उस पर प्रेम के आगमन ने सोने पर सुहागे का काम किया है। वह उसके सौन्दर्य, यौवन व खुशी से जलने लगा है। पर उसका कुछ बिगाड़ भी तो नहीं सकता। अपनी ढलती उम्र विदा ले रहे आकर्षण और अकेलेपन से घबरा रहा है। अब वह चाहता

है कि सीमा उससे प्रेमिका की तरह पेश आये, उससे खूब प्यार करे, पर सीमा सिर्फ देह देकर उससे मुँह मोड़ लेती है। उसके सपनों में कोई दूसरा है। कहती है जब बच्चों के प्रति सारे कर्तव्य पूरा कर लेगी तब उसके साथ रहेगी, अभी नहीं क्योंकि वह भी अपने परिवार के दायित्वों से बँधा है। उनमें सच्चा प्यार है इसलिए दूर रहकर भी वे एक-दूसरे के पास हैं...साथ हैं। जबकि देह से पास रहकर भी दोनों पति व पत्नी काफी दूर। 'नियरि रह काँटा फूल जस चाँटा'। काँटा फूल के निकट रहकर भी उससे काफी दूर होता है। पर चींटा दूर होकर भी फूल के पास आ जाता है।

सम्बन्धों का यह कैसा माया जाल है। किसी का स्पर्श हमें आत्मीय लगता है किसी का घृणित। आखिर क्यों? हर इन्सान के अन्दर वही तो आत्मा है वही मन। वही देह। देह में भी वही आँखें, होंठ, हाथ, पैर सब वही फिर क्यों किसी के साथ बिल्कुल अलग-सा आभास होता है! सीमा से वह क्या कहे! क्या समझाए! वह नहीं चाहती सीमा का भी वही हश्र हो, जो अभी हाल ही में उसकी सहकर्मी सपना का हुआ। वही सपना जो प्रेम के नशे में मादक हो उठी थी...अप्रतिम सौन्दर्य की स्वामिनी, आजकल कैसी बुझी-बुझी सी दिखती है। डिप्रेशन की शिकार है। वह भी पति-बच्चों वाली थी, पर विवाहित शशांक के प्रेम में पड़ गयी थी। दोनों ने हर सीमा पार कर ली। कार में, होटलों में कई बार शारीरिक रूप से मिल भी चुके थे, पर एक दिन शशांक ने सपना के चरित्र पर अँगुली उठा दी कि—पता नहीं तुम्हारा कितनों से सम्बन्ध होगा। सपना टूट गयी। उसे आभास हुआ कि अपने पति से बेवफाई करने वाली स्त्री से कोई भी दूसरा पुरुष प्यार नहीं कर सकता। वह हमेशा यही सोचेगा कि जब यह पति को धोखा दे सकती है तो फिर उसे भी देती होगी। सपना को धक्का लगा कि जिसके लिए उसने अपना धर्म-ईमान, इज़्ज़त-प्रतिष्ठा, घर-परिवार सब दाँव पर लगा दिया, वह उसे कुलटा ही समझता है। गनीमत है कि उसका पति, उसके बच्चे उसके साथ हैं पर उसके अन्दर भयंकर अपराध बोध है जिसने उसे शारीरिक और मानसिक रूप से बीमार कर दिया है।

अनामा सीमा से सपना के बारे में बताती है तो वह कहती है कि—सपना अय्याशी करने लगी थी, पर वह प्रेम करती है। शारीरिक सम्बन्ध उसने नहीं बनाया है। अनामा उससे हाथ जोड़ती है कि कभी भूलकर भी वह यह गलती न करे क्योंकि ऐसा करते ही वह सपना वाली स्थिति में पहुँच जायेगी। सीमा आश्वस्त तो करती है पर अनामा को पता है कि सीमा का सम्बन्ध उस स्टेज तक पहुँचेगा जरूर। स्त्री-पुरुष में सिर्फ दोस्ती कहाँ रह पाती है। किसी न किसी कमजोर क्षण में दोनों के बीच की सारी दूरियाँ मिट जाती हैं। दूरियाँ मिटना बुरी

बात नहीं, पर अक्सर नजदीकी के बाद पुरुष बदलने लगता है। वह उसी ऊब, एकरसता और अतिपरिचय का शिकार हो जाता है जो अपनी पत्नी के प्रति होता है। दूसरी औरत भी उसे मात्र देह लगने लगती है और अविश्वसनीय भी जबकि औरत अपना सर्वस्व अर्पण करने के बाद और तेजी से उसकी ओर भागती है। अधिक अधिकार जताती है। उसकी माँगें भी बढ़ जाती हैं। वह पत्नी जैसा हक पाना चाहती है और वह दिव्य प्रेम यथार्थ के धरातल पर आकर 'लस्ट' कहलाने लगता है। अनामा को डर है कि सीमा के प्रेम का परिणाम भी यही न हो। अगर ऐसा हुआ तो वह अपना सौन्दर्य, आत्मविश्वास खो बैठेगी। पति और बच्चों की नजरों में भी उसके प्रति वह सम्मान नहीं रहेगा। फिर वह भी मनोरोगी हो जायेगी। पर उसे कैसे रोका जाये। सपना का परिणाम भी उसकी आँखें नहीं खोल पा रहा। वह कहती है—आत्मिक प्यार करती हूँ दुनियावी नहीं। स्वार्थ के लिए किया गया प्रेम दुख देता है। मेरा प्रेम प्रेम कहानियों की नायिकाओं-सा निःस्वार्थ है, सपना की तरह धन, कपड़ों-गहनों के लिए मैं प्रेम नहीं करती।

पर अनामा देख रही है कि सीमा के रहन-सहन, गहनों-कपड़ों, खाने-खर्चे में जो शाही अन्दाज़ आया है वह उसके प्रेमी के कारण ही है। प्रेमी की पत्नी के बारे में वह बताती है कि 'वह उनसे प्यार नहीं करती। हमेशा पैसे की माँग करती है। बेचारे बहुत दुखी हैं।' अनामा जानती है पुरुष के ये सारे हथकण्डे बड़े पुराने हैं। दूसरी स्त्री के मन में जगह बनाने के लिए सदियों से वह अपनी पत्नी की बुराई करता आया है। काश, उसे दूसरी स्त्री इतनी आसानी से उपलब्ध नहीं होती, तो पत्नी के महत्त्व को समझता। काश दूसरी स्त्री यह समझती कि वह जिस पहली स्त्री की बुराई सुनकर गौरवान्वित हो रही है—उसके पास ही एक दिन पुरुष लौट जाता है। फिर वह बुरी कहलाएगी। दो स्त्रियों के बीच ईर्ष्या, घृणा व बदले की भावना भरकर हमेशा ही पुरुष मजे करता आया है।

जरूर उसका भी तुमसे कोई स्वार्थ होगा, उसकी इस बात पर सीमा कहती है—'बस मीठी बातें, प्यार की बातें, दुःख-दर्द का साझा, अपनेपन की छुअन के अलावा और कुछ नहीं।' पता नहीं सच क्या है! पर वह नहीं चाहती कि सीमा के जीवन में तूफान आये। पराकर्षण वह तूफान होता है जो आता दूसरे कारणों से है पर उसका खमियाजा सिर्फ स्त्री भोगती है।

खूबसूरत गुनाह

अनामा को ऐसा लग रहा था जैसे उसके प्राण निकल जायेंगे। जैसे वह चिता पर लेटी हुई है या फिर नरक की आग में जल रही है। इतनी जलन, इतनी तड़प,

इतनी बेचैनी...उफ, रह-रहकर सीने में ऐसी तकलीफ होती जैसे वहाँ आग का गोला अटक गया हो। वह बार-बार तड़पकर रोने लगती। उसके हाथ दुआ के लिए ऊपर उठ जाते—'हे ईश्वर, रहम कर...रहम! मुझे इस तकलीफ से निजात दिला।' पर दर्द था कि बढ़ता ही जा रहा था। वह सोच रही थी तो क्या यह उसके पापों का दण्ड है? पाप! पर उसने तो कोई पाप नहीं किया है—हाँ प्रेम जरूर किया है...प्रेम! पर कौन मानेगा इसे प्रेम! पर पुरुष से स्त्री का प्रेम हमेशा कठघरे में खड़ा रहा है! क्यों हो गया था उसे प्रेम। उसे याद है जब पहली बार अनवर ने प्रेम का नाम लिया था, उसने बुरी तरह डाँटा था उसे। वह विवाहिता थी। उससे मज़ाक़ का रिश्ता था, इसलिए सबके सामने भी मज़ाक़ करता रहता। सब उसकी उम्र देखकर बात हँसी में टाल देते। कम से कम उम्र में उससे पाँच साल छोटा तो था ही वह। वह उसके पति की मित्रमंडली में था और जब सब लोग सपरिवार किसी महफ़िल में उपस्थित होते, वह उसके इर्द-गिर्द रहता दूसरी औरतों का मज़ाक़ बनाता, उसकी तारीफ के पुल बाँधता रहता। अपनी दूसरी भाभियों से भी वह उसकी प्रशंसा करता। उसके बाल, उसकी आँखें, उसके होंठ, उसका भोला चेहरा और उसकी योग्यता अनवर की बातचीत के प्रिय विषय थे। वह उसका प्रशंसक है यह बात सभी जानते थे। वह कभी भी उसे फ़ोन कर सकता था, उससे मिलने आ सकता था। उसके पति को भी इस पर ऐतराज न था क्योंकि ऐसी-वैसी कोई बात ही न थी। पूरे तीन वर्ष तक ऐसे ही चलता रहा। वह उसका ध्यान रखता, उसकी परेशानियों को उसके पति से ज़्यादा समझता। फोन के माध्यम से जैसे हर पल उसके पास ही होता था। वह उसके पति को मज़ाक़ में कौआ कहता और उसे 'हंस'। पार्टियों में उसके पति को किनारे करके खुद उसके पास बैठ जाता और कहता—'अब हुई न जोड़ी, आप भी गोरी मैं भी गोरा। काले भइया को छोड़िये, मेरे पास रहिये। उनसे कम नहीं कमाता हूँ।' बात मज़ाक़ में उड़ जाती। उसने देवर का पूरा स्नेह उसकी झोली में डाला था। उसके अपने देवर उससे बात करना तो दूर उसे भाभी तक न कहते इसलिए वह उसे और भी प्यारा लगता। उसके पति आनन्द को भी सिर्फ उसकी देह से मतलब था। वे कभी उसकी भावनाओं को समझने का प्रयास नहीं करते थे। वह एक कल्पनाशील, भावुक स्त्री थी जिसे जीवन में किसी ने प्यार नहीं किया था। न माँ-बाप ने, न किसी भाई-बन्धु ने। न कोई हितैषी रिश्तेदार था, न हमदर्द दोस्त। कड़ा संघर्ष करके उसने अपना एक मुकाम हासिल किया था और आत्मनिर्भर हुई थी पर बहुत अकेली थी वह। इसी अकेलेपन से ऊबकर उसने निहायत शरीफ लगने वाले दिखने में बिल्कुल ही साधारण व बेरोजगार दलित युवक से विवाह

कर लिया था। इस विवाह ने उसे रहे-सहे रिश्तों से भी काट दिया पर उसने यह सोचकर सब्र कर लिया कि विवाह के बाद तो वैसे ही लड़की को माँ से जुड़े रिश्तों को छोड़ना पड़ता है। उसने सोचा था कि पति का परिवार उसे अपना लेगा। प्यार व सम्मान देगा। पर उसका यह सपना भी टूट गया। वह पारम्परिक बहू की भूमिका में रही तो उन्होंने उसे गरीब और गँवार समझा। उसे हर कदम पर उपेक्षित किया। ससुराल में उसे तमाम तरह की मानसिक यन्त्रणाओं के दौर से गुजरना पड़ा। ससुराल पक्ष सिर्फ जाति से दलित था। परिवार में आनन्द को छोड़ सभी अच्छी नौकरियों में थे। नव धनाढ्य थे सारी सुख-सुविधाओं से लैस। पर सब कुछ उनके अपने लिए था। वह तो खैर परायी थी पर घर के सबसे बड़े बेटे आनन्द को भी वहाँ कोई अधिकार नहीं था। सामन्ती संस्कार घर के सभी सदस्यों में कूट-कूटकर भरा हुआ था। वहाँ रहकर ही उसने जाना था कि स्त्री दलितों से भी दलित होती है। आनन्द ने जब वस्तुस्थिति को भाँप लिया कि उनके घर वाले इस रिश्ते को मन से स्वीकार नहीं कर पा रहे हैं तो उसे लेकर सड़क पर आ गये, जबकि उसने इसका विरोध किया था। उसने कभी भी वह घर छोड़ना नहीं चाहा था। पर निर्णय लेने के मामले में वह हमेशा ही कमजोर रही थी। वह आर्थिक रूप से सक्षम थी, नौकरी करती थी इसलिए कुछ वर्ष किराये के मकान में गुजारने के बाद एक छोटा सा घर बना लिया। अपना घर। अपनी सारी पूँजी उसने इसमें लगा दी पर आनन्द को यह अच्छा न लगा। जमीन उसने विवाह पूर्व लिया था इसलिए उसके ही नाम था, जिसे उसने बदला नहीं। आनन्द को इस बात का हमेशा मलाल रहता। इधर वे एक ऑफिस में पन्द्रह-सौ की नौकरी करने लगे थे। नौकरी और घर दोनों जगह खटते हुए उसने आनन्द से मानसिक सहयोग चाहा। आर्थिक रूप से वे कमजोर थे इसलिए खर्च से उन्हें मुक्त ही रखा पर वह साथ देने को तैयार न थे। परिवार और समाज के लोग उसके इस विवाह को स्वीकृति नहीं दे रहे थे। क्योंकि यह वह पारम्परिक विवाह न था जिसमें जाति, खानदान और अर्थ की महत्त्वपूर्ण भूमिका होती है। लोगों की इस मानसिकता के कारण कभी-कभी वह तमाम तरह की उलझनों में गिरफ़्त हो जाती और चाहती कि वे उसकी तकलीफ़ बाँटें। वे उसका दुःख समझते, पर उन्होंने ऐसा कभी नहीं किया। उसकी तकलीफ उन्हें हल्की और फालतू लगती। वह अपने मकान को घर जैसा बनाने में उनका साथ चाहती, उनका कुछ समय और ध्यान चाहती पर वे निरर्थक कार्यों में अपना सारा समय, सारी ऊर्जा खर्च कर कराहते हुए घर में प्रवेश करते। वह झुंझला जाती। लड़ती-झगड़ती थी पर उनपर कोई असर नहीं होता था। वह उन्हें प्यार करना चाहती थी पर उनमें

प्यार करने लायक कुछ भी नहीं मिलता था। वह हताश-निराश होकर दूसरे कामों में लग जाती। वे उसे प्राप्त की जा चुकी निरर्थक वस्तु समझते। उसके विचार उन्हें दोयम दर्जे के लगते। वे अपने मित्रों में उसे मूर्ख, पागल, स्वार्थी, अवसरवादी, महत्वाकांक्षी और जाने क्या-क्या कहते थे। वह खूब रोती-तड़पती। अक्सर डिप्रेशन का शिकार हो जाती। फिर ख़ुद को समझाकर उन्हें माफ़ कर देती। आखिर करती भी क्या! विवाह का निर्णय भी तो उसका अपना था। उनके मित्र भी उनके पक्ष में रहते। उसका कोई न था। कभी-कभी तो उनके मित्र भी उसका अपमान कर देते और वे मुस्कुरा कर आनन्द लेते। अपने घर-वालों से भी उन्होंने चोरी-छिपे रिश्ता जोड़ लिया था। उसके न रहने पर उन्हें घर बुलाते और उनको ज़्यादा समय देते। उसे इस बात से शिकायत न थी। शिकायत थी तो बस इस बात की कि यह सब उससे छिपकर करते थे। उसने कभी उनको घर जाने से रोका नहीं था। और ना मना करने पर मान जाने वाले जीव थे वे। उनके घर वाले चारों तरफ उसकी शिकायत करते, इस बात की जानकारी होने पर भी वे चुप ही रहते जैसे वह सचमुच गुनहगार है। बड़ा कष्ट होता था उनके इस रवैये से। बड़ा ही शुष्क, नीरस स्वभाव था उनका। दिन-रात शारीरिक, मानसिक श्रम करने के बाद वह थोड़ी ख़ुशी चाहती थी। कम से कम पति का मुस्कुराता चेहरा ही दीखे पर वे चेहरा गिराये मुँह सिले, तनाव बढ़ाते रहते थे। कुछ कहने पर जहर उगलते। घर छोड़ कर चले जाने की धमकी देते। वह हार रही थी, टूट रही थी। जीवन के सारे रंग उदास हो गये थे। बस अपने काम में इतना व्यस्त रहती कि बाकी चीजें भूल जाये पर उसका मन घुट रहा था। वह धीरे-धीरे खत्म हो रही थी। अकेलापन बढ़ता जा रहा था। मानसिक अकेलापन। वह सोचती, काश! कोई ऐसा होता जिससे वह मन की बात कर सकती। यूँ तो कहने को सब कुछ था उसके पास पर प्यार न था। कभी-कभी वह उन्हें पास बिठाकर समझाती कि उनकी किस-किस बात से उसे तकलीफ़ होती है। और उनसे क्या चाहती है? अपने बीते हुए कल की बातें, वर्तमान की बातें व भविष्य की बातें और ढेर-सारी प्यार की बातें करती। पर वे इधर उसकी बात सुनते जाते उधर उनका हाथ उसके शरीर पर फिसलने लगता। उसकी भावना को इससे चोट लगती। उसका तन-मन घृणा से भर उठता। कितना स्वार्थी है यह आदमी! और ज्यों ही उनकी इच्छा पूरी होती वे वैसे ही रूखे और मनहूस-सी शक्ल वाले शख़्स में तब्दील हो जाते। वे रात-दिन सेक्स में डूबे रहना चाहते जैसे जल्द से जल्द सब कुछ खत्म करके निकल लेना है। धीरे-धीरे उनका यह लक्ष्य भी सामने आने लगा। बिना प्रेम का सेक्स उसकी समझ से बाहर था। वह सोचती इस

आदमी को उससे जरा-सा भी लगाव नहीं है। उसकी बीमारी के क्षणों में भी वे उसकी देह नोंचने में लगते। उसे बड़ी वितृष्णा होती। वह सेक्स को भावना पूर्ण अहसास के साथ जीना चाहती थी पर वे मशीनी अन्दाज में सब चाहते थे। वह कब तक रिमोट बनी रहती। काम-काज में भी और काम भावना में भी। आश्चर्य तो यह था कि बाहर ये सबके थे, मित्रों, रिश्तेदारों सबके...बस उसके न थे। वह अकेले ही घर-बाहर सब जगह जूझती। वे वही सब कुछ करते जो उसे पसन्द न था। नशा करते, सुरती-मसाला खाते। गन्दगी से रहते। वह अक्सर उन्हें समझाती–'मेरा मन खाली मत छोड़ो।' पर उनके लिए तो वह धीरे-धीरे प्रौढ़ होती स्त्री थी, जिसका कोई महत्त्व न था। वैसे वे अन्य बातों में प्रगतिशील थे...उस पर कोई प्रतिबन्ध नहीं लगाते। पर वह स्वयं ही अपने घर-गृहस्थी की मर्यादा से बँधी हुई थी। वह सौन्दर्य-प्रेमी थी। हर काम को सुरुचि पूर्ण ढंग से करने में विश्वास करती थी। पर उन्होंने कभी उसकी प्रशंसा न की थी। उसके हर काम को वे जनाना व फालतू समझते।

जीवन ऐसे ही गुजर रहा था उदास...बेरंग कि जाने कैसे एक दिन अनवर खुशबू के झोंके की तरह मन में समा गया। उसके जीवन में फिर से यौवन के नवोल्लास की आभा...मधुरिमा भर गयी। खुशियाँ ही खुशियाँ, रंग ही रंग। उसके मन का आकाश जो गर्मी के कारण बदरंग और मटमैला हो गया था। वर्षा से धुलकर स्वच्छ नीला हो गया और उस पर वह बादल बनकर मँडराने लगा। अब वह कभी हंस की तरह तालाब में तैरती, कभी पतंग की तरह ऊँचाई पर उड़ती। संगीत उसे फिर से भाने लगा। ज़िन्दगी का यह तीसरा दशक था। उसके दुखी जीवन में खुशियों का संकेत लेकर पतझर को बसन्त में बदलने के हठ के साथ अनवर आया था। उसने उसे एहसास कराया कि जीवन अभी समाप्त नहीं हुआ है। एक नया जीवन शुरू करने का वक़्त अभी चुका नहीं है कि फिर से नयी शुरुआत की जा सकती है कि तनवृक्ष वर्षा, आतप, शिशिर सह कर और निखर आया है और वह साथ है। इस एहसास से सूख रहे वृक्ष पर न जाने कहाँ से कोंपलें निकल आयीं। सुप्त कामनाओं ने अँगड़ाई ली। प्रीत ने पायल बजाई और उसकी आँखों में इन्द्रधनुष उभर आया। अतृप्त इच्छाएँ खिलखिला उठीं और नव वृक्ष के सदृश वह भ्रमर-गुंजार से मदमस्त हो गया।

फिर वही हुआ जो सदियों से होता आ रहा है। इस असमय की बहार प्रकृति की उपेक्षा और ठूँठ की खिलखिलाहट से जगत जल-भुन गया और उसने वृक्ष पर ओलों की बौछार कर दी पर वृक्ष के अन्तर में जो नवीन गन्ध बस चुकी थी वह सदा उसके साथ रह कर उसका हौसला बढ़ाती रही और उस पर ओलों का

कुछ भी असर नहीं हुआ। वृक्ष को जो सुख पाना था उसने पा लिया था फिर उसका जो भी हो उसे इसकी परवाह नहीं थी।

पर अनामा पेड़ नहीं एक स्त्री थी। उसके जीवन में अनवर की वजह से जो तूफान आया उसने सब कुछ बदल डाला। पति आनन्द जीवन से चले गये। उनके जाने का कारण सिर्फ वही जानती है। उसने उनसे यह सच बता दिया था कि उसके मन ने किसी और को स्वीकार कर लिया है। उनका पुरुष अहं यह स्वीकार न कर सका। उन्हें एक बार भी नहीं लगा कि इसके ज़िम्मेदार वे भी थे। उन्होंने उसके प्रेम को लस्ट बताया। शरीर की भूख बताया। वे भूल गये कि जब वे खुद जीते जागते शरीर के रूप में उसके पास मौजूद थे फिर वह कौन सी रिक्ति थी भूख-प्यास थी जिसने उसे अनवर से बाँध दिया था? वह खुद हैरान थी परेशान थी। कैसे कब क्योंकर यह सब हो गया और उसे पता ही नहीं चला। पर हो गया तो वह उन्हें कैसे धोखा देती? वह उन स्त्रियों में नहीं थी कि एक साथ दो नावों में सवार होकर जीवन गुजार लेती हैं। उसका प्रेम अगर गुनाह कहा जा रहा था तो वह उसकी सजा भी भुगतने को तैयार थी। सजा मिली भी। आनन्द के जाने से पहले ही अनवर एक झटके से उससे दूर हो गया। जीवन के दोनों पुरुषों ने अपनी अलग दुनिया बसा ली और वह अहल्या बन गयी।

करीब आठ वर्ष बाद अनवर का फोन आया था। नम्बर बदला हुआ था इसलिए अनामा ने फोन उठा लिया। अनवर की आवाज सुनकर वह चौंक पड़ी। जी चाहा फोन काट दे, पर काट न सकी। उसने कहा—मेरी याद नहीं आती...भूल गयी क्या? मैं तो एक पल के लिए भी नहीं भूल पाया तुम्हें। अनामा को आश्चर्य हुआ कि इतने वर्षों बाद भी अनवर ऐसे बात कर रहा है जैसे कुछ हुआ ही नहीं हो। उसके कारण कितना कुछ बदल गया। वह कितनी अकेली हो गयी... क्या-क्या नहीं झेलती रही? उसने एक बार भी उसकी कोई खोज-खबर नहीं ली। आज एकाएक उसका प्रेम कैसे जाग गया? अनवर के बारे में उसे बराबर खबर मिलती रही थी। उसकी शादी...फिर बच्चे..और...उसके बाद भी एक लड़की से उसके खास ताल्लुक़ात...! इन ख़बरों को पाकर वह विचलित नहीं हुई थी, जबकि उसे होना चाहिए था। तब उसे लगा कि वह उसके जीवन से ही नहीं निकला है बल्कि दिल से भी निकल चुका है फिर क्या फर्क पड़ता है वह कुछ भी करे। हाँ कभी-कभी कसक जरूर होती थी कि ऐसे आदमी के लिए उसने सब कुछ दाँव पर लगा दिया था। एक दिन वह उसके कितने करीब था। उसके बिना अपना जीवन असम्भव लगता था उसे। उसने भी तो उससे जीवन भर साथ निभाने का वादा किया था। कहा था कि कहीं और विवाह नहीं करेगा। उसी के कारण तो

वह अपने आनन्द से अलग हुई थी। पर अनवर उससे इसलिए नाराज हो गया था कि उसने आनन्द से उससे लगाव की बात बता दी थी। वह उससे गुनाह के रिश्ते रखना चाहता था। पति भी उनके रिश्ते को गुनाह समझता था, पर उसने गुनाह नहीं प्रेम किया था। आज तक वह नहीं समझ पायी है कि वह उससे क्यों प्रेम करने लगी थी? वह प्रेम था कि देह की भूख। बरसों से खाली पड़े मन को भरने की चाह थी कि एकरस जीवन की ऊब। दुखों से निजात का उपाय था कि पति के प्रति क्रोध। भाग्य से लड़ने की कोशिश थी या फिर इन सबका मिला-जुला कोलाज! पता नहीं पर यह तो सच ही था कि वह प्रेम में पड़ गयी थी। कितनी मुहताज हो गयी थी उन दिनों वह अनवर की। एक दिन भी उसका फोन नहीं आता तो वह जल बिन मछली की तरह तड़पने लगती थी। पूरी रात जागती रह जाती। पति का स्पर्श उसे सर्प-दंश के समान लगता। एक ही बिस्तर पर दोनों अलग रहते। वह अनवर के ख़यालों में खोई रहती और पति भी न जाने क्या सोचता जागता रहता। उसे शक तो बहुत पहले ही हो गया था, पर जाने क्यों चुप था। पर उस दिन उसे करवटें बदलते देख पूछ पड़ा—क्या तुम किसी से प्रेम करने लगी हो? वह उठकर बैठ गयी तो उसने उसे कन्धों से पकड़कर झकझोर डाला—बताओ, वह अनवर है न! जरूर वही होगा। ये साले मुसलमान गद्दार होते ही हैं। अपने मित्र की पत्नी पर ही हाथ साफ कर गया साला! मैं उसे छोड़ूँगा नहीं। सारे मीडिया के सामने उसे नंगा कर दूँगा। तुम्हें गवाही देनी होगी। बताना होगा कि उसने किस तरह तुम्हें मेरे खिलाफ भड़काया, तुम्हारा इस्तेमाल किया? वह कुछ नहीं बोली तो कहने लगा—तुम्हें उसने स्पर्श तो जरूर किया होगा। बोलो कहाँ-कहाँ स्पर्श किया था? वह रोने लगी तो वह थोड़ा नम्र हुआ। फिर कहने लगा—देखो मैं समझ रहा हूँ कि तुम्हारे मन में उसके लिए कोमल भावनाएँ हैं पर वह अच्छा आदमी नहीं है। उसका उद्देश्य बस एक बार तुम्हें प्राप्त करना मात्र है ताकि वह खुद अपनी पीठ ठोंक सके। मैं उसके साथ काम करता हूँ उसके नस-नस से वाकिफ हूँ। वह ऑफिस में मेरी बराबरी नहीं कर पाया तो तुम्हें गुमराह कर दिया ताकि मुझे नीचा दिखा सके। तुम्हें उसने मुहरा बनाया है सिर्फ मुहरा। वह मेरी प्रतिभा से जलता है। आनन्द की बात में हो सकता है कोई सच्चाई रही हो, पर उसे उस वक़्त अनवर से कोई शिकायत नहीं थी। वह खुद उसके साथ रहना चाहती थी। अपना धर्म तक बदलने को तैयार थी। जाने कैसा दीवानापन था वह? आनन्द से उसे सहानुभूति थी, पर वह यह भी जानती थी कि दोनों के बीच अनवर के आने का कारण वह खाली जगह थी, जिसे आनन्द ने खुद बनाई थी। उसे मादा से अधिक उसने समझा ही कहाँ था? अनवर ने

तो बस उस खाली जगह को भरा था। उसे कुछ समझ में नहीं आ रहा था। उसे क्या कहे? बस रोती रही। वह फिर समझाने लगा—तुम समझती क्यों नहीं? तुम लोगों के बीच नजदीकियाँ बढ़ भी गयी हों तो मुझे बताओ! मैं कुछ नहीं कहूँगा, पर जान लो वह मेरी तरह उदार नहीं है। अगर तुम लोगों का सम्बन्ध खुला तो वह तुरन्त पल्ला झाड़ लेगा। तुम जोर दोगी तो तुम्हें ही बदचलन कह देगा। वह ग़न्दा आदमी है। कुछ दिन पहले वह एक बदनाम नेताइन के घर रात-भर रहा और सुबह ऑफिस में नेताइन के ढीले पड़ गये अंगों का उपहास उड़ाता रहा। अपने एक करीबी मुस्लिम मित्र की पत्नी के भी वह करीब है। वह जहाँ भी फाँक देखता है, वहीं घुस जाता है। वह अविवाहित है, सुन्दर है, युवा है। ऊपर से उसे लच्छेदार बातें करनी आती हैं। बेवकूफ औरतें उसके चक्कर में फँस जाती हैं, पर वह किसी का नहीं। बस मुफ़्त में मजे लेता है, टाइम पास करता है। तुम क्यों ऐसे आदमी को लेकर गम्भीर हो? क्यों उसको अपने हृदय का रक्त पिला रही हो? भूल जाओ उसे झटक दो झटके से। फोन आये तो मत उठाओ या डाँट दो कसकर। अनवर के बारे में ये बातें अनामा को अच्छी नहीं लग रही थीं। वह सोच रही थी—अनवर कैसा भी हो वह उससे प्यार करती है। वह इतना बुरा नहीं हो सकता, जितना ये बता रहे हैं। अनवर से उसका रिश्ता यूँ ही एक दिन में नहीं शुरू हो गया था। वर्षों लगे थे इसे जड़ जमाने में। इस रिश्ते की जड़ों में अपनापन था, सहानुभूति थी। वासना का नामोनिशान न था। फिर अनवर के बारे में ये अब क्यों बता बता रहे हैं? पहले तो वह इनके लिए बहुत अच्छा था। उसकी प्रशंसा सुनकर ही वह उसे देखने को लालायित हो गयी थी। वे उसे लेकर घर आये थे फिर धीरे-धीरे वह उनके हर दुख-सुख में शामिल हो गया था, विशेषकर उसके। अनवर को बुरा लगता कि वे ऑफिस में उसके बारे में सम्मानजनक ढंग से बात नहीं करते हैं। कहीं भी उसका अपमान कर देते हैं। वह उसकी सुन्दरता से ज्यादा उसके मासूम भोलेपन से प्रभावित था। उससे बच्ची समझकर लाड़ करता। उसका ध्यान रखता। उसे परेशान देखकर तड़प उठता। उन दिनों आनन्द की हरकतों से वह दुखी थी। अपने को असहाय और अकेला महसूस करती थी। वह तन से ज्यादा मन का अकेलापन था, जो धीरे-धीरे उसे खाने लगा था। फिर अनवर ने उसके अकेलेपन को भर दिया। उनके बारे में भी अनवर ने बहुत बातें बताई थीं। पर तब उसने उसे डाँट दिया था। विश्वास ही नहीं था कि प्रगतिशील विचारधारा वाले आनन्द ऐसा भी कर सकते हैं पर बाद में उसे खुद सबूत मिलता गया। तब उसे लगा कि अनवर उसे आनन्द के खिलाफ भड़का नहीं रहा, बल्कि उसके लिए चिन्तित है।

उसके घर के ठीक पीछे एक मकान है, जिसमें उन दिनों बतौर किरायेदार एक गरीब मुस्लिम परिवार रहता था। उस परिवार में नौंवी कक्षा में पढ़ने वाली एक किशोरी भी थी। अलग बाथरूम न होने के कारण पीछे बने छोटे से आँगन में, जहाँ हैंडपाइप था—वह परिवार नहाया करता था। आँगन ऊपर से खुला था। अगल-बगल की छतों से वह आँगन साफ दिखता था। सुबह स्कूल जाने से पहले वह किशोरी आँगन में निश्चिन्त नहाती थी। उस समय आस-पास की छतों पर कोई नहीं होता था। वह इस बात से बेखबर थी कि दो जोड़ी अधेड़ आँखें उसे रोज निहारती हैं। अनामा को भी यह बात पता नहीं थी, पर वह देखती थी कि सुबह होते ही आनन्द हाथ में ब्रश लेकर छत पर चले जाते हैं। वह काम में लगी रहती थी। मन में कोई शक भी नहीं था। पर एक दिन अनवर ने फोन पर उससे पूछा—आपके घर के पीछे कोई माल रहता है, उसे देखने आना है। वह चौंक पड़ी।

—माल...? नहीं तो...।

'रहता है जानदार माल...हर सुबह दो सूरज उगता है वहाँ...। उसका जलवा आह!'

—क्या बक रहे हो? मेरे घर के पीछे तो एक बच्ची अपने परिवार के साथ रहती है फिर तुम तो कभी मेरी छत पर गये नहीं फिर कैसे जानते हो?

'वही तो...बूझिए...आपके पति रस ले-लेकर छत से देखे गये रसलीला की बातें ऑफिस में सबसे बताते फिर रहे हैं। एक दिन खुद देख लीजिए। इतनी भोली बनकर धोखा खाएँगी। अपने आदर्श पति के तथाकथित माल के दर्शन तो कर लीजिए।'

—पहली बात मुझे माल शब्द से चिढ़ है लड़की को माल कहने वालों को मैं माफ नहीं कर सकती। दूसरी बात पीछे बेहद ग़रीब नौवीं में पढ़ने वाली मुस्लिम बच्ची रहती है, बड़ी लड़की नहीं...

मुसलमान शब्द सुनकर अनवर का स्वर गम्भीर हो गया। उसे शायद बुरा लगा था। अभी तक हिन्दू परिवार की लड़की समझकर वह भी मजे ले रहा था, अब वही बात उसे अनैतिक लगने लगी थी। कितने गहरे होते हैं ये धर्म के संस्कार। पर कोई भी धर्म मानवता से बड़ा नहीं हो सकता। गलत चीज तो हर हाल में गलत होती है धर्म के कारण बदल कैसे सकती है? पर धर्म के उन्माद में लोग मानवता भूल जाते हैं तभी तो हर दंगे फसाद, युद्ध या आपदा में एक कौम दूसरी कौम की स्त्रियों के साथ बुरा सलूक करती है। जबकि स्त्री तो हमेशा शान्ति चाहती है। मर्द ही अपनी महत्वाकांक्षा के कारण युद्ध ठानते हैं पर यातना सहती हैं स्त्रियाँ। उसने आनन्द को अनवर से हुई बातचीत के सम्बन्ध में कुछ

नहीं बताया पर दूसरे दिन सुबह जब वे छत पर गये तो चुपके से दबे पाँव वह भी जा पहुँची। छत का दृश्य देखकर तो उसे मानो काठ मार गया। छत की कच्ची बाउंड्री की एक ईंट निकालकर मोका बनाया गया था, जिससे पीछे के आँगन में देखा जा सके। बाद में उसमें ईंट लगा दी जाती थी ताकि उसे पता न चले। छत पर खड़े होकर देखने से आँगन में नहा रहा व्यक्ति जान लेता की कौन झाँक रहा है फिर विवाद हो सकता था। इसलिए उसका प्रगतिशील, नारी अधिकारों का पक्षधर पति छत पर उकड़ूँ बैठा मोके से झाँक रहा था। उसका एक हाथ अपने अंग विशेष पर था। उसने आँगन में देखा तो बच्ची मात्र चड्डी में नहा रही थी। गोरे कमसिन शरीर पर बिजली के खिले फूल पानी की बूँदों से धुलकर और भी धवल आभा से चमचमा रहे थे।

उसकी आहट पाकर आनन्द के होश उड़ गये। उसने पूछा—ऐसे उकड़ूँ क्यों बैठे हुए हैं? कहाँ झाँक रहे हैं?

वे घबराकर उठ खड़े हुए—कुछ नहीं बस ऐसे ही व्यायाम कर रहा था।

—हाथों में ब्रश लेकर मोके से झाँकना भी व्यायाम है क्या? व्यायाम आँखों का है या फिर अंग विशेष का। आप रोज इसी व्यायाम के लिए छत पर आते हैं।

'तुम मेरी जासूसी कर रही हो...?'

—मुझे पहले से पता था पर खुद देखना चाहती थी।

'अच्छा! पर तुम कैसे जानती थीं?'

—सारी दुनिया को आप अपनी बहादुरी के कारनामे बताते हैं तो कैसे नहीं जानती?

'समझ गया जरूर उस अनवर ने चुगली की होगी। वह कमीना है।'

—और आप कैसे हैं? बेटी की उम्र की बच्ची को नहाते हुए देखते हैं। और लोगों से रस ले-लेकर उसके अंग-प्रत्यंगों का बखान करते हैं। कितनी भूख है आपको देह की? वैसे तो बड़ी-बड़ी प्रगतिशील बातें करते हैं।

'तो क्या हो गया, लोग ब्लू फ़िल्म भी तो देखते हैं? देखने वाली चीज को तो देखेंगे ही।'

—शर्म नहीं आती अगर वह आपकी बेटी होती तो...।

'चलकर साले की खबर लेता हूँ आग लगाता है।' यह कहते हुए आनन्द बिना किसी ग्लानि के नीचे उतर आये। वह उनकी इस बेहयाई पर अवाक् रह गयी।

...तो...अनवर ठीक कहता है इनके बारे में।

ये तब की बात थी, जब अनवर से उसके रिश्ते प्रगाढ़ नहीं हुए थे बस सामान्य-सा परिचय था। शादी के बाद के आनन्द के ऑफिस वालों ने पार्टी देने

पर जोर दिया तो एक छोटी-सी पार्टी हुई थी। पहली बार अनवर ने उसे वहीं देखा था,उसने तो उसपर ध्यान नहीं दिया, पर वह उसे पसन्द करने लगा था। फिर ऑफिस के फोन पर इनके सामने ही फोन करने लगा। इन्होंने उसे कभी मना नहीं किया। इनसे काफी क्लोज था। ऑफिस में सबसे कम उम्र का होते हुए भी काम-काज में कुशल था, इस कारण सभी का और चहेता बन गया था। सभी का उससे काम पड़ता था। मैनेजमेंट तक उसकी पहुँच थी।

उससे परिचय होने के बाद वह आनन्द की हर बात उससे बताता विशेषकर वे बातें जो ऑफिस या और कहीं भी वे उसके बारे में कहते थे। उसे बुरा लगता कि कोई अपनी पत्नी का जिक्र सिर्फ देह रूप में कैसे कर सकता है? कितनी तरह की काम-कलाएँ और कितनी बार आनन्द के प्रिय विषय बन गये थे। अनवर उससे कहता—'मुझे अच्छा नहीं लगता उनका ऑफिस में बिस्तर की बातें शेयर करना। कोई और शख्स तो नहीं करता इस तरह की बातें वो भी पत्नी के सम्बन्ध में। मुझे तो लगता है वे आपको पत्नी ही नहीं मानते।'

अनामा को बुरा लगता। उसे पता था कि आनन्द इस तरह की बातें कर सकते हैं। घर पर उसके सामने ही फोन पर अपने मित्रों से वे इस प्रकार की नग्न भाषा का प्रयोग करते कि वह कट कर रह जाती। पर क्या करती? यह उनके स्वभाव का जैसे एक अंग ही था। प्रारम्भ से ही वे ऐसे लोगों के बीच उठते-बैठते रहे थे, जो खुलेपन व नंगेपन को ही प्रगतिशीलता समझते हैं। सामाजिक अनुशासन जिनके लिए पिछड़ापन है। सभ्य भाषा, सभ्य आचरण सामन्तवाद है। वे तो अपनी समलैंगिकता के किस्से यूँ बता जाते गोया इसमें अस्वाभाविक कुछ नहीं। अपने मामा से भी उनके ऐसे रिश्ते रहे और कइयों से भी। यह खुद उन्होंने ही उसे बताया था। उनके पास कोई भी लड़का चैन से नहीं सो सकता था। एक बार उनके रिश्ते का भतीजा घर आया था। कमरा एक ही था इसलिए उसने दोनों को एक साथ सोने को कहा और खुद छत पर जाकर सो गयी। सुबह भतीजे की लाल आँखें देखकर उसने कारण पूछा तो वह शर्माते हुए बोला—आंटी अंकल नींद में रात भर परेशान करते हैं। वह सोचती शायद 40 की उम्र तक स्त्री सुख से वंचित रहने के कारण ये यौन-कुंठित हो गये हैं। बेचारे बदसूरत और खाली जेब होने के कारण किसी लड़की को तो नहीं पटा पाते होंगे या फिर यह भी उनके प्रगतिशील होने का प्रमाण हो।

एक बार वह और शर्मिंदा हुई, जब उसके एक मित्र कामता प्रसाद ने उससे उनकी शिकायत की। मित्र की पत्नी इन्हें राखी बाँधती थी इस नाते उसकी किशोर बेटियाँ इन्हें मामा कहकर पैर छूती थीं। मित्र का आरोप था कि झुक कर

पैर छूने वाली बेटियों को वे बगल से पकड़कर उठाते हैं। समय-कुसमय कभी भी घर आ टपकते हैं और सीधे बड़ी बेटी के कमरे में चले जाते हैं। उसके बिस्तर पर लेट जाते हैं रजाई में घुस जाते हैं। उसे छू-छूकर बात करते हैं। उनके या दूसरे कमरों में नहीं बैठते। संकोच की वजह से पत्नी कुछ कह नहीं पातीं। आप उन्हें मना कर दीजिए। घर पर बुरा प्रभाव पड़ रहा है बाकी बच्चे उन्हें देखते ही मुस्कुराने लगते हैं कि अब ये सीधे दीदी के कमरे में घुसेंगे। बहुत बुरा लगता है। आपके नाते ही रिश्ता जुड़ा था उनसे आप ही इस तरह समझा दीजिए कि उन्हें बुरा भी न लगे। उसने उन्हें आश्वस्त किया पर खुद संकोच में पड़ गयी कि उनसे इस तरह की बात कैसे करे? जब वे घर आये तो सहज भाव से बस इतना ही कहा—आप मेरे साथ ही कामता प्रसाद जी के घर जाया करें।

उसके इतना कहते ही आनन्द बमक उठे—क्यों कुछ कह रहा था क्या? ठीक कर दूँगा उसे। उसे आश्चर्य हुआ कि उसने अभी उन्हें कुछ बताया ही नहीं फिर भी! इसका अर्थ सूचना सही है। 'चोर की दाढ़ी में तिनका' मुहावरा सही हो गया। वह तो अभी तक कामता प्रसाद की बातों को पूर्वाग्रह ही मान रही थी।

आनन्द पर इतना विश्वास तो था कि वे रिश्तों की कदर करेंगे। वे खुले विचारों के हैं। नीयत में खोट नहीं शायद इसीलिए बच्ची के कमरे में चले जाते होंगे। छू-छूकर बात करते होंगे। पर उनका नाराज होना कुछ और ही कह रहा था।

उसके कुछ ही दिन बाद मुस्लिम किशोरी वाली घटना हुई फिर तो जैसे इनकी कलई ही उतरने लगी। वह गौर करने लगी कि उसके साथ होते हुए भी वे आँख बचाकर किशोरियों के उभरते यौवन को निहारा करते हैं। एक दिन तो हद हो गयी। वे कुछ नीली फ़िल्में ले आये और उसे भी साथ देखने का आग्रह करने लगे। वह थकी हुई थी। दिन भर नौकरी की थकान उसे रात में जागने की इजाजत नहीं दे रही थी। उसके मना करने पर नाराजगी दिखाने लगे। उनका मन रखने के लिए उसने उड़ती नजरों से फ़िल्म पर नजर डाली और घोर वितृष्णा से उसका मन भर गया। फ़िल्म की नायिकाएँ किशोरियाँ ही थीं, बच्चियाँ कहना ज़्यादा सही होगा। एक सहवास के दृश्य में चेहरा बच्ची का था। उसकी भाव-मुद्राएँ देखकर वह सहम गयी थी पर जब कैमरा उसके कमर के नीचे के जिस्म पर फोकस हुआ और सहवास दिखाया जाने लगा तो वह मुँह फेर कर लेट गयी तभी उसे लगा जैसे किसी ने पिघला शीशा उसके कान में डाल दिया हो। आनन्द कह रहे थे—बेवकूफ बना रहे हैं नीली फिल्म बनाने वाले। चेहरा तो कमसिन लड़की का है पर कमर के नीचे का सब कुछ किसी अधेड़ औरत का है।

स्त्री होकर भी स्त्री के गुप्त अंगों की पहचान वह इस तरह नहीं कर सकती

थी। उस दिन उसे महसूस हो गया कि उसने गलत आदमी से विवाह कर लिया है। यह काफी खेला-खाया आदमी है। जरूर वेश्यागमन भी करता रहा होगा। पैसे कम होने की वजह से सस्ती वेश्याएँ ही इसे उपलब्ध हुई होंगी इसीलिए इसके पास इस तरह के अनुभव और भाषा है। वह देखती है कि गरीब तबके की नौकरानियों व मजदूरिनों को देखते समय उसकी आँखों में एक भूख चमकने लगती है। प्रेम सम्बन्ध के लिए न वह कोई स्तर देखता है न किसी नैतिकता को मानता है। उसकी आँखों पर बस एक ही चश्मा है जिससे स्त्री मात्र मादा नजर आती है। प्रगतिशीलता, स्त्री स्वाधीनता, स्त्री कल्याण की बड़ी-बड़ी बातें तो वह चारा है जिससे हर वर्ग की स्त्रियों का विश्वास हासिल कर उनका शिकार किया जा सके। उससे विवाह का कारण भी उसने एक दिन बताया—अगर विवाह नहीं करता तो पतित हो जाता। यानि यौन सन्तुष्टि मात्र के लिए उसने उसे चुना था। इस चुनाव से हमेशा और हर समय के लिए उसे मुफ़्त में एक सुन्दर युवा देह उपलब्ध हो गयी थी। पर वह सिर्फ देह नहीं थी इसलिए धीरे-धीरे बागी होती गयी थी।

ऐसे चरित्र वाले पति से वह अपेक्षा कर रही थी कि वह उसके प्रेम को समझेगा और उसे अनवर से मिलवा देगा। लेकिन जिसने जीवन में कभी प्रेम ही नहीं किया हो, वह प्रेम को कैसे समझता? थोड़ी देर वह अपनत्व दिखाता रहा...समझाता रहा फिर बिफर पड़ा—सुन्दर और जवान लौंडे को देखकर तुम्हारी नीयत खराब हो गयी। अपनी उम्र का भी ख़याल नहीं रहा। यह प्रेम नहीं लस्ट है। उस कमीने को भी फ्री में मजे मिल रहे हैं तो क्यों पीछे हटे? आनन्द का यह रौद्र रूप देखकर वह सन्न रह गयी। अभी जरा देर पहले कितने प्रेम से समझा रहे थे और अभी...। यही उनका असली रूप था। वह कैसे भूल गयी थी कि लस्ट ही जिसका जीवन रहा है, वह उसके जज़्बात नहीं समझ सकता। अभी तक उससे राज उगलवाने के लिए उन्होंने अच्छे पति का मुखौटा पहन रखा था। वह भी अपने दुख में डूबी सच बोल बैठी। अब अनवर की बात उसे याद आ रही थी—हमेशा ध्यान रखना कि हमारे बीच के सम्बन्ध की भनक किसी को न लगे, वरना तुम्हारी छीछालेदर हो जायेगी। पुरुष प्रधान समाज स्त्री को स्वतन्त्र प्रेम की इजाजत नहीं देता। पति व पर्दे की आड़ में चाहे वह कुछ भी करे। मर्द का कुछ नहीं बिगड़ता सारा खमियाजा स्त्री भोगती है।

पर वह भी क्या करती? किसी को धोखा देना उसका स्वभाव नहीं था। वह अनवर से प्रेम करती है, इस सत्य को वह आनन्द से नहीं छिपाना चाहती थी। यद्यपि वर्तमान में अनवर उससे दूर जा चुका था फिर भी आनन्द से वह सामान्य रिश्ते नहीं बना पा रही थी। उसे लग रहा था कि वह उसे सच न बता कर उसे

धोखा दे रही है इसीलिए वह तड़प रही थी। अन्त में उसने निर्णय किया था कि वह सच बता देगी फिर आनन्द को जो निर्णय होगा, उसे स्वीकार करेगी। अगर उसने गुनाह किया है तो उसकी सजा भुगतेगी। आनन्द उसे छोड़ भी देंगे तो एकाकी जीवन व्यतीत करेगी। कम से कम उसकी आत्मा पर कोई बोझ तो नहीं रहेगा। वह चाहती तो दोनों से अपने रिश्ते को निभा सकती थी, पर एक साथ दो नावों की सवारी उसकी आत्मा नहीं स्वीकार कर सकी थी। इस बीच अनवर का असली रूप भी सामने आ गया था। वह जान गयी थी कि उसमें उसके जैसा साहस नहीं है कि सच स्वीकार कर संसार के सामने उसे अपना ले। वह उससे आड़ में चोरी-छिपे रिश्ता रखना चाहता था। जबकि वह साफ-सुथरा रिश्ता चाहती थी। आनन्द ने जो कुछ अनवर के बारे में कहा था, सच साबित हो रहा था। मर्द एक-दूसरे को कितनी अच्छी तरह जानते-समझते हैं—'खग जाने खग ही की भाषा'। वह तो औरतों की ही भाषा नहीं समझ पाती थी, मर्द की भला क्या समझती? सच जानने के बाद आनन्द उसे छोड़ना चाहते थे और अनवर अपनाना नहीं चाहता था, वह पलायन कर गया था। उससे सारे रिश्ते तोड़कर जाने कहाँ जा छिपा था? वह दोनों के बीच फँसी हुई थी। दोनों उसके जीवन के सत्य थे पर शायद वह दोनों के लिए ही महज एक औरत थी। अनवर के बारे में आनन्द पहले ही भविष्यवाणी कर चुके थे कि वह समाज के सामने उसे कभी नहीं अपनाएगा क्योंकि दोनों के बीच किसी भी चीज की समानता नहीं है। न धर्म-जाति की, न उम्र-अनुभव की, न शिक्षा की, न विचारों की। उसे अपने धर्म की सुन्दर और कमसिन लड़की आसानी से मिल सकती है, फिर वह क्यों सेकेंड हैंड पर जायेगा। उधर अनवर ने रिश्ते की शुरुआत के पहले ही उससे बताया था कि आनन्द उसे छोड़ना चाहते हैं। उन्होंने उससे कहा था—ऊब चुका हूँ इस रिश्ते से, वापसी चाहता हूँ पर कोई बहाना नहीं मिल रहा। समाज की जवाबदेही है। उधर घर वाले वापसी पर जोर दे रहे हैं। अनवर को उससे सहानुभूति थी इसलिए आनन्द का यह पलायन नहीं भाया। यह सहानुभूति ही उनके बीच रिश्ते की कड़ी बनी थी।

आनन्द को अब बहाना मिल चुका था। उसने सच स्वीकार कर उन्हें मार्ग दे दिया था। पर वे घर छोड़ने में भी उसकी भूमिका चाहते थे। वह उन्हें अपने घर से स्वयं निकाल दे ताकि लोगों को उसकी चरित्रहीनता का पक्का विश्वास हो जाये। पर वह ऐसा नहीं कर रही थी। अब वे रात-दिन उसे ताने मारते, गालियाँ बकते। रात-बिरात जागकर पूछते कि अनवर से उसके रिश्ते की हद कहाँ तक थी? वह लाख कहती थी कि अनवर से उसके रिश्ते जिस्मानी स्तर तक नहीं पहुँचे थे, फिर अब वह जा चुका है, पर वे नहीं मानते और उसे टॉर्चर करते

रहते। रात भर जागने के कारण वह अपने ऑफिस में ठीक से काम नहीं कर पा रही थी। तनाव व नींद की गोलियाँ लेने लगी थी, पर आनन्द को इस बात से कुछ लेना-देना नहीं था। न तो उनमें घर छोड़कर चले जाने का साहस था ना फिर से नई शुरुआत करने का,जबकि वह दोनों तरह से राजी थी।

एक दिन हद ही हो गयी जब उन्होंने कहा—मैं जानता हूँ तुमने अपनी तरफ से पहल नहीं की होगी। उसी ने तुम्हें गुमराह किया होगा। मैं तुम्हें एक मौका और दे सकता हूँ पर तुम्हें मेरा एक काम करना होगा। तुम उसे फोन करके बुलाओ। मैं उसे रंगे हाथों पकड़ लूँ। और सारी मीडिया के सामने नंगा कर दूँ। अभी तो सब-कुछ करने के बाद भी वह बेदाग घूम रहा है। मुझे मुस्कुराकर देखता है जैसे कह रहा हो—देखो मैंने तुम्हारी बीवी को...।

वह सोचने लगी उसके जीवन के दोनों पुरुष कितने शातिर हैं? एक अपने प्रेम को गुनाह की तरह छिपाना चाहता है ताकि किसी भी जिम्मेदारी और जवाबदेही से बच जाये साथ ही उसका वर्तमान और भविष्य दोनों बेदाग और सुरक्षित रहे और दूसरा उसे ही चौराहे पर खड़ा करके उसका तमाशा बनाना चाहता है। क्या अनवर को अपने घर में अपने साथ रंगे हाथों पकड़वाने से वह बदनामी से बच जायेगी?

दोनों ने एक-दूसरे को नीचा दिखाने के लिए उसका इस्तेमाल किया था और आगे भी करना चाह रहे थे पर वह इतनी भी नादान नहीं थी। एक दिन उसने आनन्द को कह दिया—अगर आप मेरे साथ ठीक से नहीं रहना चाहते तो जा सकते हैं। आनन्द फौरन निकल गये जैसे इसी बात की उन्हें प्रतीक्षा हो। सारे समाज में उन्होंने फैला दिया कि उसने उन्हें अपने घर से निकाल दिया। अब वे कभी नहीं लौटेंगे आखिर उनका भी स्वाभिमान है। उसने कई बार उन्हें वापस लाने का जतन किया पर वे नहीं लौटे। अनवर भी नहीं लौटा।

पूरे आठ वर्षों बाद पूरी तरह व्यवस्थित होने के बाद आज अनवर ने उसे फोन किया है और पूछ रहा है—मेरी याद नहीं आती...? वह समझता है कि वह आज भी उसी तरह उसके प्रेम में बावली है। वह नहीं जानता कि उसने उसकी यादों को अपने मन की स्लेट से खुरच-खुरचकर निकाल दिया था और उसके मन में उसके लिए कुछ भी नहीं है। वह जैसे पिछले जन्म का हिस्सा था। उनके बीच का रिश्ता उसके लिए अब न गर्व का विषय है न अपराध-बोध का। अनवर ने उससे तब प्रेम किया था, जब वह सुरक्षित घेरे में थी। अब वह स्वयं सुरक्षित घेरे में है तो फिर जुड़ना चाहता है। वह सोचती है मर्द इतना कायर क्यों होता है? प्रेम मे भी कुछ खोने को तैयार नहीं होता। बिना तलवार की धार पर दौड़े

ही प्रेमास्वाद पाना चाहता है।

आनन्द को भी वह भूल चुकी है। उसके मन से यह अपराध बोध निकल चुका है कि उसने उसे धोखा दिया था। क्योंकि वह जान गयी है कि आनन्द ने उसे मोहरे के रूप में इस्तेमाल किया था। उससे मुक्त होने के लिए उसने वे सारे रास्ते बनाये थे जिससे वह अनवर के बन्धन में पड़ गयी। जबकि वह समझती थी आनन्द से मुक्ति की चाह में वह अनवर के बन्धन में जा पड़ी थी।

अब वह पूर्ण रूप से मुक्त है तो क्यों बन्धन में पड़े? निर्लिप्त ढंग से उसने अनवर को जवाब दिया—याद!

'तुम्हारी याद अब कभी नहीं आती।' और उसने फोन काट दिया।

छूकर मेरे मन को

प्रेम का पदार्पण जीवन में कब हो जायेगा, कोई नहीं जानता और यह भी कोई नहीं जानता कि कौन कब और किसके मन को छू लेगा। कभी-कभी बेहद साधारण दिखने वाले की कोई बात मन को भा जाती है और कभी सर्वगुण सम्पन्न भी मन से दूर रह जाता है। मीना की किस बात ने अमन का मन मोहा, पता नहीं! जलने से बच गयी उसकी सुन्दर नशीली आँखों और कंचन छड़ी सी सुन्दर देह ने कि जले भयानक चेहरे और अपमानजनक निरर्थक ज़िन्दगी ने, पता नहीं। पर बहुत जल्द दोनों एक-दूसरे के बेहद करीब आ गये। ज़िन्दगी में प्यार कितना मायने रखता है, यह मीना को देखकर जाना जा सकता था। अमन इन दिनों बहुत कम काम पर जाता। अक्सर अपने कमरे में पड़ा रहता। मीना के पति दमन की आँखों से पत्नी का बदलाव और किरायेदार अमन की उसके प्रति आत्मीयता न छिप सकी। उसका पुरुष अहंकार तिलमिला उठा। वह अमन से कमरा खाली करने को कहने लगा, पर अमन उससे ज्यादा सक्षम व सबल था, उस पर घर की मालकिन उस पर मेहरबान थी। ज़्यादा जोर देने पर अमन ने उसे एक दिन डपट दिया—'यह घर और सारी सम्पत्ति तुम्हारी पत्नी के नाम है। उसके पिता की दी हुई, इसलिए ज्यादा चू-चपड़ मत करो। अपनी इज़्ज़त बचाना चाहते हो तो 'पति' नाम और पद धारे रहो...तुम्हारी असलियत जानता हूँ मैं। लोग अगर तुम्हारा सच जानेंगे तो कहीं मुँह नहीं दिखा पाओगे।' दमन को मानो लकवा मार गया। मीना सीधी-सादी स्त्री थी, इसलिए उसे अब तक दबाता आया था, पर अपने से सबल पुरुष से वह कैसे टकराए। उसने मन ही मन मीना को एक भद्दी-सी गाली दी—कुलटा। जले मुँह पर भी आशिक बना लिया...। दमन को याद आया कि विवाह के बाद मीना की सुन्दरता से वह कितना परेशान हो

गया था। जिधर भी दोनों साथ जाते, लोग मीना को देखते रह जाते। गाँव-मोहल्ले हर जगह मीना के रूप के चर्चे। वह चिढ़ने लगा। अपनी कमी के अहसास ने भी उसमें कुंठा भर दी थी। वह पूर्ण पुरुष नहीं था और डॉक्टरों के हिसाब से वह कभी पिता नहीं बन सकता था। अपने घर के आस-पास मँडराते आशिकों को देखकर उसमें यह भय व्यापता कि कहीं मीना के कदम बहक न जायें। उधर मीना मुग्धा नायिका-सी थी। भोली...निश्छल...चंचला। पिता की इकलौती सन्तान थी और पिता का कपड़े का व्यवसाय खूब चल रहा था, इसलिए निश्चिन्त और खुश ज़िन्दगी जी रही थी। दमन से भी उसे कोई शिकायत न थी। देह विज्ञान की जानकारी ना होने के कारण वह उसकी कमियों के बारे में नहीं जानती थी, पर दमन की कुंठा बढ़ती ही गयी। जब मीना के पिता नाती...नाती की रट लगाते परलोक सिधारे तब वह उनकी गद्दी का मालिक बन बैठा। और धीरे-धीरे मीना पर हावी हो गया। घर-बाहर हर जगह उसकी मर्जी चलती, मीना को तब भी कोई फर्क नहीं पड़ा। वह दिन-प्रतिदिन निखर रही थी। निश्चिन्त और खुश रहना शायद इसकी वजह हो, पर दमन को उसके चरित्र पर विश्वास नहीं था। औचक घर आ जाता। जासूस लगाए...कई और जुगत की, पर मीना की चरित्रहीनता का कोई सूराख नहीं मिला। वह बेचैन रहने लगा। दुकान पर उसका मन नहीं लगता। हमेशा उसे यही लगता कि मीना किसी दूसरे पुरुष से इश्क लड़ा रही होगी। अपनी इस बेचैनी को दूर करने का उसने एक भयानक इलाज सोच लिया। एक दिन वह मीना को घुमाने के बहाने राजस्थान ले गया। पड़ोसियों ने सौन्दर्य से दमकती मीना को दमन के साथ जाते देखा, पर उसके लौटने पर चौंक गये। दमन के साथ एक मुँहजली स्त्री थी। नासिका सिकुड़ी हुई, उलटे हुए अधर, जले हुए सिकुड़े काले गाल—भयावह...। लोगों की भीड़ लग गयी। प्रश्नों की बौछार होने लगी—यह कैसे हो गया? उफ, कितना सुन्दर चेहरा था? किसने किया यह। और तब दमन का उत्तर सुन टूटी हुई मीना भहराकर गिर पड़ी—'इन्हीं के एक आशिक ने तेजाब फेंक दिया...।' मीना बोलने की स्थिति में नहीं थी वरना बताती कि यह सब उसके ही पति ने किया है। पति ने अपने शक के कारण उसे बदसूरत बना दिया और अब उसके चरित्र की हत्या कर रहा है। पर उसके गले और सिर के चारों तरफ पट्टियां बंधी थीं और मानसिक रूप से भी वह बोलने की स्थिति में नहीं थी। कहते हैं कि भीड़ का अपना कोई विचार नहीं होता। वह जो सुनती है उसी पर विश्वास कर लेती है। किसी स्त्री का पति यदि उसे चरित्रहीन कह रहा है तो भीड़ को इस बात को सही करार देने में समय नहीं लगता। भीड़ ने पति की बात पर मोहर लगा दी। अब मीना घोषित गलत

स्त्री थी। रूप के साथ चरित्र खोकर मीना बीमार पड़ गयी। और महीनों बिस्तर से ना उठ पायी। ठीक होने पर भी वह वह दमन का कुछ नहीं बिगाड़ पायी। सब लोग उसे ही गलत समझ रहे थे। वह मन ही मन घुट रही थी। कई बार जान देने के बारे में सोचा, पर इतना साहस नहीं जुटा पायी। उसे इस समाज पर रोष आता, जो सिर्फ मर्द की बात पर विश्वास करता है। आखिर उसका अपराध क्या था? क्या सुन्दर होना ही उसका अपराध था? वह क्या करे? उसकी मदद के लिए कौन आगे आयेगा? कई बार वह दमन पर चीखी, पर वह हँसकर दुकान चला गया। उसने अपनी सुरक्षा की पूरी व्यवस्था कर रखी थी। मीना को उसने इस तरह घेर लिया था कि वह उसका कुछ नहीं बिगाड़ सकती थी। पर ईश्वर को मीना का यह दुःख शायद नहीं देखा गया और अमन किरायेदार के रूप में उसके घर रहने आ गया। दमन निश्चिन्त था कि जले मुँह वाली मीना को अब कोई नहीं पूछेगा, पर होनी अपना खेल रच रही थी। अमन जब पहली बार मीना को देखा तो सहम गया था। मीना ने भी उसे देखते ही घूँघट निकाल लिया, पर एक ही घर में रहने के कारण वे अक्सर एक-दूसरे से टकरा ही जाते। धीरे-धीरे दोनों को एक-दूसरे की आदत हो गयी। अमन को अब मीना का चेहरा भयावह नहीं लगता। वह उसकी सुन्दर आँखों को देखता और उसी में खो जाता। सोचता—'कितना अन्याय हुआ है इस स्त्री के साथ। किसने किया होगा यह।' घर से बाहर तो लोग इस स्त्री को गलत कहते हैं, पर उसका मन नहीं मानता था। एक दिन उसने एकान्त पाकर मीना से पूछ ही लिया। उसके अपनत्व से भरे प्रश्नों को सुनकर मीना के नेत्र गंगोत्री बन गये और वहाँ से उछल-उछलकर गंगा की निर्मल पतली धारा निकलने लगी। अमन से नहीं रहा गया उसने आगे बढ़कर उसे हृदय से लगा लिया। उसकी छाती आँसुओं से भींग गयी। मीना ने रोते हुए ही अपनी पूरी कहानी बयान कर दी। इस जले चेहरे के पीछे दमन का हाथ है, यह जानकर अमन भौचक्का रह गया। उसे दमन से नफरत हो गयी। कोई पति इतना कैसे गिर सकता है? जिसके घर में रह रहा है, जिसकी गद्दी पर बैठा है, उसी के साथ ऐसा व्यवहार! मीना का इतना सीधा होना भी उसे अच्छा न लगा। स्त्री है तो क्या चुपचाप अन्याय-अत्याचार सहती रहेगी? वह ऐसा नहीं होने देगा। धीरे-धीरे मीना और अमन में घनिष्ठता बढ़ती गयी और एक दिन उनके बीच सारे बन्धन टूट गये। मीना को उस दिन पता चला कि दमन तो पूर्ण पुरुष है ही नहीं। अमन भी उसे पाकर खुश था। अब वह ज्यादा समय मीना के कमरे में ही बिताता। वक़्त गुजरा मीना गर्भवती हो गयी। पति दमन जानता था कि यह उसका बच्चा नहीं, पर लोग उसे ही बधाई दे रहे थे।

वह मुस्कुराकर उनको धन्यवाद कहता पर अकेले में रोता कि 'ईश्वर ने उसके साथ यह कैसा अन्याय किया है?' कभी-कभी उसका मन घर छोड़कर भाग जाने को होता, पर वह भागकर जाता भी कहाँ? वह अनाथ था। चाचा-चाची ने उसका पालन किया था और काम भर का पढ़ा-लिखा दिया था। वह मीना के शहर काम की तलाश में आया था और उसके पिता की दुकान पर मुनीमी करने लगा था। सेठ जी को अपनी इकलौती बेटी के लिए एक घरजँवाई की तलाश थी। दमन उन्हें ठीक लगा और उन्होंने मीना का ब्याह उससे करवा दिया पर दुकान, घर व सारी सम्पत्ति की स्वामिनी मीना को ही बनाया। दमन इस बात पर चिढ़ता भी था कि वह घर-दुकान सबका सिर्फ मुनीम है, मालिक नहीं। हालाँकि सब कुछ उसी के हाथ में था। मीना तो बस कठपुतली थी। पर अब स्थिति बदल रही थी। अमन उस पर हावी हो रहा था और वह उसे घर से निकाल भी नहीं पा रहा था, क्योंकि मीना उसके साथ थी। सही अर्थों में वे ही दोनों पति-पत्नी थे। वह सब कुछ देख-सुनकर भी चुप रहने को विवश था। आखिरकार उसने हालात से समझौता कर लिया। सुबह का निकला देर रात को लौटता और अपने कमरे में सो जाता। एक-एक कर मीना को तीन बच्चे हुए। बड़ी लड़की, उससे छोटे दो लड़के। बच्चे बहुत सुन्दर थे बिल्कुल अपनी माँ की तरह। साथ रहने से दमन को भी बच्चों से लगाव हो गया था। वे उसे ही पिता कहते...समझते! अमन तो बस अंकल कहा जाता था, जो उनकी महँगी फरमाइशें पूरी करता। अमन पहले से ही विवाहित था। यह बात मीना जानती थी कि वे अमन के कस्बे वाले घर में रहती हैं और उनके भी दो बच्चे हैं। अमन पत्नी और बच्चों के प्रति सारे दायित्व निभाता था, पर मीना से सम्बन्ध की बात उसने छिपा रखी थी। एक दिन दमन उसकी पत्नी के पास पहुँच गया और सारी बात बता दी। पत्नी को पहले तो विश्वास ही नहीं हुआ कि उसका पति ऐसा कर सकता है, पर जब दमन ने शपथ लेकर कहा कि—'कोई पति अपनी पत्नी के बारे में गलत कैसे बोल सकता है?' तब अमन की पत्नी ने कहा—'मैं स्वयं वहाँ जाकर पता करूँगी...आप जाइये।' दमन अपना दाँव खेलकर खुश था वह चाहता था कि किसी भी तरह अमन उसका घर छोड़ दे, फिर तो वह मीना से गिन-गिनकर बदला लेगा। अमन की पत्नी ने जब मीना का जला चेहरा देखा तो हैरान रह गयी। इतना भयावह चेहरा! उसका पति ऐसे चेहरे पर कभी आसक्त नहीं हो सकता। वह नहीं जानती थी कि रिश्ते का आधार सिर्फ चेहरा नहीं होता। आत्मीयता के तंतु धीरे-धीरे आपस में इस तरह उलझ जाते हैं कि उन्हें सुलझाया नहीं जा सकता। अमन पत्नी को देखकर चौंक पड़ा कि यह अचानक कैसे आ गयी। दमन को

मुस्कुराते देख उसे स्थिति समझते देर न लगी। पत्नी ने जब उससे मीना से रिश्ते के बारे में पूछा तो उसने कोई जवाब नहीं दिया। मीना को दुःख हुआ कि वह उसके रिश्ते को गोपनीय रखना चाहता है जब कि वह पूरे तन-मन-भावना से उसे समर्पित है। पर वह अमन की मजबूरी समझ रही थी। अमन उसके लिए अपना घर-परिवार, समाज-संसार तो नहीं छोड़ सकता था, बच्चे भी उसके अपने थे पर उसकी दुनिया इनसे बाहर भी थी। यह ही कम ना था कि वह उसे नहीं छोड़ रहा था। अमन की पत्नी ने अमन को साथ चलने को कहा तो वह फौरन तैयार हो गया और बिना मीना से पूछे चला गया। मीना को धक्का लगा, हालाँकि उसका दिल कहता था कि अमन जल्द ही वापस आयेगा। इधर दमन ने पास-पड़ोस में मीना और अमन के रिश्ते के बारे में बता दिया था। लोग अब मीना को 'एक फूल दो माली' कहते। एक तो वह यूँ ही अपने जले चेहरे के कारण बाहर कम निकलती थी। अब उसका निकलना असम्भव-सा हो गया। लोग उसके पति को 'बेचारा' कहते। पीठ पीछे और भी 'बहुत कुछ'। अमन को कुछ कहने का साहस उसके सामने नहीं था। पीठ पीछे भले कुछ कह ले। ले-देकर सारा इल्जाम मीना के सिर पर था। किसी को भी उससे सहानुभूति ना थी। लोगों के अनुसार वह दो पुरुषों के मजे एक साथ ले रही थी। अब इस हकीकत को वे क्या समझते कि किसी स्त्री के लिए एक समय दो पुरुषों के साथ होना कितना तकलीफदेह होता है। किसी विवशता के कारण स्त्री एक समय में दो पुरुषों के बीच भले ही देह स्तर पर बँट जाये। मन के स्तर पर नहीं बँट सकती। एक समय में एक ही पुरुष उसके मनोमस्तिष्क पर हावी हो सकता है।

मीना क्या करे! सामाजिक स्तर पर वह दमन से जुड़ी थी। उसका मान-सम्मान पति के साथ था। बच्चों को पिता का नाम भी उसी से मिल रहा था। पुत्री युवा हो रही थी उसके विवाह की भी उसे चिन्ता थी। पुत्रों की शिक्षा-दीक्षा व भविष्य भी अभी बनना था, इसलिए वह चाहकर भी पति से अलग नहीं हो सकती थी। अमन से उसे जो मिला था, वही उसके लिए बहुत था। उससे और ज्यादा की अपेक्षा वह नहीं कर सकती थी, आखिर अमन की अपनी भी तो जिम्मेदारियाँ थीं, वह कहाँ तक सिर्फ उसकी जिम्मेदारी उठाता। वह अक्सर सोचती कि यदि अमन नहीं मिला होता, तो वह जिन्दगी के कितने सुन्दर रूपों से वंचित रह जाती। स्त्री होने का सुख मातृत्व की सार्थकता कहाँ मिल पाती उसे! अमन भी उसे चाहता था। सुन्दर पत्नी, बच्चे, अच्छी नौकरी, धन-सम्पदा सब कुछ होते हुए भी उसके मन का कोई कोना रिक्त था। देह में भी कोई अतृप्ति थी, जिसे मीना ने 'पूर' कर दिया था। शुरुआती दिनों में

वह अपने चेहरे को ढँके रहती थी, पर उसके कहने पर घूँघट हटा दिया था। कभी भी उसकी बदसूरती उसे नहीं खली। वह उस पर मुग्ध था, क्योंकि जब वह उसकी बाँहों में होती, उसकी देह में एक आग भड़क उठती। अजीब थी वह आग जो जलाती तो थी, पर उस जलन का अन्त गुनगुने जल की फुहारों से होता। अनोखी तृप्ति। मीना की देह मानो गुनगुने जल की नदी थी, जिसमें उतर कर अमन की सारी थकान मिट जाती। वह सोचता कि उसकी पत्नी तो इतनी सुन्दर है, फिर उसकी देह ऐसी नदी क्यों नहीं बन पाती! क्या वह उससे मन से नहीं जुड़ी है? उसने पढ़ा था कि स्त्री की देह तब गुनगुने जल वाली नदी बनती है, जब वह किसी के प्यार में हो। मीना के प्रति सहानुभूति ने उसे पहले उसकी तरफ खींचा था, फिर ज्यों-त्यों वह उसे जानता गया और...और जुड़ता गया। शायद यही प्यार होता है। अपनी मर्जी से किसी को, किसी से, कहीं भी जोड़ देता है। समय सरक रहा था। अमन को गये एक माह बीत गया था... उसका कोई समाचार नहीं मिला था। इधर लड़की की चंचलता से वह परेशान थी। वह उसी की कार्बन कॉपी थी। जितनी सुन्दर, उतनी ही चंचला। उसे डर लगता—लड़की कहीं बहक ना जाये। कहीं उसके भाग्य की काली छाया उस पर भी ना पड़ जाये। बदनाम माँ की बेटी भी बदनाम होकर ना रह जाये। यह सब कुछ अमन ही सँभाल सकता है। आखिर यह उसकी भी बेटी है। दमन तो लड़की को बिगाड़ने में लगा था। लगातार के तनावों ने मीना के दिमाग में गाँठ डाल दी। उसे ब्रेन ट्यूमर हो गया था। डॉक्टर ने ट्यूमर का आपरेशन कराने की सलाह दी, खर्चा बहुत आ रहा था। दमन आपरेशन कराने के पक्ष में नहीं था। वह कहता—'तुम्हारे पाप का फल बच्चे क्यों भोगें! सब कुछ बेचकर इलाज कराने से बेहतर तुम्हारा मर जाना है।' मीना निराश होने लगी थी कि अचानक अमन आ गया। वह मीना को मरने नहीं दे सकता था। उसने आपरेशन की सारी ज़िम्मेदारी अपने ऊपर ले ली। इसके लिए उसने अपनी पुश्तैनी जायदाद का एक हिस्सा बेच दिया। पत्नी चीखी-चिल्लाई, रोई-गाई, पर उसने एक न सुनी। पत्नी ने बच्चों के भविष्य का वास्ता दिया तो उसने कहा—'मीना भी मेरी पत्नी है। भले ही हमने सात फेरे नहीं लिए। मैं उसे जिन्दा देखना चाहता हूँ भले ही मुझे खुद को बेचना पड़े...।' पत्नी निरुत्तर हो रह गयी। आपरेशन के लिए मीना के सिर के घने काले बाल मूँड़ दिये गये थे जिससे वह और भी भयावह दिख रही थी। उसकी सिकुड़ी नाक, उलटे होंठों से झाँकते दाँत देखकर नर्सें भी एक बार सहम जातीं, पर उसके बेड के पास कुर्सी पर बैठा अमन उसे एकटक देख रहा था। वह उसे एक परी-सी सुन्दर दिख रही थी।

धारा के खिलाफ

पड़ोस की दुकान पर चाय की पत्ती लेने पहुँची रमा तब चौंक पड़ी, जब एक लड़की को दुकानदार से अपना नाम-पता पूछते सुना। उसने ध्यान से लड़की को देखा। उम्र यही कोई उन्नीस-बीस के करीब होगी। गोल, गोरा, छोटा-सा चेहरा, नाक-नक्श अच्छे, थोड़े घुँघराले बाल, जो उसके गालों को छू रहे थे। कद 5 फीट 3 इंच के करीब, लाल सलवार, काली कमीज पहने हुए थी। इसके पहले कि दुकानदार उसका परिचय देता, रमा लड़की से बोली—चलो मैं उनका घर दिखाती हूँ...। लड़की उसके साथ चल पड़ी। पूरे रास्ते वह चटर-पटर बोलती रही और रमा मुस्कुराती रही। लड़की ने बताया कि अलका जी ने उसे रमा जी से मिलने को कहा है। उसे किराये के मकान की दरकार है। लड़की होने के कारण उसे मकान नहीं मिल रहा। कई मुहल्लों के चक्कर लगा चुकी है। वह अपने कस्बे से दूर इस शहर में अंग्रेजी में एम.ए. करने आयी है, पर अजीब है कि कोई अकेली लड़की को मकान नहीं देना चाहता। एक महीने पहले रमा को अलका ने इस लड़की के बारे में बताया था कि 'मुस्लिम परिवार की एक लड़की पढ़ने के

लिए आयी है, पर आवास न मिलने से परेशान है। वर्किंग हॉस्टल में भी जगह नहीं है। एक तो लड़की, उस पर मुस्लिम! हिन्दू बहुल इलाकों में तो उसे मकान मिलना असम्भव ही लग रहा है। आपके घर में भी तो एक कमरा अतिरिक्त है। अकेली रहती है, रख लेंगी तो आपको भी कम्पनी मिल जायेगी। लड़की अच्छी है।' अलका की बात से रमा सहमत हुई। इधर वह भी अकेलेपन से घबरा रही थी। जाति-धर्म का उसके लिए कोई बन्धन नहीं था, प्रगतिशीलता उसके रक्त में थी। सबसे बड़ी बात तो यह भी कि पढ़ाई के लिए उसने भी कड़ा संघर्ष किया था। जब वह इस शहर में शोध कार्य करने आयी थी, तो उसके पास भी कोई आवास नहीं था। कई रिश्तेदार थे, पर किसी ने साथ नहीं दिया। उसका कस्बा शहर से तीन घण्टे के फासले पर था, इसलिए वह प्रतिदिन आना-जाना करती थी। पर किसी दिन कार्यवश देर हो जाती थी, तो रुकने के लिए वह रिश्तेदारों के घर का दरवाजा खटखटाती, पर उनकी मुखमुद्रा से सहम जाती थी। ऐसा लगता कि वह शहर में किसी गलत कार्य से रुकी है या शहर आकर पढ़ना दुनिया का सबसे गन्दा काम है। हालाँकि वह कम ही शहर में रुकती, वह भी तब, जब रात घिर आती। उसे अकेले सफर करने में डर लगता। लड़कियों के साथ छेड़छाड़ तब भी खूब होती थी। शाम ढले बस स्टेशन पर खड़ी लड़की को कोई अच्छा नहीं समझता था। रमा को लोगों की घूरती निगाहों से डर लगता। कभी हिम्मत करके देर रात घर पहुँचती, तो बाबूजी और भाई कौं-कौं करने लगते। रमा का शहर जाकर पढ़ना घर में किसी को पसन्द नहीं था। बस थोड़ा बहुत साथ उसकी माँ दे रही थी। उसकी माँ उसके पहुँचने पर खाने के लिए सत्तू देती। भाभियों के डर की वजह से वह रसोईघर में नहीं जा पाती। वैसे भी उसके घर में आठ बजते ही लोग खाना खाकर सोने के लिए चले जाते थे। वह रात को नौ बजे पहुँचती और फिर सुबह पाँच बजे ही शहर की तरफ चल देती। इस रोज के आने-जाने में पैसा भी बर्बाद हो रहा था और पढ़ाई भी बाधित हो रही थी। घर से उसे पैसा नहीं मिल रहा था। उसने ट्यूशनें करके जो कुछ जमा किया था, वह तेजी से खर्च हो रहा था। उसने सोचा कि वह शहर में ही किसी स्कूल को ज्वाइन कर ले और रहने के लिए किराये का मकान ले ले, ताकि आने-जाने और पैसे की किल्लत से मुक्ति मिले। उसने प्रयास करना शुरू किया, पर प्राइवेट स्कूलों में टीचर की कीमत हजार-पाँच सौ से ज्यादा न थी। उस पर बी.एड. या बी.टी.सी. की शर्तें। वह दोनों में से किसी शर्त पर खरी नहीं उतरती थी। सबसे बड़ी बाधा तो अंग्रेजी पर अधिकार ना होना था। वह हिन्दी माध्यम से पढ़ी थी और एम.ए. में भी उसका विषय हिन्दी था। शहर में यूँ तो गली-गली

में कुकुरमुत्ते की तरह स्कूल उग आये थे, पर सब अंग्रेजी माध्यम के थे। वेतन हजार से भी कम और फैशन हजारों वाले। रमा को बहुत गुस्सा आता। कोफ़्त भी होती इस शिक्षा व्यवस्था पर। शिक्षा न हुई, बाज़ार हो गया जिसमें हर पैसे वाला दुकान खोलकर बैठा है और सारी आमदनी उसकी तिजोरी में जा रही है। कम से कम वेतन पर टीचर उपलब्ध है। बेरोजगारों की लम्बी फौज ने शिक्षा के व्यापारियों को मालामाल कर दिया है। अपने कस्बे में एम.ए. करने के बाद वह शोध करने के लिए पैसा जुटाने के चक्कर में एक ऐसे ही अंग्रेजी माध्यम के स्कूल में मात्र 200 रुपये के वेतन पर पढ़ाती रही थी। प्रिंसिपल ने ट्यूशनें दिलाने का आश्वासन देकर उसे राजी किया था। वह प्रतिदिन आठ घण्टे स्कूल को देती और बाकी समय ट्यूशनें पढ़ाती। रात-दिन श्रम करके उसने दस हजार रुपये बचाए थे। जो शहर आने-जाने के कारण बेदर्दी से खर्च हो रहे थे। अब वह कस्बे में पढ़ा भी नहीं रही थी और कहीं से कोई दूसरा सहारा भी नहीं था। माँ बड़ी मिन्नतों के बाद उसके शहर जाकर पढ़ने पर राजी हुई थी, वह भी इस शर्त पर कि वह उनसे एक भी पैसा नहीं माँगेंगी। उसके शोध निर्देशक भी उसकी परेशानी समझने को तैयार न थे। वह विश्वविद्यालय पहुँचती तो घर मिलने को कहते। घर जाती तो विश्वविद्यालय बुलाते। विश्वविद्यालय से उनका घर काफी फासले पर था और रिक्शे पर काफी पैसा खर्च हो जाता। एक दिन उन्होंने कह दिया कि शहर में ही रहो, तो काम करने में आसानी होगी। वह प्रयास में लग गयी। किसी माध्यम से उसे एक नया स्कूल खुलने का पता चला। वह वहाँ जा पहुँची और बिना किसी सोर्स-सिफारिश के उसे अध्यापिका का पद मिल गया। वेतन 1500 रुपया था और आने-जाने के लिए बस सुविधा मुफ्त थी। उसका भाग्य अब साथ दे रहा था। स्कूल की ही एक अध्यापिका ने उसे एक अच्छे घर में बतौर किरायेदार कमरा दिलवा दिया। किराया 500 रुपये था। जगह सुरक्षित थी। कई और परिवार भी उस बड़े मकान में रहते थे। उसने दो-तीन ट्यूशनें कर लीं और उसकी गाड़ी आराम से चल निकली। कुछ बचत भी होने लगी। अपनी किफायती आदत के कारण कुछ सालों में ही उसने अच्छा पैसा जोड़ लिया और विकास प्राधिकरण योजना में निम्न आय वर्ग वालों के लिए आवंटित होने वाले घर के लिए प्रार्थना-पत्र दे दिया। किस्त बँधा 650 रूपये का, जिसे दस वर्षों तक देने के बाद मकान अपना हो जाता था। इसी बीच उसने एक दूसरा नामी स्कूल ज्वाइन कर लिया, जो उसके घर के पास ही था। अब वह आराम से थी। उसको डॉक्टर की डिग्री भी मिल चुकी थी। ठीक-ठाक बैंक बैलेंस भी था और सबसे बड़ी उपलब्धि छोटा ही सही, पर अपना घर था। अब वह भूलकर भी

रिश्तेदारों के घर नहीं जाती थी, यहाँ तक कि अपने कस्बे वाले घर भी कम ही जाती। अभी उसको अपनी शिक्षा के अनुकूल नौकरी तो नहीं मिली थी, पर वह आत्मनिर्भर थी। कम से कम इस हालत में तो जरूर थी कि किसी दूसरी लड़की की मदद कर सके। इसलिए जब उसे अलका ने उस मुस्लिम लड़की के बारे में बताया तो वह उसे अपने साथ रखने को राजी हो गयी। उसे अपने पुराने दिन याद आये और उसने फैसला कर लिया कि वह सलमा से कोई किराया नहीं लेगी, पढ़ाई-लिखाई में पूरा सहयोग करेगी। उसकी कल्पना में सलमा की छवि एक सीधी-सादी पढ़ाकू लड़की के रूप में उभरी थी, पर जो सलमा उसके साथ चल रही थी, वह तो बेहद चंचला थी। वह इतने तेज स्वरों में बातें कर रही थी कि आते-जाते लोग घूमकर उसे एक नजर जरूर देखते थे। उसकी चाल-ढाल, बनाव-शृंगार में सामान्य लड़की से कुछ अलग था, जिसको वह कोई नाम नहीं दे पा रही थी। जब वह अपने घर के दरवाजे तक पहुँची और ताला खोलने लगी, तब सलमा समझ पायी कि वही रमा है, जिसके बारे में वह रास्ते-भर बातें करती रही है। वह इतराई—'बड़ी वो हैं आप—बताया नहीं कि आप ही रमा हैं।' रमा हँस पड़ी। सलमा के लटके-झटके, उसे पसन्द तो नहीं आ रहे थे, पर उसकी उम्र को देखते हुए वह चुप थी। उसने लड़की से उसके परिवार के बारे में जानकारी ली। पढ़ाई-लिखाई के बारे में पूछा। जाने क्यों वह उसे पढ़ने-लिखने वाली लड़की नहीं लग रही थी। उसने सोचा कि वह उसे अपने पास रखने के बारे में एक बार फिर सोचेगी। उसने लड़की को चाय पिलाई और पूछने लगी कि—'क्या खाओगी?' तभी दरवाजे पर किसी ने दस्तक दी। रात के नौ बज रहे थे, इस समय कौन हो सकता है? उसने खिड़की के शीशे से बाहर झाँका। एक अधेड़ उम्र का शराबी बाहर खड़ा था। उसने डपटकर पूछा—क्या है? कौन हैं आप!

आदमी—उस लड़की को बाहर भेजिये। उसे घर जाना है।

रमा—इस समय...वह सुबह जायेगी...।

आदमी—नहीं, उसने कहा था कि इसी समय जायेगी। मैं उसे स्टेशन गाड़ी पर बैठाने ले जाऊँगा।

रमा—आप कौन हैं? क्या वह आपको जानती है?

आदमी—जानती तो नहीं, पर पूरे दिन मेरे साथ थी। मकान ढुंढ़वा रहा था। शाम को यहाँ आने के लिए बोली तो यहाँ ले आया। आप उसे भेजिये...।

अब रमा को याद आया कि जिस दुकान पर वह लड़की मिली थी, वहाँ यह आदमी भी खड़ा था, जिसे उसने कोई दूसरा ग्राहक समझा था। वह आदमी उनके पीछे-पीछे उसके घर के सामने वाली सड़क तक आया था और दूसरी

तरफ मुड़ गया था। रमा कमरे में जाकर लड़की से उस आदमी के बारे में पूछने लगी, तो वह बोली कि आज ही उससे परिचय हुआ है और वह उसके साथ इसी समय स्टेशन जायेगी।

"पर मैं इतनी रात को उसके साथ नहीं जाने दूँगी। वह ठीक आदमी नहीं दिख रहा है। पी भी रखी है...। अगर कुछ हो गया तो...।" रमा परेशान थी।

सलमा हँसी—कुछ नहीं होगा...मुझे जाने दीजिए।

'नहीं मैं इजाजत नहीं दूँगी। मेरे घर आयी हो तो मेरी ज़िम्मेदारी है...। कल चली जाना और अगर मेरे घर रहना चाहती हो, तो अपने अम्मी-अब्बू के साथ आना...। बिना उनसे बात किये 'तुम्हें अपने घर में नहीं रख सकती...।' रमा ने सख़्ती से कहा। लड़की मान गयी, पर अनमनी-सी दिखी। पर उस दिन रात में कई बार दरवाजा नॉक किया गया और रमा दहशत में रही कि किस मुसीबत को घर में रखा है। जी तो चाहता था कि इसी समय लड़की को भगा दे, पर जाने कितनी रेप की कहानियाँ दिमाग में घूमती रहीं। वह एक और दुर्घटना की ज़िम्मेदार नहीं बनना चाहती थी। सलमा के दुस्साहस पर उसे आश्चर्य हो रहा था, गुस्सा भी आ रहा था। लड़की के लिए असुरक्षित इस समाज में यह लड़की खुलेआम आधी रात को एक शराबी के साथ जाने को तैयार है। क्या इसे डर नहीं लगता? चालीस की उम्र में भी वह अपनी सुरक्षा के लिए चिन्तित रहती है। समय-कुसमय का ध्यान रखकर ही बाहर निकलती है। किसी प्रकार का 'खतरा' मोल नहीं लेती। उसे नहीं लगता कि 'आ बैल मुझे मार' स्त्री का साहसिक कदम है। अभी इस देश में कानून व्यवस्था, पुलिस व्यवस्था व समूचा वातावरण तथा समाज की मानसिकता ऐसी नहीं बनी कि स्त्री रात-बिरात कहीं भी आ-जा सके। वह भी स्त्री की आजादी की पक्षधर है, पर दुस्साहस की नहीं। शायद कभी वह दिन आये जब स्त्री दुस्साहसी होने के बाद भी सुरक्षित रहे, पर अभी तो कतई नहीं...।

दूसरे दिन सुबह उसने लड़की को विदा किया और मन ही मन निर्णय कर लिया कि इस लड़की को घर में नहीं रखना है। पर दूसरे ही दिन वह अपने अब्बू-अम्मी के साथ आ धमकी। वे लोग बेहद सीधे-सादे धार्मिक प्रवृत्ति के थे। लड़की की पढ़ने की जिद के कारण अपने रिश्तेदारों को नाराज करके भी उसे शहर भेजा था। अपनी लड़की पर उन्हें पूरा विश्वास था। उन्होंने उससे प्रार्थना की 'इसे छोटी बहन या भतीजी समझकर रख लीजिए। और कहीं इसका रहना सुरक्षित नहीं।' ना चाहते हुए भी वह उन्हें मना नहीं कर पायी। जाने क्यों ऐसे अवसरों पर वह कमजोर पड़ जाती है। कड़ाई से अपनी बात रखने में उसे संकोच

होता है। उसकी इस कमजोरी का कई लोग फायदा उठा लेते हैं। उसे पता नहीं था कि वह पिद्दी-सी लड़की भी उसके इस संकोच का लाभ उठायेगी।

वैसे लड़की बुरी नहीं थी। उसका ख़याल रखती। पर उसे चाय उबालना भी नहीं आता था। रमा पर यह उत्तरदायित्व भी आन पड़ा। दो ही रास्ते थे कि या तो वह खुद सारा काम करे या फिर लड़की को भी सिखाये। लड़की काम सीखने में नखरे दिखाने लगी कि मैंने यह काम कभी नहीं किया। तब उसने उसे डाँटा 'तो क्या सोचती हो मैं सारा काम-धाम छोड़कर तुम्हें पकाती-खिलाती रहूँगी। तुम पेइंग गेस्ट नहीं हो। तुमसे किराया नहीं लेती। खाना-खर्चा भी खुद करती हूँ तो छोटी भतीजी की तरह काम में हाथ तो बँटाओ।' लड़की धीरे-धीरे चाय बनाना सीख गयी। खाना पकाने से वह अभी तक दूर भागती थी। हाँ, उसके होने और चटर-पटर बतियाने से रमा को काम करने में आसानी होती। उसका डिप्रेशन भी दूर भाग गया था। अच्छी नींद आती। कुछ सोचने का मौका ही नहीं मिलता। किसी के साथ से जीवन कितना अलग और सुन्दर हो जाता है। लड़की, जिसका नाम सलमा था, धीरे-धीरे उससे इतना घुल-मिल गयी कि अपनी हर बात बताती। जब वह कोचिंग करके लौटती तो वहाँ की पढ़ाई के स्तर के बारे में बताती। एक दिन उसने बताया कि अंग्रेजी पढ़ाने वाला बूढ़ा मास्टर, जो उसके दादा जी की उम्र का है, उससे हँसी मजाक करता है। वह चौंक पड़ी, 'एक बूढ़ा मास्टर एक बच्ची को कैसे छेड़ सकता है?' पर इधर ऐसे बूढ़ों की खबरें अख़बारों में रोज छप रही हैं जो बच्चियों के साथ बलात्कार तक कर गुजर रहे हैं। कई बूढ़े तो अपनी ही पोती...नातिन...। छीः वितृष्णा से उसका मन विरक्त हो गया। ये बूढ़े जो अपना पूरा जीवन भोग-विलास में गुजार चुके हैं। पूरी उम्र पत्नी का सुख भोगने के बाद भी किस अतृप्ति, किस वासना से ग्रस्त हैं, जो मासूम बच्चियों को नष्ट कर रहे हैं। कई बच्चियाँ तो उसी दानवीय प्रक्रिया के दौरान दम तोड़ देती हैं और कई को ये बूढ़े सबूत ना छोड़ने की मानसिकता से मार देते हैं। क्या ये आजकल हो रहा है या सदियों से ऐसा होता रहा है। उसकी माँ कहती है—ऐसा हमेशा होता रहा है पर आजकल मीडिया की सक्रियता के कारण बातें उजागर हो जा रही हैं। वरना इन सब पर खुद परिवार और समाज पर्दा डाल देता था।

'लड़की लालची चीज होती है माँ कहती—'विरले ही मर्द होंगे, जो लड़की को देख कर ललचाते नहीं हैं। हाँ, सभी बलात्कारी नहीं होते, पर मौका मिलते ही लड़की को निगलने को तैयार रहते हैं। इसीलिए हमारे शास्त्रों में कहा गया है लड़की को पिता या भाई के साथ भी एकान्त में या एक बिस्तर पर नहीं बैठना चाहिए।' वह माँ की इस बात से सहमत नहीं होती, तो माँ ऐसी कई

घटनाएँ बताती, जिसमें अपने सगे मामा, ताऊ, पिता, भाई, चाचा जैसे नजदीकी रिश्तेदारों ने अबोध बच्चियों का शोषण किया और कर रहे हैं। जैसे लड़की न हुई कोई स्वादिष्ट मिठाई हो गयी, जिसे खाने को सारे मर्द पागल हों। इन्हीं सब उदाहरणों को सुनाकर माँ अपनी बेटियों के मन में पुरुष जाति के प्रति घृणा भरती थी। वह भी अपनी जगह सही थी। छह सुन्दर बेटियों की वह कब तक सुरक्षा करती। सोचा होगा, इन कहानियों को सुनकर बेटियाँ खुद मर्दों से दूरी बनाकर रहेंगी। माँ का सोचना गलत नहीं था। बहनों की तो नहीं जानती पर वह खुद हमेशा सावधान रहती और माँ को हर बात बताती। स्कूल-कॉलेज आते-जाते कोई लड़का छेड़ता तो वह भी बता देती। माँ के पास हर समस्या का समाधान होता। कहती—'चुपचाप आया-जाया करो। कोई कुछ भी कहता रहे। ना रुको ना जवाब दो 'हाथी चले बाजार कुत्ते भूँके हजार'। एक दिन देखना वे छेड़ना छोड़ देंगे।' और ऐसा ही होता। इसलिए वह आँख मूँदकर माँ की बातों का अनुकरण करती। माँ कहती—लड़की की चंचलता अभिशाप है...। उसने गम्भीरता का आवरण ओढ़ लिया। शायद इसीलिए वह शोषण का शिकार होने से बचती आयी थी।

पर सलमा बहुत चंचल थी। उसकी बोटी-बोटी हिलती रहती थी। वह जहाँ खड़ी होती, वहाँ की धरती नाचती रहती। इतना ही नहीं वह जान बूझकर खतरे मोल लेती। जैसे उसी दिन वह उस शराबी के साथ रात में ही स्टेशन जाने को तैयार हो गयी थी। एक दिन वह उसके साथ एक काव्य-गोष्ठी में गयी तो सभी कवियों को फोन नम्बर बाँट आयी। हालाँकि वह उसका ही लैंड लाइन था, पर वे कवि जानते थे कि रमा दिन-भर घर नहीं रहती। कॉलेज पढ़ाने चली जाती है और सलमा दिन भर घर रहती है। शाम को कोचिंग के लिए निकलती है।

एक दिन सलमा ने बहादुरी में बताया कि उसके सारे परिचित उससे फोन पर 'आई लव यू' कहने लगे हैं। दिनभर उनके फोन आते रहते हैं। रमा को विश्वास नहीं हुआ, जब मिस्टर दत्ता का उसने नाम लिया। दत्ता की उम्र पचास से कम ना थी और उनकी बेटियाँ सलमा से भी बड़ी उम्र की थीं। उसने गौर से सलमा को देखा इसमें क्या खास बात है? कद-काठी के नाम पर कुछ नहीं। हाँ, रंग गोरा और बाल लम्बे और घुँघराले हैं। चेहरा भी ठीक है। फिर भी ऐसा कुछ नहीं कि सारे मर्द उस पर आसक्त हो जायें। पर एक बात थी, वह महज उन्नीस की थी। ये उम्र का आकर्षण युवा-अधेड़-बूढ़े सभी कवियों के सिर पर चढ़ गया था। कवि ही क्यों उसकी कॉलोनी के मर्द भी रमा की अनुपस्थिति में कभी चीनी कभी दूध माँगने के बहाने घर में घुसना चाहते। पर एक बात थी

सलमा दुश्चरित्र नहीं थी, इसीलिए हर बात उसे बता देती। उसे बस मजा आता था कि मर्द उसे देखकर ललचाते हैं। एक दिन तो उसने बड़े आत्मविश्वास से कहा—'आपके परिचित पुरुषों में किसी को भी मैं अपनी अँगुलियों पर नचा सकती हूँ।' वह सोचने लगी, अपने स्त्रीत्व पर इतना विश्वास वह तो कभी नहीं कर सकी। करना चाहा भी नहीं। पुरुषों को अपनी ओर आकर्षित करने की इच्छा उसमें कभी नहीं जगी। अब तक कोई पुरुष उसके मन को भाया ही नहीं था। फिर बहुतों को अपने पीछे भगाने का क्या मतलब? शायद सलमा को पुरुष ज्यादा भाते हों, पर इस सवाल पर उसका जवाब सुनकर वह चौंक पड़ी—मुझे मर्दों से नफरत है। उनके साथ खाना-पीना, घूमना तो पसन्द है पर देह स्तर पर जुड़ना नहीं।

—क्यों भला?

'क्योंकि मर्द दग़ाबाज होते हैं। किसी एक के नहीं हो सकते।'

—'पर किसी न किसी से तो तुम प्रेम या विवाह करोगी ही...'

'नहीं...कभी नहीं...।'

...क्यों?

इसलिए कि मुझे आप पसन्द हैं...मैं आपके साथ ताउम्र रहना चाहती हूँ...।

रमा हँसने लगी। सलमा उसे हमेशा बच्ची ही लगती है। वह कभी-कभी रात को उसके सूजे हुए पैरों को सहलाती। कभी उसका चुम्बन लेती और रूठती रहती कि वह उसको प्यार नहीं करती। उसका मन रखने को वह भी कभी-कभी उसके गालों या माथे पर अपने होंठ रख देती। एक दिन वह होंठ चूमने की जिद करने लगी। उसने मना कर दिया। ना जाने क्यों होंठों का चुम्बन उसके लिए सबसे नाजुक मसला है। जब इन्सान किसी के प्रति गहरे प्यार से भरता है तभी उसके होंठ चूमता है। उसके होंठों का कौमार्य अभी टूटा नहीं था, जब वह जिद करने लगी तो उसने उसे परे ढकेल दिया। 'क्या पागलपन है? यह मेरे सबसे प्रिय पुरुष के लिए हैं' वह हँसी थी। कोई पुरुष आपके जीवन में आयेगा, तो मैं उसे जान से मार दूँगी...आप जानती नहीं मर्द कितने कमीने होते हैं, वह नाराजगी से बोली। क्यों—क्यों आप अपने होंठों को छूने नहीं देतीं...।

सलमा की सनक बढ़ती जा रही थी। वह दिन भर नहीं नहाती। पर रात को नहा-धोकर शृंगार करती और तमाम तरह से उसे लुभाने की कोशिश करती। आदम कद शीशे पर, दरवाजों पर वह उसकी महँगी लिपिस्टक से 'मैडम आई लव यू' लिख देती। वह नाराज होती तो हँस देती।

उस दिन वह गहरी नींद में थी। अचानक उसे अपनी देह पर सर्प रेंगने सा

आभास हुआ। सर्प रेंगता हुआ उसके स्तनों पर बैठ गया था। वह गनगना उठी। भय से उसकी घिग्घी बँध गयी। वह जाग पड़ी थी। जोर से सर्प को उठाकर अपनी छाती से अलग किया...पर ये क्या...यह कोई सर्प नहीं था। ये तो सलमा का हाथ था। वह चिल्ला उठी

—ये क्या कर रही थी...

"मैं...मैं...मैं..." सलमा हकला उठी। पहले तो उसे लगा। नींद में गलती से शायद सलमा का हाथ उसके स्तनों पर पड़ गया होगा, पर वह तो पूरी तरह जगी हुई थी और अजीब-आवेश में थी। उसकी आँखें लाल थीं। ऐसा तो पुरुष तब दिखता है, जब स्त्री से सहवास की इच्छा से भर जाता है...पर सलमा...इसे क्या हुआ?

तुमने बताया नहीं...और तुम अभी तक जाग क्यों रही हो?

"नींद नहीं आ रही थी...माफ कर दीजिए...गलती से...।" वह सफाई दे रही थी। रमा ने बात को तूल नहीं दिया और उसे सोने का आदेश देकर खुद सो गयी। काफी समय से वह नींद की गोलियाँ लेती थी। अपने अतीत की कड़वाहटों को भुलाने का यही एक रास्ता बचा था उसके पास। जब वह डॉक्टर के पास गयी तो उसने मुस्कुरा कर मजाक में कहा था अनिद्रा से मुक्ति के दो ही उपाय हैं। पुरुष का साथ या फिर नींद की गोलियाँ। या तो विवाह करिए या फिर...। वह भी हँस दी थी पर कैसे बताती!

विवाह ही तो उसकी अनिद्रा की बीमारी का जिम्मेदार है, वरना वह भी कभी घोड़े बेचकर सोया करती थी। इधर कई वर्षों से वह अकेली थी और अपने मन से पुरुष की कामना निकाल चुकी थी। हालाँकि सख्ती से बन्द किये गये उसे मन के दरवाजे पर पुरुष दस्तक देते रहते थे। एक सुन्दर, युवा स्त्री को अकेला देखकर कामी पुरुषों की वासनाएँ जाग ही जाती हैं पर वह कोई साधारण स्त्री नहीं थी, एक व्यक्तित्व भी थी इसलिए किसी की उस पर हाथ डालने की हिम्मत नहीं थी।

सलमा की हरकतें उसे असामान्य लग रही थीं। उसका रात को सजना-सँवरना, तमाम तरह से उसे लुभाने की कोशिश। क्या है ये सब! उसका बचपना समझकर वह हँस देती थी, पर इधर वह कुछ ज्यादा ही बेचैन दिख रही थी। उसे तब तक नहीं पता था कि कुछ पुरुषों की तरह कुछ स्त्रियाँ भी समलैंगिक होती हैं। वह बचपन से ही बन्द माहौल में रही थी। जहाँ यौन पर बात करना भी पाप समझा जाता था। घर में सिर्फ माँ थी। मामी, भाभी जैसे मजाक के रिश्ते भी नहीं थे। स्कूल-कॉलेज में भी उसकी कोई ऐसी वैसी सहेली नहीं थी। शहर आकर भी वह

कुछ ना जान सकी। पुरुष स्त्री के प्रेम-सम्बन्ध तो उसे समझ में आते थे, और कुछ नहीं। ना तो ऐसी कोई किताब पढ़ी थी, ना फिल्में देखी थीं, इसलिए वह सलमा को समझ नहीं पा रही थी। एक दिन सलमा ने झल्लाकर कह भी दिया—'आप बिल्कुल बुद्धू हैं। इतनी बड़ी हो गयीं पर मेरे प्रेम को नहीं समझतीं।'

'तुम्हारे प्रेम का...हा...हा...हा...।' वह हँस पड़ी थी।

'खूब हँसिए मैं ही बेवकूफ हूँ जो पत्थर से सिर टकरा रही हूँ, बेदर्द हैं आप, जालिम हैं।'

—क्या पागलों जैसी बातें कर रही हो? रही प्रेम की बात, तो वह तो साथ रहने पर जानवर तक से हो जाता है...।

'मैं उस प्रेम की बात नहीं कर रही हूँ...।'

—तो फिर...अगर तुम पुरुष होतीं या मैं पुरुष होती तो बात समझ में आती। पर...।

'क्या एक लड़की का दूसरी लड़की से स्त्री पुरुष जैसा सम्बन्ध नहीं हो सकता...।'

—पागल हो गयी हो...जाकर पढ़ो। कभी पढ़ते नहीं देखती तुम्हें। तुम्हारी अम्मी को क्या जवाब दूँगी? रमा ने डाँट दिया? तो वह मुँह बनाकर चली गयी।

एक दिन सलमा की अनुपस्थिति में उसने उसकी किताब-कापियाँ चेक कीं, तो एक डायरी मिली, जिसमें ढेरों शेरो-शायरी लिखी थी। एक कॉपी में पत्रनुमा कहानियाँ भी थीं, जिसे पढ़ने पर उसे कुछ अजीब-सा एहसास हुआ क्योंकि सभी कहानियों में नायक-नायिका दोनों स्त्रियाँ थीं। वह चकरा गयी। शाम को उसने सलमा से इस विषय पर बात की, तो वह बोली—आप पिछड़े दिमाग की हैं पुरातन पंथी...इसीलिए कुछ नहीं समझतीं...मेरा पहला प्यार मेरी टीचर आगा मैडम थीं...।

—और अब...।

'आप हैं...'

—पर मैं प्रेम करूँगी...तो किसी पुरुष से करूँगी।

'आपने किसी पुरुष से प्रेम किया, तो उसे मार डालूँगी...'

—क्यों?

'क्योंकि मैं आपसे जी-जान से प्यार करती हूँ। आप मुझसे प्यार करें ना करें पर किसी और से नहीं कर सकतीं।' सलमा की आँखों में जुनून था।

सलमा उसके दिल में जगह बनाने का हर सम्भव प्रयास कर रही थी, पर रमा के मन में उसके लिए कोई आकर्षण नहीं था। हो भी कैसे सकता था। वह प्राकृतिक रिश्ते में विश्वास करती थी। उसकी प्रवृत्ति, उसके संस्कार, उसकी रुचियाँ

सलमा से भिन्न थीं। सलमा के प्रयास उसके जीवन में प्रवेश पाने के इच्छुक कामी पुरुषों की तरह असफल हो गये तो वह बौखला उठी। रमा भी परेशान थी। सलमा की हरकतें उसे पसन्द नहीं आ रही थीं। उसने फोन पर अपनी सहेली विभा से सलमा के बारे में बताया, विभा चौंक पड़ी और तुरन्त हिदायत देने लगी जल्दी उसे घर से निकालो। वह समलिंगी है। तुमसे सम्बन्ध बनाना चाहती है। कहीं तुम्हें किसी मुसीबत में ना फँसा दे। झूठा केस भी दर्ज करा सकती है शोषण का आरोप लगाकर। कहीं तुम्हारी सम्पत्ति हड़पने के प्लान से ना आयी हो...।

—पर वह तो बहुत छोटी है...।

...छोटी...तुम्हें तो हर लड़की इन्नोसेंट लगती है। मेरी बात मानो...जितनी जल्दी हो...किसी बहाने उसे घर से बाहर करो...।

विभा की बात से वह चिन्तित हो गयी। पर ऐसे कैसे वह सलमा को निकाल दे। उसके माँ-बाप को आश्वासन दिया है। क्या कहेगी उनसे? वे बेचारे क्या जानते होंगे कि पढ़ाई के बहाने उनकी बेटी...

पर रमा का भाग्य उसका साथ दे रहा था। इस बात के लिए वह हमेशा ईश्वर की शुक्रगुजार रहती है कि वह संकट में फँसते-फँसते बच जाती है। इस बार भी ऐसा ही हुआ।

उस दिन सलमा ट्यूशन पढ़कर लौटी, तो झल्लाई हुई थी। 'क्या हुआ...।' उसने पूछा तो नाराजगी से बोली—

'मैडम वह बूढ़ा मास्टर, जो मेरे दादा जी की उम्र का है मुझसे गन्दी बात कर रहा था।'

'क्या कह रहा था...।'

'कह रहा था। रसगुल्ला और केला खाओगी...।'

'क्या...ये क्या कम्बीनेशन है...और इसमें गन्दा क्या है।'

'गन्दा है...गाली है आप नहीं समझेंगी।'

'जो भी हो...तुमसे कुछ कहने की हिम्मत कैसे करता है! डाँट क्यों नहीं देतीं।'

'डाँटा है आज...सभी विद्यार्थियों के सामने उसका पोल खोल दिया। बड़ी बेइज्जती हुई उसकी...।'

सलमा के चेहरे पर एक शातिर मुस्कान उभरी। थोड़ी देर बाद ही रमा के फोन की घंटी बजी। फोन के उस तरफ कोई अजनबी बूढ़ी आवाज थी।

—आप कौन...?

'मैं एक कॉलेज का लेक्चरर हूँ। आप मुझे नहीं जानतीं, पर मैं आपको जानता हूँ...।'

—कैसे?

'आपके घर में जो लड़की है। उसने सिर्फ मुझे ही नहीं कइयों को आपका फोन नं. दिया है। आप टीचिंग पेशे में हैं इसलिए आपसे मुझे हमदर्दी है। आप उस लड़की को अपने घर से निकाल दीजिए।'

—क्यों...

'आपको पता नहीं। वह आपको बाहर कितना बदनाम कर रही है।'

—क्या कहती है? उसने गम्भीरता से पूछा।

'वह कहती है आप उसके साथ जबरदस्ती...गलत रिश्ते बनाने को बाध्य करती हैं...और...और...रहने दीजिए...खुद समझ जाइए...।'

—आप यह सब इसलिए कह रहे हैं, क्योंकि उसने आज आपको...।

नहीं मैडम...वह आपको बदनाम कर रही है। आपके बारे में तमाम खराब बातें करती है। आपके अतीत को उसने आपकी डायरियों में पढ़ लिया है और सबसे बताती फिरती है...आप तो विश्वास में अपनी अलमारियों में ताला तक नहीं लगातीं और वह उसका खूब फायदा उठाती है...।

फिर उस मास्टर ने कुछ ऐसी बातें बताईं, जिसे सलमा और रमा के सिवा कोई नहीं जानता था। हाँ, अन्तर बस इतना था कि जो कुछ सलमा करती थी, उसका आरोप रमा के सिर पर था। रमा डर गयी कि सलमा अगर इसी तरह उसके बारे में अफवाह फैलाती रही तो उसकी सारी तपस्या व्यर्थ हो जायेगी। वर्षों से बनायी छवि खराब हो जायेगी। अपनी छवि के कारण वह पुरुषों से दूर रही थी, पर क्या जानती थी कि एक कम उम्र लड़की भी उसे...। जीवन में धोखा खाना ही क्या उसकी नियति है? प्रेम में धोखा! फिर विवाह में धोखा! और अब जो भी पास आता है, वह ठगना ही चाहता है। उसकी अच्छाई, उसकी सरलता उसका प्रेम ही उसके शोषण का कारण है, पर वह खुद को बदल भी तो नहीं पाती। उसे खुद पर गुस्सा आने लगा था।

मास्टर अभी तक फोन पर था और बहुत कुछ बताये जा रहा था। एकाएक रमा ने उसे टोका। 'आप बुजुर्ग होकर भी एक बच्ची से गन्दी बात करते हैं...।' वह हकलाया—'अरे नहीं मैडम, आप उसे नहीं जानतीं बड़ी शातिर है। उसने मेरा पैसा खाया था। माँगा तो इल्जाम लगा दिया...।' मास्टर से बातचीत सलमा अभी तक नहीं सुन पायी थी क्योंकि स्नानघर में नहा रही थी। नहाकर आयी तो बातचीत से सब कुछ समझ गयी और आगे बढ़कर फोन रमा के हाथ से लगभग छीन लिया। और फिर फोन पर मास्टर से लड़ने लगी—'क्यों मास्टर दाल नहीं गली तो मुझे मैडम के घर से निकलवाने चले...?' उधर से भी कुछ कहा गया,

सलमा गाली देने लगी। रमा कुछ देर सुनती सहती रही फिर आगे बढ़कर फोन काट दिया और सलमा से पूछने लगी—तुमने पैसे क्यों लिए उससे?

'कुछ खाने का मन था...।'

मैं तुम्हारे अम्मी अब्बू के भेजे पैसे नहीं लेती। खुद खिलाती-पिलाती हूँ। आने-जाने के लिए किराया तक देती हूँ। फिर तुमने उससे पैसे क्यों माँगे? कितने पैसे लिए थे?

'गलती हो गयी मैडम। कभी पचीस...कभी पचास...अब तक ज्यादा से ज्यादा पाँच सौ लिए होंगे...।'

तुम्हें मैंने समझाया था कि पुरुष फ्री में किसी लड़की पर खर्च नहीं करता ...फिर भी तुमने उससे पैसे लिए और मेरे बारे में वह सब क्यों कहा?

वह हँस पड़ी उसमें झूठ कहाँ है? आप करें...या मैं...बात तो एक ही हुई...।

—एक ही...तुम गन्दी लड़की हो...। वह गुस्से में चीखी। तब वह भी धीरे से बोली—'और आप कितनी शरीफ हैं...सारा शहर जानता है...यह मोहल्ला जानता है। आप कोई कुँआरी तो हैं नहीं...शादीशुदा हैं फिर भी पति को छोड़ दिया और अकेली रहती हैं—इतनी शरीफ होतीं तो ये सब करतीं...।

रमा का गुस्सा अब पगहा तुड़ा चुका था। उसने सलमा के बायें गाल पर जोर से तमाचा मारा। सलमा चकरा गयी पर उसका मुँह बन्द नहीं हुआ। वह और भी बुरा-भला कहने लगी तब रमा ने दायें गाल पर भी तमाचा जड़ दिया और जोर से चीखी—'निकलो मेरे घर से...अभी उठाओ अपना सामान। फ्री में घर, खाना-पीना, सुख-सुविधा सब दे रखा है और मेरे ही चरित्र पर अँगुली उठा रही हो। उठो, अभी तुरन्त। सच कहती थी मेरी माँ। किसी पर दया करना पाप है। ...उठती हो कि नहीं।'

अब सलमा के होश ठिकाने पर आ गये। उसने रमा के पैर पकड़ लिए 'मुझे माफ कर दीजिए। गलती हो गयी। अब कभी ऐसा नहीं करूँगी। ना जाने मुझे क्या हो गया था? मुझे घर से मत निकालिए। इतनी रात को मैं कहाँ जाऊँगी? अपने अम्मी...अब्बू को क्या जवाब दूँगी।'

सलमा को रोते देख रमा का गुस्सा पिघलने लगा। उसने ध्यान से उसकी ओर देखा। उसका बायाँ गाल सूज गया था। होंठ के कोने पर खून छलछला रहा था। उफ, वह कितनी निर्दय है। फूल-सी बच्ची को कोई ऐसे मारता है उसके भीतर की सहृदय स्त्री बोली, पर यह बच्ची नहीं है...शातिर लड़की है...इसने कितना बदनाम किया है उसे...। उसने सोचा और फिर गुस्से से भर गयी। उसकी अपनी बहन-बेटी होती तो वह इससे भी कड़ा व्यवहार करती। उसने फिर कड़कते

हुए कहा–'मैं अब तुम्हें अपने पास नहीं रख सकती...सुबह तुम्हें जाना ही होगा।'

–मुझे माफ कर दीजिए मैडम।

'नहीं कर सकती। तुमने मेरे हृदय पर आघात किया है। मेरी भलमनसी का अनुचित लाभ लिया है। अब और नहीं...।'

–मैडम आप जिस मास्टर के बहकावे में आकर मुझे निकाल रही हैं...वह खुद गन्दा है...।

'पर वह हम दोनों के बीच की हर बात कैसे जान गया।'

–वह मैंने एक दिन यूँ ही बता दिया...मजे के लिए...।

'तो अब सजा भुगतो...।'

–प्लीज मैडम, अगर आप मुझे माफ कर दें तो एक राज की बात बताऊँगी।

'तो कोई रहस्य भी है...।' रमा जानने को उत्सुक हो गयी और जो कुछ सलमा ने बताया, उसे सुनकर रमा जैसे आसमान से गिरी। सलमा यूँ ही उसके पास नहीं आयी थी। उसे भेजा गया था। अलका की इसमें बड़ी भूमिका थी। अलका ने ही सलमा को समझाया था कि 'रमा अकेली रहती है, वर्षों से पति से अलग है। नौकरी करती है। ठीक-ठाक पैसा भी है। अपना मकान, बैंक-बैलेंस सब कुछ। खर्चा कोई नहीं...ना कोई उत्तराधिकारी है। भावुक हृदय की स्त्री है। तुम जाओ। प्यार से उसका दिल जीतो। उसकी देह को जगाकर उसकी कमजोरी बन जाओ। फिर तो सारी सम्पत्ति तुम्हारी। एक बार भी तुमने रिश्ता बना लिया तो फिर तुम बदनामी का डर दिखाकर उसे कंगाल कर सकती हो। बहुत बोल्ड बनती है...उसे ठीक करना है।

अरे, इतना बड़ा षड्यन्त्र। अलका की इतनी कुत्सित मंशा। एक अकेली स्त्री को स्त्रियाँ भी नहीं समझतीं। उसके खिलाफ षड्यन्त्र रचती हैं। उसका सब कुछ छीन लेना चाहती हैं। अलका का उसने क्या बिगाड़ा है। उसने तो उसकी बात की लाज रखने के लिए सलमा को अपने घर में रख लिया...और यह सलमा इसीलिए उससे प्रेम का दिखावा करती थी...उसके करीब आने की कोशिश करती थी। हे ईश्वर, यह सब क्या है? सलमा की जगह कोई लड़का होता तो वह सावधान रहती पर लड़की होते हुए भी सलमा...किस पर विश्वास किया जाये। उसकी अच्छाई का यह इनाम! लगता है अकेली स्त्री को अकेले ही जीवन व्यतीत करना होगा। किसी का साथ चाहना अपने लिए संकट बुलाना है। उसे याद आया कि सलमा से पहले कई युवा लड़के सलमा वाली ही मंशा से उसके करीब आने की कोशिश कर चुके हैं पर वह इतनी सावधान रही कि उनकी दाल नहीं गली और अब सलमा लड़की होकर भी...। शायद इसी कारण

हमारे समाज में कोई भी स्त्री अकेले नहीं रहना चाहती। सब कुछ सहकर भी अपने पति या परिवार के साथ रहती है। दूर से देखने पर अकेली स्त्री स्वतन्त्र व सुखी नजर आ सकती है पर पग-पग पर उसे परेशानियाँ झेलनी पड़ती हैं। हर दूसरा आदमी उसे लूटने को तैयार दिखता है। उसके कष्ट...,दुख, परेशानियाँ कोई नहीं देखता, देखता है तो तन और धन।

रमा सोच नहीं पा रही थी कि सलमा का क्या करे? कभी उसे उसके माता-पिता को दिये वचन याद आ जाते, कभी उसके गलत कदम...असामान्य हरकतें! वह इतनी कठोर नहीं बन पा रही थी कि एकदम से उसे जाने को कह दे।

दूसरे दिन उसने उसकी चोट को देखते हुए ट्यूशन न जाने को कहा और खुद कॉलेज चली गयी, पर लौटने पर पता चला कि वह छत पर टहलती रही और लगभग सभी पड़ोसियों ने उसके चेहरे पर लगे चोट के निशान देख लिए हैं। यानी वह उसे इस तरह भी बदनाम करना चाहती है। उसने फिर विभा से बात की तो वह चौंक पड़ी...'तुमने अब तक उसे घर से निकाला नहीं। गजब हो तुम! 'आ बैल मुझे मार' इसी को कहते हैं। वह लड़की तुम्हें बदनाम कर रही है। तुमसे फायदा उठा रही है अब क्या चाहती हो? किसी दिन गुंडे को बुलाकर वह तुम्हारा गला भी कटवा सकती है। या फिर थाने में जाकर बयान भी दे सकती है कि तुम गलत कार्य करवाने के लिए उसे टार्चर करती हो...फिर क्या करोगी तुम! तुम्हारा बना-बनाया रुतबा एक पल में खतम हो जायेगा। आदर्श की बातें ठीक हैं पर इतना आदर्शवादी होना ठीक नहीं। जल्द से जल्द उसे घर से विदा करो। अभी कुछ ज्यादा नहीं बिगड़ा है।'

रमा को विभा की बातें सही लगी। सलमा को कई बार उसने एक लड़के के साथ देखा भी था। पूछने पर उसे अपने चचेरा भाई बताया था। उसने अपने घर लड़कों का आना वर्जित कर रखा था, इसलिए सलमा किसी को घर नहीं बुलाती थी। पर एक दिन कॉलेज से लौटने पर उसने ड्रांइग रूम में उस लड़के को बैठे देखा। उसकी त्योरी पर बल पड़ते देख सलमा बोल पड़ी—मैंने बुलाया है। मकान देखने जाना है। आप चाहती हैं न कि मैं यहाँ से चली जाऊँ। उसने सोचा—चलो अच्छा है संकट अपने आप टला जाता है। दोनों साथ निकले पर उस रात सलमा नहीं लौटी, वह रात भर चिन्तित रही। गजब की दुस्साहसी लड़की है। पता नहीं कहाँ रह गयी? सुबह होने पर सलमा आयी और अपना सामान समेटने लगी। उसके पूछने पर बताया कि कमरा मिल गया था इसलिए रात को वहीं रुक गयी थी।

अकेले...वह चौंकी थी।

'नहीं असलम साथ था...।'

सोई कहाँ! बिस्तर तो ले नहीं गयी थी।

'हाँ, पर एक चटाई मिल गयी थी। उसी पर दोनों सो गये...।'

एक साथ...।

'हाँ, एक ही कमरा है न। चटाई भी एक थी पर कोई परेशानी नहीं हुई।' फिर अचानक मुस्कुराकर बोली, 'हम दोनों का पैर एक-दूसरे के सिर की तरफ था। आप गलत अर्थ मत निकालिएगा। वैसे मैं आपको बता ही चुकी हूँ कि मुझे लड़कों में दिलचस्पी नहीं। और हाँ, एक रहस्य और भी बताती हूँ। असलम मेरा भाई नहीं, सिर्फ दोस्त है।'

दुस्साहस पर दुस्साहस! कितनी अजीब है ये लड़की। इसे किसी भी बात पर और किसी से भी डर नहीं लगता।

तो मैं चलूँ...वह...इठलाई।

'ठीक है...।' वह अनमने भाव से बोली।

आप तो मुझे रोक भी नहीं रहीं, बहुत कठोर हैं...खैर मैं आती रहूँगी...। आपको भूल नहीं सकती...। उसने डबडबाई आँखों से उसकी तरफ देखा, पर रमा ने नजरें फेर लीं। उसका दिल राहत की साँस ले रहा था। फिर भी पूछ लिया अपने अम्मी-अब्बू को बताया...।

'बता दूँगी आप चिन्ता ना करें...।' कहकर वह झटके से बाहर निकल गयी। उसने अपना कर्तव्य समझकर सलमा के अब्बू को फोन किया ताकि सारी स्थिति बता सके, पर उन्होंने बड़े ही अनमने ढंग से बताया कि 'उन्हें पता है।' और फोन काट दिया। उनके स्वर से पता चल रहा था कि वे उससे नाराज से थे। शायद सलमा ने यहाँ से जाने का जो बहाना गढ़ा था, उसमें वह निर्मम लोकल गार्जियन साबित हुई थी। सलमा पहले ही उन्हें विश्वास में ले चुकी थी। माँ-बाप का दिल भी अजीब होता है। हमेशा अपने बच्चों की बात ही उन्हें सच लगती है। निश्चित रूप से सलमा ने उसे ही दोषी ठहराया होगा, पर उन्हें तो एक बार उससे पूछना चाहिए था। माँ-बाप ने एक बार भी नहीं सोचा कि इस तरह लड़की भटकती रहेगी तो किस मंजिल पर पहुँचेंगी? कहीं सलमा के माँ-बाप भी तो नकली नहीं थे। ऊँह, उसने खुद से कहा। वह मुक्त हुई, यही क्या कम है!

एक वर्ष तक सलमा का फोन आता रहा। वह कभी प्रेमी की तरह बात करती, तो कभी प्रेमिका की तरह मचलती। कई तरह की शिकायतें करती। उसे कठोर, निर्दय, जालिम कहती। अब तक वह कई आवास बदल चुकी थी। शहर के जाने किन-किन गलियों से गुजर रही थी। एक दिन वह देर शाम उसके घर

भी आ धमकी थी ताकि रात का हवाला देकर उसके पास ठहर सके। पर घर में उसकी माँ को देखकर निराश हो गयी और मुँह बनाकर चली गयी। कई वर्षों बाद भी रमा का मन उसके लिए गहरे दुःख से भरा रहता है। अभी हाल में ही उसने उसको एक जगह देखा। सूखकर काँटा हो गयी है। चेहरे की लुनाई गायब है। क्या-क्या ना हुआ होगा उसके साथ! क्या होगा उसका भविष्य? हालाँकि वह बता रही थी कि कहीं नर्स हो गयी है। अच्छा कमा रही है। बड़ा-सा घर लेकर रह रही है पर उसे देखकर ऐसा नहीं लग रहा था। उसके साथ एक अधेड़ गन्दा-सा आदमी था। उसने दिन में भी पी रखी थी। उसी की मोटरसाइकिल पर बैठकर वह चली भी गयी। वह कहती थी कि उसे पुरुषों से लगाव नहीं, फिर पुरुषों के साथ घूमती क्यों है? निश्चित रूप से उसने पढ़ाई पूरी नहीं की होगी। पढ़ना उसका उद्देश्य था भी नहीं। जब वह उसके घर थी, उसने कितना समझाया था कि अगर वह अपनी बुरी आदतों को त्याग कर मन से पढ़ाई करेगी, तो वह ताउम्र उसकी परवरिश छोटी बहन की तरह करेगी। पर वह नहीं मानी। अक्सर ऐसी लड़कियों से उसका साबका पड़ता रहा है, जो गाँव-कस्बों से घरेलू हिंसा या शोषण के खिलाफ बगावत करके शहर आती हैं। छोटी-मोटी नौकरी या एनजीओ में काम करती हैं, पर धीरे-धीरे साथी पुरुष के जाल में फँसकर गलत रास्ता अख्तियार कर लेती हैं। आये दिन सेक्स रैकेट में ऐसी लड़कियाँ पकड़ी जाती हैं। उन्हें देखकर बहुत दुख होता है। ऐसी आजादी किस काम की! एक मर्द के चंगुल से छूटकर अनेकानेक मर्दों का शिकार बनना या बनाना किस तरह की आजादी है!

सलमा बुरी लड़की नहीं है, पर उसे समझना मुश्किल है। जाने कैसे वह गलत संगत में पड़ गयी। उसे उसकी उस टीचर पर गुस्सा आता है, जिसने किशोरावस्था में ही उसे एक ऐसे रास्ते पर ला दिया कि वह भटकती ही गयी। पर क्या पता टीचर वाली बात भी महज कोई कहानी हो। धारा के विपरीत तैरती यह लड़की शायद कुछ दिनों बाद ही डस्टबिन में फेंक दी जाये, पर उसे तो हमेशा मलाल रहेगा कि वह उसके लिए चाहकर भी कुछ नहीं कर पायी। आजादी की चाह में गुमराह हुई ऐसी सलमाओं को कौन सही रास्ते पर लायेगा, जब वे स्वयं सुधरने को तैयार नहीं हों। रमा विचार में डूबी थी कि अचानक उसके फोन की घण्टी बजी...मैं आपकी तरफ आयी हूँ। क्या आज रात आपके पास रुक सकती हूँ? वह घबरा गयी, फिर संयत होकर बोली...'नहीं...अब कभी नहीं... ।' कहकर उसने फोन काट दिया, पर काफी देर दहशत से भरी रही। उसे सलमा...शराबी ...फिर पुलिस सायरन की आवाज साफ सुनाई दे रही थी।

फड़फड़ाते पृष्ठ

रमा जब भी प्रोफेसर इन्द्र को देखती थी एकटक देखती रह जाती थी, सोचती थी कि काश उनके बाहरी व्यक्तित्व के अन्दर छिपे इन्सान की झलक उसे मिल जाये! मिलता भी था पर वे इसे नहीं समझ पाते थे। उन्हें लगता था कि वह उन पर मुग्ध हो रही है। उनका बाहरी व्यक्तित्व आकर्षक था। गौर वर्ण, मझोला कद और सुन्दर चेहरा। पद के हिसाब से चेहरे पर एक रोब और आँखों से झाँकता गर्व उन्हें भव्यता प्रदान करता था। बातचीत भी वे शालीन ढंग से करते थे। पर अपनी बात को ऊपर रखने की कोशिश उनकी अहंमन्यता को दर्शाती थी। वे विश्वविद्यालय में प्रोफेसर थे। एकाध किताबें भी लिखी थीं और उनके द्वारा सम्पादित कई पुस्तकें उच्च शिक्षा पाठ्यक्रमों का हिस्सा भी थीं। उनके लिखे नाटक कई जगह मंचित हो चुके थे, पर यह सब किसी विश्वविद्यालय के प्रोफेसर को सहज प्राप्त हो जाने वाली उपलब्धियाँ होती हैं। सभा-सम्मेलनों में अध्यक्ष पद, पाठ्यक्रमों में सम्पादित पुस्तकों का लगा होना प्रोफेसर को यूँ ही प्राप्त हो जाने वाली चीजें हैं। हाँ, एक और बड़ी उपलब्धि अक्सर प्रोफेसरों को

मिल जाती है, वह है उनकी सन्तानों को नौकरी। वे जानते हैं कि किस तरह पढ़ाई में गोल्ड मैडल फिर लेक्चरर पद तक उनकी सन्तानें पहुँच सकती हैं। वे अपना पूरा जोर लगाकर अपनी सन्तानों का भविष्य सुरक्षित कर देते हैं। इसमें उनको कोई नैतिक बाधा नहीं लगती कि उनकी सन्तानों से ज्यादा सुयोग्य शिष्य या शिष्याएँ बेरोजगार हैं। वे अपने छात्र-छात्राओं से सहानुभूति रख सकते हैं, उनसे आदर्श की बातें कर सकते हैं पर उनके लिए प्रयास नहीं कर सकते। करें भी कैसे? आखिर अपनी सन्तानों के प्रति भी तो उनका दायित्व है। सन्तानें निकल जाती हैं, तो रिश्तेदारों की बारी आती है, फिर जाति-बिरादरी की। वे साम-दाम-दण्ड-भेद सबका सहारा लेते हैं। वैसे वे अपने छात्रों से बड़ी मीठी-मीठी बातें करते हैं। बेचारा शिष्य समझता है कि गुरुजी उसके सबसे बड़े हितैषी हैं, उसमें ही कोई कमी है जो कहीं सेलेक्ट नहीं हो पा रहा है। और जब तक वह गुरुजी के द्रोणाचार्य चक्रव्यूह को समझता है तब तक अभिमन्यु की तरह घिर चुका होता है और मारा जाता है।

रमा भी अब प्रोफेसर इन्द्र को समझने लगी थी। हालाँकि वे उसे हमेशा भ्रम में ही रखने का प्रयास करते रहे थे। बड़ी-बड़ी आदर्शवादी बातें...खोखली सहानुभूति और गाहे-बगाहे प्रेम निवेदन। वह उन्हें तब से जानती है जब वे उसके कस्बे के कॉलेज में लेक्चरर बनकर आये थे। वह उन दिनों बी.ए. पार्ट वन की छात्रा थी। उसे अच्छी तरह याद है कि वे कक्षा में लेक्चर देते समय हकलाने लगते थे...नर्वस हो जाते थे। यह उनकी पहली नियुक्ति थी और उम्र भी कुछ ज्यादा न थी। यही कोई उससे दस-पन्द्रह वर्ष ज्यादा रहे होंगे। विद्यार्थी उनका खूब मखौल उड़ाते। पर जल्द ही उन्होंने कॉलेज में अच्छी जगह बना ली थी। वे साहित्यिक प्रतियोगिताएँ भी करवाते थे, जिसके कारण वे उसके बारे में जानने लगे थे। उसकी अशैक्षिक, गैर साहित्यिक और निम्न आय वर्ग वाली पारिवारिक पृष्ठभूमि ने उनके मन में उसके लिए सहानुभूति को जन्म दिया। उनकी आँखों में उसके लिए प्रेम झलकने लगा, पर गुरु-शिष्या की मर्यादा को ध्यान में रखकर उन्होंने अपने आकर्षण को प्रकट नहीं किया। पर स्त्री से पुरुष का आकर्षण कहाँ छिपा रह पाता है? वह भी समझ गयी थी, पर उसके अपने मन में ऐसा कोई आकर्षण नहीं था। वे उसे बस अच्छे लगते थे। उनकी बड़ी-बड़ी आँखों में अपने लिए आकर्षण देखना उसे भी अच्छा लगता था। इससे अधिक वहाँ की कस्बाई संस्कृति में सम्भव भी नहीं था। एक दिन अचानक पता चला कि इन्द्र सर की नियुक्ति एक बड़े शहर के विश्वविद्यालय में हो गयी है। दुख हुआ और अच्छा भी लगा। दुःख इसलिए कि वे चले जायेंगे और अच्छा इसलिए कि वे

प्रगति कर रहे हैं। दोनों के बीच का आकर्षण अप्रकट ही रह गया। एम.ए. करने के बाद उसे फिर एक बार इन्द्र सर से मिलने का अवसर मिला। वह उन्हीं के विश्वविद्यालय में शोध करने आ पहुँची थी। विभाग में सर मिले तो बड़े प्रसन्न हुए। उसे बधाई दी। उसने अपनी इच्छा बताई कि वह उनके निर्देशन में शोध करना चाहती है तो वे थोड़े गम्भीर हो गये। पहला प्रश्न तो यही किया कि वह शहर में रहेगी कहाँ! उसने कहा कि उसे विश्वविद्यालय के हॉस्टल में जगह दिलवा दीजिए। वे सोच में पड़ गये, पर मना भी नहीं किया। वह उनके घर गयी और उनकी पत्नी और बच्चों से मिली। रात ज़्यादा हो जाने से वह कस्बे नहीं लौट सकती थी और दूसरे दिन विश्वविद्यालय में कुछ औपचारिकताएँ भी पूरी करनी थी, इसलिए इन्द्र सर के घर ही रुक गयी। वैसे भी इस शहर में वही एकमात्र उसके परिचित थे। और वह उन पर अपना कुछ अधिकार भी समझ रही थी। रजिस्ट्रेशन कराकर वह अपने कस्बे लौट गयी। कुछ दिन बाद रिजल्ट आया तो पता चला कि उसके गाइड कोई और हैं। वह चौंक पड़ी। इन्द्र सर से मिली तो वे क्षमा माँगते हुए बोले—'मेरी पत्नी ने मना किया है। उसके अनुसार तुम मुझसे फायदा उठाने की कोशिश करोगी। शहर में रहने, पढ़ाई-लिखाई...बाद में नौकरी सब में सहयोग माँगोगी। वैसे तुम्हारे गाइड भी मेरे मित्र हैं....कम्युनिस्ट हैं...तुम्हारी मदद करेंगे और कोई दिक्कत हुई, तो मैं हूँ ही...।'

वह रुआँसी हो गयी। कितनी उम्मीद थी उसे इन्द्र सर से...और उन्होंने इस तरह से पल्ला झाड़ लिया। उनकी पत्नी का व्यवहार तो उसके साथ सहानुभूति पूर्ण था, फिर किस कारण उन्होंने इन्द्र सर से ऐसा कहा। क्या वह इतनी खुदगर्ज दिखती है उन्हें। शायद वह उन लोगों को 'बवाल' लगी थी। शायद इन्द्र सर नहीं चाहते थे कि वह शोध करे...पर वे लगातार आश्वासन दे रहे थे कि 'दूर से मदद करना आसान रहेगा...उसे कोई भी परेशानी नहीं होगी।' उन्होंने उस दिन शाम को उसके साथ एक पार्क की सैर की और अपने प्रेम का इजहार भी किया। उनकी इस साफगोई से वह हैरान रह गयी कि 'उनकी पत्नी को उस पर शक है। इसीलिए उन्होंने उसको अपने निर्देशन में लेने से मना किया है।'

'क्यों?' वह बहस पर उतर आयी...। 'मैंने तो उनका कुछ नहीं बिगाड़ा... फिर किस आधार पर वे शक कर रही हैं। आखिर मेरा अपराध क्या है?' उसकी आँखें दुःख से छलछला आयी थीं। पढ़ाई उसके लिए जीवन-मरण का प्रश्न था। किसी तरह तो वह कस्बाई व्यूह तोड़कर शहर आ पायी थी। माँ को अपने लेक्चरर बन जाने का सपना दिखाकर और पिता को बेहद नाराज कर वह पढ़ रही थी। उसकी छवि साफ-सुथरी थी। कोई भी पुरुष उसके जीवन में नहीं था।

प्रेम-प्यार से भी उसका वास्ता ना था। इन्द्र सर के प्रति नन्हा आकर्षण कब का दब चुका था। इस समय वह पूरी तरह सात्विक विचारों से भरी थी। ऐसे में इन्द्र सर की यह बात उसे चुभ गयी।

इन्द्र सर ने अपनी बात पर मुलम्मा चढ़ाया–'तुम्हारा अपराध बस इतना ही है कि तुम बहुत सुन्दर हो। तुम्हें देखते ही मेरी पत्नी विचलित हो जाती है..।'

'आपके घर तो और भी लड़कियाँ आती हैं...क्या उन्हें देखकर भी आपकी पत्नी...।'

'नहीं, उनके साथ वह सहज रहती है...।'

'फिर मुझमें क्या काँटे हैं...?'

'नहीं, दरअसल उसने मेरी आँखों को पढ़ लिया है। पत्नियाँ पति की आँखें और मन आसानी से पढ़ लेती हैं...।'

'क्या है आपकी आँखों और मन में...?'

'तुम्हारे लिए आकर्षण...ललक...प्यार...।'

उसको मन ही मन गुस्सा आया। इनकी आँखें और मन खराब है तो इनको सजा मिले। मुझे क्यों मिल रही है? हमारे समाज की स्त्रियाँ भी अजीब हैं अपने पति को दूसरी स्त्री की तरफ आकर्षित देखकर दूसरी स्त्री की ही शत्रु बन जाती हैं अपने पति को कुछ नहीं कहतीं। और इन्द्र सर...इनको क्या अधिकार है उससे प्रेम की बातें करने की...विवाहित और बाल-बच्चेदार हैं। क्या दे सकते हैं उसे...? उनके पास तो सब कुछ है। पद-प्रतिष्ठा, घर-परिवार, धन-सम्पत्ति...सब, पर वह तो स्ट्रगलर है। खुद को निर्मित करने की कोशिश कर रही है। चारों तरफ सिर्फ बाधाएँ...रुकावटें और अभाव।

'अपना एक फोटो दे दो। देखता रहूँगा...।' इन्द्र सर अपने ही रंग में थे।

'क्या करेंगे...? कहाँ रखेंगे? पत्नी ने देख लिया तो...।'

'हाँ, ये तो है। चलो मन में तो तुम्हारी तस्वीर है ही...।'

उसे गुस्सा आ रहा था...उसके संघर्ष में साथ देने के लिए तो तैयार हैं नहीं, पर आशिकी बघारने का मौका नहीं छोड़ रहे। इसके लिए इन्हें पत्नी का डर नहीं। चोरी-छिपे मिलना चाहते हैं...छीः! उसे निरा देहाती ही समझ रहे हैं। उनके इस दोहरे चरित्र ने उसके मन के उस नन्हे बीज को भी कुचल डाला, जो कभी अंकुरित हो सकता था। ऊपर से वह मुस्कुराती रही। उसे विश्वविद्यालय में ही काम करना था। कभी भी इन्द्र सर की जरूरत पड़ सकती थी। वे सहयोग न भी करें, पर असहयोग या विरोध तो ना ही कर सकें, इसलिए उन्हें कुछ कहना ठीक नहीं। हाँ उनके प्रेम-प्रस्ताव को वह टाल सकती है। जबरदस्ती की तो

उनमें हिम्मत है नहीं। अपनी प्रतिष्ठा के प्रति खुद सतर्क रहते हैं, उसे कुछ नहीं कहना या करना पड़ेगा।

दिन बीतते गये। इन्द्र सर उसके लिए कुछ भी नहीं कर सके। ना तो उसे हॉस्टल में जगह मिली, ना कोई और प्रबन्ध हुआ। कस्बे से आने-जाने में समय, पैसा, शक्ति का अपव्यय हो रहा था। गाइड ने कह दिया कि 'आप घर रहकर भी काम कर सकती हैं। काम कैसे करना है, आप जानें। मुझे कुछ नहीं मालूम। हाँ, जब आप थीसिस लिखकर लायेंगी तो मैं अग्रसारित कर दूँगा।' वह चिन्तित हो गयी। वह किराकी मदद ले? घर पर तो पढ़ाई का माहौल ही नहीं। तभी उसके मन में विचार आया कि वह अपनी बड़ी विवाहित बहन के घर जाकर रहे और वहीं शोध का कार्य पूरा करे।

इन्द्र देव को देवराज इन्द्र बनने के लिए उतने पापड़ नहीं बेलने पड़े होंगे जितना इन्द्र को विश्वविद्यालय के प्रोफेसर पद तक पहुँचने के लिए बेलने पड़े थे। एम.ए. करते समय ही वे बूढ़े प्रोफेसर विलायत सिंह की नजर में आ गये थे। उन्होंने उसे सब कुछ दिलाने का वादा किया...इन्द्र की महत्वाकांक्षाएँ कुलाचें भरने लगीं पर जब सिंह ने हिरण को दबोचा तो उसे असहनीय पीड़ा से गुजरना पड़ा। यह बहुत बड़ी कीमत थी। विलायत सिंह को सुन्दर, सुकुमार नवयुवा इन्द्र बहुत पसन्द आया। इन्द्र ने भी धीरे-धीरे उन्हें सहने की आदत डाल ली। वर्ष भी नहीं बीता कि इन्द्र कहाँ से कहाँ पहुँच गया। उसकी उन्नति का रहस्य कुछेक लोगों को ही पता था, बाकी सब उसके भाग्य, उसकी योग्यता का लोहा मान रहे थे। धीरे-धीरे विलायत सिंह बूढ़े और कमजोर हुए और इन्द्र जवान तथा सबल। अब वह उन्हें सताने लगा। जब-तब उनका अपमान कर देता। बताने वाले बताते हैं कि एक दिन इसी सदमे ने विलायत सिंह की जान ले ली। वे अपने ही लगाये वृक्ष से गिर कर घायल हो गये। इन्द्र मन ही मन उनसे नफरत करता था क्योंकि उन्होंने उसका भरपूर शोषण किया था। रमा को एक जानकार ने जब इन्द्र सर की यह कहानी सुनाई तो वह हतप्रभ रह गयी। जाने क्यों इन्द्र सर से उसे सहानुभूति ही हुई। उसे अधेड़-बुजुर्गों के शोषण के शिकार युवा व किशोर याद आये। इस गलीज शौक के बारे में पढ़ते-सुनते ही वह घृणा से भर जाती है पर इसका एक लम्बा इतिहास रहा है। इसकी जड़ें बहुत पुरानी हैं। और बड़े-बड़े विद्वानों, लेखकों, दार्शनिकों, कलाकारों, योद्धाओं को भी इसने अपने लपेटे में लिया है।

रमा को अफसोस बस इस बात का होता कि इन्द्र सर दूसरे के दोषों को खूब उछालते हैं। दूसरों के जीवन में घटित दुर्घटनाओं को वह उस व्यक्ति की

कमी या दोष मानते हैं। चरित्र पर व्याख्यान भी बहुत देते हैं। वे समझते हैं कि वह उनका काला इतिहास नहीं जानती। उसने कभी उस इतिहास के बारे में नहीं पूछा ताकि वे शर्मिन्दा ना हों, पर वे उसे शर्मिन्दा करने का एक भी मौका नहीं छोड़ते। उसका भी अतीत उज्ज्वल नहीं रहा है पर वह अतीत पुरुषवादी समाज की देन था। स्वेच्छा से पतन होने की दास्तान नहीं। वह स्त्री थी, किसी का वरदहस्त उस पर नहीं था। फिर भी उसने किसी से तन-मन का समझौता नहीं किया। अवसरवादी नहीं रही, तभी तो वह उनकी तरह कामयाब ना हो सकी। वह किसी से काम निकालना नहीं जानती और ना ही अनचाहे का स्पर्श सह सकती है। उसके जीवन में मित्र आये और चले गये क्योंकि वह समझौता नहीं कर सकी! अक्सर सोचती है "कैसा है यह समाज...कैसे हैं इसमें रहने वाले लोग! किसी का भी एक चेहरा नहीं...एक सा जीवन नहीं।" वह कई ऐसी स्त्रियों को जानती है जो विवाहिता होते हुए भी गैर मर्द से रिश्ते में हैं। पति और बच्चे भी जानते हैं पर सब एक अदृश्य समझौते से बँधे एक साथ रहते हैं। उनके आपसी सम्बन्धों पर एक अतिरिक्त व्यक्ति के आने-जाने से कोई प्रभाव नहीं पड़ता। समय कितना बदल गया है। नैतिकता के बन्धन ढीले पड़ रहे हैं पर उस जैसे लोग आज भी पुरानी नैतिकता से बँधे हैं। बिना प्रेम, बिना ईमानदारी के शारीरिक रिश्ते जिनके लिए हेय हैं।

कभी-कभी वह सोचती है कि क्यों किसी स्त्री की सफलता के पीछे उसका 'स्त्री होना' कारण मान लिया जाता है। क्यों नहीं पुरुष की सफलता के कारणों की छानबीन होती है? उसे विश्वास है कि इस जाँच से ऐसे-ऐसे चमकदार चेहरे बेनकाब होंगे, जिनकी सफलता उनका पुरुषार्थ माना जाता है। साहित्य-संस्कृति, कला, फ़िल्म, राजनीति, धर्म-दर्शन कहाँ नहीं हैं ऐसे चेहरे। और ऐसे लोग और बढ़-चढ़कर स्त्री के लिए सीमाएँ निर्धारित करते हैं। उनको देह मात्र समझते हैं। उनके बड़बोले बयानों को सुनकर कोफ़्त होती है। कुछ ऐसे भी चेहरे हैं जो स्त्री-पुरुष किसी को नहीं बख्शते। दैहिक शोषण किये बिना किसी को कुछ भी नहीं देते। दुर्भाग्य से वे लोग ऐसी जगहों पर काबिज होते हैं जहाँ से होकर ही सफलता की पगडंडियाँ निकलती हैं। वह आँखों देखकर कानों सुनकर भी चुप है क्योंकि चुप रहकर ही जी सकती है वरना उसे मार दिया जायेगा। जब लोग उसे याद दिलाते हैं कि वह उस जगह क्यों नहीं है जहाँ अपने व्यक्तित्व व योग्यता के अनुसार होना चाहिए तो वह चुप रह जाती है। यह कहने से आत्मा दुखती है कि उसकी योग्यता में कमी है या फिर उसके प्रयासों में कमी थी। कैसे बतायें कि स्त्री होकर भी समझौतावादी न होने का यह दण्ड था। सत्ता, समाज,

घर-बाहर, अपने-परायों का घोर असहयोग भी इसका कारण था। ऐसा कहना उसकी कुंठा समझी जायेगी। आदर्श की बड़ी-बड़ी बातें करने वालों से उसे चिढ़ होती है पर वह क्या कर सकती है। उसे याद है इन्द्र सर की आदर्शवादिता! पर वह आदर्श तब कहाँ चला गया, जब अपने बच्चों का हित सामने आया। उनका बेटा उसके साथ ही उच्चतर शिक्षा सेवा आयोग में इण्टरव्यू देने गया था। रास्ते भर उसके गुण गाता रहा। 'आपका तो बड़ा नाम है...इतनी किताबें लिख चुकी हैं। कॉलेज में पढ़ाने का अनुभव भी है। व्यक्तित्व भी आकर्षक है। आपका चुनाव तो होना ही है।'

साक्षात्कार बड़ा शानदार था। साक्षात्कार लेने वाले उससे प्रभावित हो गये थे। वह खुश-खुश घर लौटी थी। एक दिन शाम को इन्द्र सर उसके घर आये और बोले—'तुम्हारा चुनाव हो गया है। मिठाई खिलाओ... ।' उसे देर तक विश्वास नहीं हुआ पर वे विश्वास दिलाते रहे। वह प्रसन्नता से सूचना आने का इन्तजार करने लगी। क्योंकि इन्द्र सर ने कहा था सबसे पहले फोन से सूचना आयेगी। पर ना कोई फोन आया ना सूचना। अख़बार में रिजल्ट निकला तो उसका कहीं नाम ना था जबकि इन्द्र सर का बेटा सेलेक्ट हो गया था। उसने दुखी होकर इन्द्र सर को फोन लगाया। वे खुशी से भरे हुए थे। खनखनाती आवाज में बोले—'मेरा बेटा नियुक्त हो गया। तुम्हारा भी बाद में हो जायेगा... निराश मत होना... ।'

—पर आपने तो कहा था मेरा सलेक्शन हो गया है... ।

'तुम्हें सुनने में गलतफहमी हुई होगी। मैंने कहा था कि हो सकता है।'

—हो सकने की बात पर मिठाई नहीं मँगाई जाती।

'तुम्हें मेरे बेटे के सलेक्शन से जलन हो रही है पर तुम्हें नहीं पता कि उसके लिए कितना प्रयास करना पड़ा... ।'

—थोड़ा प्रयास मेरे लिए भी कर देते...

'एक समय एक ही की बात कर सकता था।'

—नौकरी की जरूरत मुझे ज्यादा थी।

'बेटे को भी जरूरत थी। 30 वर्ष का हो गया है। नौकरी मिलने पर ही शादी हो सकती है।'

उसने गुस्से में फोन काट दिया। नाराज इन्द्र सर भी हो गये थे। सालों उनमें बातें नहीं हुईं। किसी ने पहल नहीं किया। उनकी शिकायत थी कि वह उन पर आरोप लगा रही है जबकि वह उनके झूठ-फरेब से आहत थी। बाद में पता चला कि वे साक्षात्कार होने के एक सप्ताह पहले से लेकर एक सप्ताह बाद

तक वहीं रहे थे और अपने सारे सोर्सेज का इस्तेमाल किया था। ऊपर से उन्हें आठ लाख रुपये भी देने पड़े थे। पर वे सबसे यही कहते रहे कि उनके पुत्र ने अपनी योग्यता से पद हासिल किया। प्रकारान्तर से उसकी अपनी योग्यता ही कठघरे में खड़ी हुई।

कितना जबरदस्त नेटवर्क है शिक्षा जगत में भी। ऊपर से जितना ही साफ-शफ्फाक, भीतर से उतना ही नापाक। उसके पास ना तो इतने रुपये थे, ना ही वह सोर्स पता था, जिसके माध्यम से रुपये दिये जाते थे। उसे आज भी इन्द्र सर का वह कथन याद है कि आपके लिए क्यों प्रयास करूँगा? प्राथमिकता तो अपने बच्चे की होती है। दुबारा ऐसा ही कटु अनुभव एक दूसरे गुरुजन के कारण हुआ। वे गुरु विभागाध्यक्ष भी थे और संयोग से साक्षात्कार के एक जज भी। दूसरे जज भी उनके परिचित थे। वह साक्षात्कार भी लाजवाब रहा। इस बार गुरुजी की पुत्री साथ थी और पूरे समय उसकी योग्यता के दबाव में रही पर रिजल्ट में वही प्रथम स्थान पर थी और वह निचले पायदान पर भी जगह ना पा सकी। गुरुजी उसे भी पुत्री कहते थे। उसकी प्रतिभा की तारीफ करते नहीं थकते थे। फिर क्यों वह उनकी लिस्ट से बाहर हो गयी। बाद में कहने लगे तुमने आरक्षित वर्ग से फार्म क्यों नहीं भरा? आरक्षण...! उसने कभी आरक्षण का लाभ नहीं लिया था। कुछ महीने पूर्व ही तो उसकी जाति को आरक्षित वर्ग में जगह मिली थी। उसके पास तो उसका प्रमाण-पत्र भी नहीं था। आखिर क्यों सारी योग्यता के बाद भी उसे बैसाखी की जरूरत थी? इन्द्र सर और विभागाध्यक्ष कहीं कुलीन ब्राह्मण होने की अहंमन्यता से भरे हुए तो नहीं थे। कहीं यह ब्राह्मणवाद ही तो नहीं था, जो उसकी अयोग्यता की वजह बन गया।

इन्द्र सर को उससे सहानुभूति तो थी, पर वे उसके लिए कुछ करना नहीं चाहते थे। पर ऊपर से कहते—'मुझे अफसोस है कि तुम्हारे लिए कुछ ना कर सका।' वह जानती थी कि वे चाहते तो उसके लिए भी बहुत कुछ कर सकते थे। अपनी कई छात्राओं की उन्होंने मदद की थी। वह सोचती है—'क्या वे छात्राएँ उनकी कुछ खास थीं।' एक के लिए तो उन्होंने एक कॉलेज ही खुलवा दिया। इसमें अपने प्रशासनिक पावर का भरपूर इस्तेमाल किया। आज वह छात्रा उस कॉलेज की प्रिंसिपल है। एक छात्रा को तो उनकी पत्नी ने सीढ़ियों पर इसलिए दौड़ा लिया कि उसको इस बात का सबूत मिल गया था कि इन्द्र उसके प्रति मधुर भाव रखते हैं। इन्द्र सर अपने रसिक स्वभाव के लिए मशहूर थे। अक्सर उनके साथी प्राध्यापक उनके इस स्वभाव पर टिप्पणी करते और अनुमान लगाते कि वे अपनी प्रेमिकाओं से आखिर कहाँ मिलते होंगे। इन्द्र सर आकर्षक थे।

उनके पास अच्छी व लुभावनी भाषा थी। सबसे बड़ी बात कि वे ऐसे उच्च पद पर थे कि किसी का भी कल्याण कर सकते थे।

वह अक्सर सोचती कि वे उसके लिए कुछ करना क्यों नहीं चाहते! क्या इसलिए कि वह शारीरिक रूप से उनसे नहीं जुड़ पायी! उन्होंने अपनी तरफ से कोशिश तो पूरी की, पर उसने उनसे स्पष्ट कर दिया था कि वह कभी किसी विवाहित पुरुष से नहीं जुड़ सकती। जाने क्यों उसकी आत्मा को यह कभी गवारा नहीं हुआ कि वह किसी स्त्री का हक छीने। उसकी इस आदर्शवादिता ने उसका बड़ा नुकसान किया। उसकी झोली में अनगिनत सफलताएँ आसानी से गिर सकती थीं, अगर वह अपने इस हठ को छोड़ देती। उसने देखा था कि कई स्त्रियाँ सिर्फ इसी कारण सफल, सम्पन्न व सुखी जीवन जी रही हैं। पर हाय रे उसका मन! इस चीज को सौदेबाजी मानता है।

ऐसा नहीं कि वह सावित्री बनना चाहती है। ऐसी किसी नैतिकता में उसका विश्वास नहीं है। पर प्रेम में उसका विश्वास है। अगर उसका मन किसी पुरुष के प्रति प्रेमासक्त हो, तो वह उसके करीब जा सकती है, पर किसी लाभ के लिए प्रेमनाट्य उससे नहीं होता। यह कहना भी झूठ होगा कि इन्द्र सर के प्रति उसका मन कभी प्रेमासक्त नहीं हुआ। पर एक मित्र की तरह, प्रेमिका की तरह नहीं। और वह भी तब, जब उसने उनका असली चेहरा नहीं देखा था। उनके कपटपूर्ण व्यवहार को न समझ पायी थी। उन्हें अपना हमदर्द समझती थी। उसे लगता था कि वे उसको चाहते हैं। संसार में तरह-तरह के लोग होते हैं। जैसे रूपरंग में एक जैसा होना अपवाद होता है, उसी तरह एक स्वभाव का होना भी। जुड़वाँ बच्चों में भी कुछ न कुछ भिन्नता जरूर होती है। पर यह भी सच है कि सबकी एक मूल प्रवृत्ति होती है जो कभी नहीं बदलती। आदतें बदली जा सकती हैं। शिक्षा, वातावरण और संगति से मनुष्य बदलता है, पर मूल प्रवृत्ति वही रहती है। बहुत हुआ तो वह प्रवृत्ति थोड़ी सुसंस्कृत हो जाती है, प्रकटीकरण का ढंग बदल लेती है पर खत्म नहीं होती।

इन्द्र सर की मूल प्रवृत्ति भी कभी नहीं बदली। वे पेट के हल्के थे। कोई बात उन्हें पचती नहीं थी, हालाँकि बाद में उसके लिए अफसोस भी करते होंगे, पर सामने जाहिर नहीं करते। शायद लोगों को बेवकूफ समझकर या खुद को ज्यादा बुद्धिमान समझकर। पर उनकी इस आदत की चर्चा उनके पीठ पीछे खूब होती। वे चापलूस भी थे। हर आदमी इस बात को जानता था कि वे कुलपतियों के आगे-पीछे घूमते रहे हैं। उनको खुश करने के लिए कुछ भी करने को तैयार रहे हैं पर ज्यों ही कुलपति पद से हटा या हटाया गया, उनका व्यवहार यूँ हो जाता है

जैसे उसे पहचानते ही न हों। फिर नया कुलपति ज्यों ही आता है, वे उसके पीछे लग लेते हैं। कोई-कोई तो यह भी कहता है कि कुलपतियों को प्रसन्न करने के लिए उन्होंने कुछ गलत कार्य भी किये हैं। आखिर वे ऐसा क्यों करते हैं? खुद प्रोफेसर हैं...अच्छा कमाते हैं। थोड़ा लिख-पढ़ भी लेते हैं फिर क्यों? शायद अपनी मूल प्रवृत्ति के कारण। उनकी इस प्रवृत्ति से वह दुःखी होती थी पर वह भूल गयी थी कि इन्द्र सर कोई कार्य निरर्थक नहीं करते। उनकी दूरदृष्टि का कोई जवाब नहीं। उनके रिटायर होने के बाद उसे लगा था शायद अब उनका वर्चस्व कम हो जाये। पर अवकाशप्राप्ति के चंद दिनों बाद ही जब वे एक विश्वविद्यालय के कुलपति हो गये। तब वह जान गयी कि इन्द्र सर सफल होने के गुर जानते थे।

पर वह कभी उनसे मन से नहीं जुड़ पायी और यही वजह है कि वे उसके जीवन रूपी उपन्यास के मात्र कुछ पृष्ठ बनकर रह गये। अध्याय नहीं बन पाये।

दुख ही जीवन की कथा रही

अप्रैल का महीना है। आम के पेड़ पहले सुनहरे बौरों से भरे, फिर नन्हे-नन्हे हरे फलों से। लोगों की नजर लगने लगी हैं उन्हें। इतने सारे फल। एक-एक टहनी में अनगिन फल! अगर ये फल बड़े होकर पकें, तो जी भर आम खाने को मिलें। सस्ते भी बिकें। जन-साधारण की थाली भी आमों से भर जाये, पर ऐसा होता कहां है? जितनी संख्या में बौर आते हैं, उतने फल नहीं लगते हैं क्योंकि फल लगते ही तेज़ हवाएँ चलने लगती हैं। इन तेज़ हवाओं से नन्हे फल धरती पर बिछने लगते हैं। बड़ा अफसोस होता है उन्हें भ्रूणावस्था में ही समाप्त होते देखकर। आम पकने तक तो बड़ी आँधियाँ आयेंगी और धड़ाधड़ कच्चे आम गिरेंगे। बन्दर और बच्चे भी उत्पात मचायेंगे। कम ही आम पेड़ पर पक पाते हैं। अक्सर तो सुडौल होते ही तोड़ लिए जाते हैं अचार-मुरब्बा बनाने के लिए। जो पकने के करीब होते हैं उन्हें पाल पर दवा के जोर से पकाया जाता है। पेड़ पर पका आम बहुत ही शुद्ध और मीठा होता है, पर कितने आमों को पेड़ पर पकना नसीब होता है? और उससे भी कम लोगों के नसीब में होता है पेड़ का पका

आम खाना। गाँव-कस्बे के लोग इस दृष्टि से शहरी लोगों से भाग्यवान ठहरते हैं।

श्यामा अपने घर के सामने वाले पार्क में लगे आम के पेड़ को ध्यान से देख रही है। पार्क में आम का यह पेड़ एक पड़ोसिन ने लगाया था और अब वह उस पर अपना एकाधिकार समझती है। कोई एक फल भी तोड़ ले तो उपद्रव। हालाँकि पार्क की जमीन पर सारे कॉलोनीवासियों का हक है। पर आम को लगाने, उसको बड़ा करने के कारण पड़ोसिन उसका सारा फल खुद उपभोग में लाती है। वह कभी-कभी प्रातः सायं टहलते एकाध टपका आम पा लेती है तो पड़ोसिन दौड़ी आती है। उसे बुरा लगता है कि उसने आम क्यों उठाया? ज्यों ही आम बड़े होने लगते हैं, उसके परिवार की पहरेदारी बढ़ जाती है। पार्क के चारों ओर सुबह शाम टहलना भी लालच समझा जाता है। पर वह उसकी परवाह नहीं करती। आम के उस पेड़ से उसे बहुत लगाव है। पेड़ भी उसको मानता है तभी तो छिप-छिपाकर उसके सामने आम टपका देता है। पड़ोसिन देखती रह जाती है। सड़क पर टपके आम को उठाते देख वह कुछ कह नहीं पाती, हाँ उसका मुँह जरूर बन जाता है। आम के इस पेड़ को देखकर उसको अपने बेटों की याद आ जाती है। इधर दोनों ही बेटे उसी के शहर में ट्रांसफर होकर आ गये हैं, पर उससे नहीं मिलते। पिता ने उनके मन में जो विष बेल बोयी है, वह लहलहा रही है।

आज उसने सोचा है कि बड़े बेटे श्याम को पत्र लिख कर अपना मन खोलेगी। भले ही यह पत्र उसे ना दे। थोड़ी देर मे वह काग़ज़-कलम लेकर पढ़ने वाली कुर्सी पर बैठ गयी। कोरे काग़ज़ पर मन की व्यथा शब्दाकार लेने लगी।

मेरे बेटे!

शायद तुम्हें 'मेरे' शब्द से आपत्ति हो क्योंकि तुम्हें हमेशा लगता है कि मैंने तुम्हें अपना बेटा नहीं समझा। तुम्हारी इस समझ पर मैं हँसूँ या रोऊँ, समझ में नहीं आता। तुम एक माँ के बारे में ऐसा सोच भी कैसे सकते हो? यह सच है कि मैं तुम्हें हमेशा अपने पास नहीं रख सकी। नहीं रखना चाहा होगा क्या! सात वर्ष की उम्र तक रात-दिन तुम मेरे पास रहे। एक पल के लिए भी तुम्हें आँखों से ओझल न होने दिया—फिर नियति के क्रूर हाथ तुम्हें मुझसे छीन ले गये। वर्षों रात-दिन तुम्हारे लिए रोती रही...तड़पती रही। एक भी इन्सानी हाथ मेरी मदद को आगे ना बढ़ा। किसी ने भी मेरे बारे में ना सोचा...। मझधार में डोलती नाव की तरह डरी हुई थी मैं...किनारे दूर थे और चारों तरफ तूफान के अन्देशे थे। ऐसे में अपने अस्तित्व का ही खतरा था, इसलिए उसे ही बचाने की जद्दोजहद में लग गयी। जब एक किनारे आ लगी तो पता चला तुम तन-मन से नदी के दूसरे किनारे हो। दोनों के भीतर एक ही पानी था...एक ही प्यास थी

पर मिलना आसान ना था। सत्रह वर्ष बाद तुम्हारी धार मेरे किनारे से टकराई... हम मिले...प्रसन्न हुए कि फिर तूफान तुम्हें दूसरी छोर ले गया। मैं असहाय...सी तुम्हें देखती रही। ऐसा कई बार हुआ। तुम आते...चले जाते। हर बार लगता कि वक़्त ने जो दूरी पैदा की है वह कभी नहीं भर सकती। तुम मुझे समझने को तैयार नहीं थे और कहते थे कि मैं तुम्हें गलत समझती हूँ...प्यार नहीं करती... हाँ मैं पारम्परिक माँ की तरह नहीं थी जिसका अपना अलग ना व्यक्तित्व होता है ना अस्तित्व। पर थी तो एक माँ ही। तुम मेरी हर बात को काट देते या उसका मजाक बनाते। जब अवसर मिलता मुझे अपमानित करने से नहीं चूकते। मेरे पास आते ही ऊबने लगते। तुम ना भी कहते तो भी तुम्हारी देह-भाषा से मेरे प्रति उपेक्षा व घृणा प्रकट होती रहती...मैं भीतर ही भीतर तिलमिलाकर रह जाती। एक बार जब मैंने इस बात की शिकायत की तो तुमने बेरुखी से कहा कि 'आपको गलतफहमी है' या 'मैं जानबूझकर ऐसा नहीं करता।' मैं जानती हूँ कि तुम बहुत कुछ जानबूझकर नहीं कहते या करते। तुम्हारे पिता का संस्कार, उनका रक्त, उनकी दी शिक्षा, उनके विचार तुम्हारे व्यक्तित्व का हिस्सा बन चुके हैं। तुम उन्हीं की तरह सोचने लगे हो...जबकि तुम इस बात से इनकार करते हो। खुद को पिता से ज्यादा प्रगतिशील, आधुनिक और प्रयोगवादी बताते हो...पर मैं हमेशा उन्हें तुम पर लदा पाती हूँ। तुम इसे अपने प्रति अन्याय और पिता के प्रति मेरा पूर्वाग्रह मानते हो। पिता ने तुम्हें जो कहानी बचपन से सुनाई है वह तुम्हारे दिल-दिमाग पर इस तरह हावी है कि तुम्हारे व्यक्तित्व का हिस्सा बन चुकी है। मुझे सबसे ज्यादा तकलीफ़ तब होती है, जब मुझे तुम्हें अपनी बेगुनाही का सबूत देना पड़ता है। तुम मुझपर भरोसा नहीं करते, तो मैं भी सफाई क्यों दूँ? क्या बेटे का अपनापन, प्यार, विश्वास या साथ पाने के लिए हर माँ को इस अग्नि परीक्षा से गुजरना पड़ता है। मेरी बहनें, माँ सभी कहती हैं कि मैं तुम लोगों की तरफ खुद कदम बढ़ाऊँ। धीरे-धीरे तुम लोगों के मन से अपनी खराब छवि को मिटाऊँ.....सफाई दूँ...। मैं सोचती हूँ—ऐसा क्यों? मैंने किया ही क्या है! राम को तो खैर जाने दें, वह तो महज पाँच साल का बच्चा था, जब उसे मुझसे अलग कर दिया गया था। फिर उसकी परवरिश ही मेरी ख़िलाफत से हुई। मेरी ग़लत इमेज़ उसके मन में बैठाई गयी। ग़लत इमेज़ यानी एक महत्वाकांक्षी स्त्री की इमेज़! एक ऐसी स्त्री, जो अपनी महत्वाकांक्षा की पूर्ति के लिए पति-बच्चों तक का परित्याग कर देती है। क्या यह सच था। घरेलू हिंसा से बचने और पढ़ाई पूरी कर आत्मनिर्भर बनने के लिए ही तो मैंने बगावत की थी, वह भी तुम बच्चों के लिए। अलग तो तुम्हारे पिता ने किया।

उन्होंने तुम लोगों को माँ के प्यार से महरूम किया फिर भी तुम लोगों के लिए वे भगवान हैं। काश तुम लोग जान सकते कि बच्चे माँ के लिए ऑक्सीजन की तरह होते हैं। तुम लोगों के बिना मेरी साँसें किस तरह घुटती रहीं यह नहीं बता सकती। चलो वे पुरानी बातें हुईं पर तुम्हारे पिता आज भी तुम्हें भड़काते हैं कि बीवी-बच्चे के साथ मेरे घर न रहना। मुझे क्रोध आता है इस बात पर, पर मैं इतना तो समझती हूँ आज भी उनका आहत पुरुषार्थ इस बात पर तिलमिलाता है कि मैंने उन्हें छोड़ दिया था...।

श्यामा से आगे नहीं लिखा जाता। हाथ में कलम लिए ही वह अतीत में खो जाती है।

अभी कुछ दिन पहले ही उसकी बहन गुड़िया ने बताया था कि उसका छोटा बेटा राम उसके पास आना तो चाहता है, पर पिता सम्राट ने उसे डरा रखा है कि 'शाप दे दूँगा।' राम अभी तक यही मानता है कि श्यामा ने शैशवावस्था में ही उसे छोड़ दिया था। महज साल-डेढ़ साल की उम्र में। और उस समय सम्राट ने ही उसे सँभाला। अकेले नहीं सँभाल पाया तो दूसरी शादी की। अब राम पिता के एहसान तले खुद को दबा पाता है और नौकरी पाने के बाद पूरा वेतन उसको देकर भी उऋण नहीं हो पा रहा है। काश, वह जानने की कोशिश करता कि वह पाँच वर्ष का था, जब सम्राट धोखे से उसे उठा ले गया था। और वह भी सिर्फ अपने पुरुष-अहंकार के कारण। तब श्यामा एम.ए. की परीक्षा दे रही थी, जबकि सम्राट ने सख्ती से उसकी पढ़ाई का विरोध किया था। सम्राट ऐसे संस्कारों में पला था, जिसमें स्त्री का अपना कोई मन, कोई अस्तित्व नहीं होता, व्यक्तित्व की बात तो दूर। पति की इच्छा का मान न रखने वाली स्त्री को वह घोर पतिता मानता था जिसे कोई भी दण्ड दिया जा सकता था। श्यामा को वह ऐसा दण्ड देना चाहता था कि वह जिन्दगी भर तड़पती रहे। वह जानता था कि श्यामा माँ भी है और एक माँ से उसके बच्चों को अलग करना सबसे बड़ा दण्ड होता है, इसलिए वह उसी दिशा में सोच रहा था। पर राम अभी पाँच साल का नहीं हुआ था, और पाँच वर्ष से पहले बच्चे को माँ से अलग करना कानूनन जुर्म था, इसलिए राम के पाँच का हो जाने का वह इन्तजार करता रहा। श्याम भी सात वर्ष का होने वाला था। उन दिनों श्यामा परीक्षा की तैयारी में मशगूल थी, वह सपने में भी नहीं सोच सकती थी कि सम्राट इतनी बड़ी साजिश रच रहा है। वह तो किसी तरह अपनी परीक्षा समाप्त कर सम्राट के पास लौटने की दिशा में सोच रही थी। उसे विश्वास था कि जल्द ही सब कुछ ठीक हो जायेगा। सम्राट समझ जायेगा कि उसने अपने परिवार की भलाई के लिए पढ़ाई की है।

आखिर कब तक वह अपने बच्चों के साथ अपनी माँ की मुहताज रहती। वह उनकी इकलौती सन्तान नहीं थी। माँ के आठ बच्चे और भी थे। पिता भी नहीं रहे थे। छोटी-सी चाय-मिठाई की दुकान के सहारे इतना बड़ा परिवार चल रहा था। वह माँ की तकलीफ़ समझती थी, इसलिए उसकी गालियों का बुरा नहीं मानती थी। शादी के इन दस सालों में वह सम्राट के घर मात्र दो बार गयी थी, वह भी महज एक-दो महीनों के लिए और दोनों बार बेहद बीमार और गर्भवती होकर लौटी थी। तीसरी बार तो उसे भागना ही पड़ा था। पर श्यामा के 'दिन बहुरने का सपना' तब टूट गया, जब वह उस दिन परीक्षा देकर लौटी। बच्चे घर में नहीं थे। सम्राट माँ को भरमाकर उन्हें घुमाने के बहाने ले भागा था। उसका उद्‌देश्य उसकी परीक्षा को डिस्टर्ब करना था। वह इस बात से आहत था कि वह मात्र बी.ए. है, जबकि श्यामा इस वर्ष एम.ए. हो जायेगी। उसके मना करने पर भी श्यामा पढ़ रही थी, यह उससे सहा नहीं जा रहा था। इतने अभावों में दो बच्चों के साथ श्यामा किस तरह पढ़ पा रही थी वही जानती थी। एक तो पाँच वर्षों तक पढ़ाई-लिखाई से दूर रही थी, दूसरे कॉपी-किताब तक के पैसे न थे। किसी तरह अपने सोने की चेन बेचकर उसने एडमिशन लिया था। वह किसी भी हालत में पढ़ाई पूरी करना चाहती थी। सोचती थी–प्रथम श्रेणी आ जायेगी, तो कहीं न कहीं लेक्चररशिप मिल जायेगी, फिर सब ठीक हो जायेगा। पर कुछ भी ठीक नहीं हुआ। बच्चों के चले जाने से वह डिस्टर्ब हो गयी, पर परीक्षा नहीं छोड़ी। एक पेपर थोड़ा खराब हो गया जिसका असर उसके रिजल्ट और नौकरी के सपने पर पड़ा। महज दो नम्बर से उसका प्रथम श्रेणी रुक गया। सम्राट चाहता और सच्चे मन से कोशिश करता, तो वह बच्चों के पास लौट जाती, पर वह सम्राट से डरती थी। वह उसके साथ कुछ भी कर सकता था, कुछ भी। उसे सम्राट के पड़ोस की जले मुँह वाली स्त्री मीना याद आती, जिसे उसके पति ने जलाया था और ऊपर से सभी स्त्री को ही ग़लत कहते थे कि दुश्चरित्र रही होगी। सम्राट की क्रूरता से वह भी दो-चार हो चुकी थी। उसे याद था कि जब उसने सम्राट की इच्छा के विरुद्ध बी.एड. का फार्म भरा था। सम्राट ने रिश्तेदारों से दबाव डलवाकर उसे पढ़ने से रोक दिया था और भाई के साथ घर आने को कहा था। उसे जाना पड़ा था। एक तो अब उसे पढ़ना नहीं था, दूसरे उसके शैक्षिक प्रमाण-पत्र सम्राट चुरा ले गया था। जब भाई के साथ श्यामा सम्राट के घर पहुँची तो वह अपनी जीत पर खुश हुआ। पर जब उसकी अनुपस्थिति में श्यामा ने उसकी सूटकेस में रखा शैक्षिक दस्तावेज़ भाई को देकर वापस भेज दिया, तो वह बौखला उठा और जानवरों की तरह उसकी पिटाई की। जब वह

खून की उल्टी करने लगी, तब रुका। दुनिया की किसी भी लड़की को पढ़ाई की इतनी सजा ना मिली होगी। काश, राम इस बात को समझ सकता कि उसकी माँ ने किसी महत्वाकांक्षा के कारण नहीं, उसके पिता के भय के कारण वापसी का निर्णय टाला। कितना तड़पी थी वह, छटपटाई थी। जिन बच्चों को वह इतने वर्षों से अकेले सँभाल रही थी, वे ही सम्राट की बदले की भावना के भेंट चढ़ गये। सम्राट गर्भावस्था से लेकर बच्चों के सात वर्ष होने तक उसे ना तो कोई आर्थिक सहयोग कर सका था, ना भावनात्मक। वह तो जैसे बच्चों को अपना ही नहीं समझता था, समझता भी हो तो उनकी ज़िम्मेदारी नहीं लेना चाहता था और अब उन्हीं बच्चों का मालिक था। उसके खून से सींचे पौधों को वह जड़ सहित उखाड़ ले गया था और नफरत के जल से सींचकर बड़ा कर रहा था। उसे स्वार्थी, महत्वाकांक्षी और जाने किन-किन उपाधियों से नवाज रहा था। दस वर्षों के अभावग्रस्त वैवाहिक जीवन ने श्यामा को दिया भी तो इल्जाम, आरोप और बदनामियाँ दीं। बच्चे, जिन्हें एक-एक पल उसने सँवारा था, पिता के हो गये। सम्राट ने दूसरा विवाह कर लिया, दो बच्चे और पैदा कर लिए, तब भी श्यामा के प्रति उसकी नफरत कम नहीं हुई, ना उसने बच्चों के मन से नफरत साफ करने की कोशिश की। उसके प्रति दुष्प्रचार कर वह बच्चों को भड़काता रहा। वे सारे रास्ते बन्द कर दिये जिससे होकर बच्चे उस तक पहुँच सकते थे। कहते हैं इन्सान के अन्दर का शैतान कभी नहीं मरता। थोड़ी-थोड़ी देर पर रूप-रंग भले बदल ले। सम्राट भी बीच-बीच में रूप बदलता। एकाध बार वह श्यामा के पास आया उससे माफी माँगी, उसे साथ चलने को कहा। पर श्यामा उसे समझ चुकी थी। उसका असली चेहरा देख चुकी थी। पहले भी वह ऐसे ही माफी माँगकर उसे ले गया था और फिर जानवरों की तरह पीटा था। श्यामा अब कोई रिस्क नहीं लेना चाहती थी। हाँ, बच्चों के लिए वह तड़पती रहती। जब सम्राट बच्चों की बीमारी की झूठी खबर भिजवाता, तो वह खूँटा तुड़ाकर बछड़ों की तरफ भागना चाहती गाय-सी निरीह हो जाती। पर उसकी माँ उसे रोक देती। 'हाथ-पैर तोड़कर अपाहिज बना देगा या फिर चेहरा जलाकर बदसूरत, तब मेरे पास मत आना। वह नाग है नाग।' श्यामा डर जाती, उसे वह दृश्य याद आता जब उसने अपनी जाँघों में उसका गला फँसाकर उसकी पीठ पर जोर-जोर से मुक्के मारे थे, यह जानते हुए भी कि वह बीमार और गर्भवती है। उसने उसी दिन हैंडपैम्प के पास बैठकर सिन्दूर धो डाला था, चूड़ियाँ फोड़ डाली थीं और आँगन के एक कोने में सिर उघाड़ कर बैठ गयी थी। सम्राट उसके इस रूप से डर गया था फिर भी अपनी हरकत से बाज नहीं आया था। पूरे गाँव की औरतों को बुला लाया

कि 'देखिए सुहागन होकर भी इन्होंने कैसा वेश धरा है।' औरतें श्यामा पर ही थूकने लगीं—'छीः-छीः कैसी औरत है? ...अरे पढ़े-लिखे होने का मतलब यह तो नहीं कि औरत अपना धरम भूल जाये।'

—'का गरज थी पढ़ने की, जब पति नहीं चाहता। हम तो अपने मरद से पूछे बिना एक कदम भी नहीं चलतीं...।' श्यामा में उस वक्त ना बोलने की शक्ति थी, ना कुछ करने की। पर वह सोच रही थी कि यह कैसा समाज है जो स्त्रियों को इतने दबाव में रखता है कि उन्हें भी एक पीड़ित औरत से सहानुभूति नहीं होती। किसी को उसका जख़्मी शरीर और घायल आत्मा नहीं दिख रही। सबको रूढ़ियों...परम्पराओं की पड़ी है। सती-मानसिकता से ग्रस्त इन औरतों को क्या पता कि कुछ घण्टे पूर्व तक वह भी सती थी, पर यदि पति की मार गाली सहना ही सती होना है, तो नहीं कहलाना उसे सती। अब यह एक पराया पुरुष है। उसका पति नहीं हो सकता। पति का अर्थ 'रक्षक' होता है पर यह तो उसका भक्षण करने को तैयार है। अब उसे इस आदमी से किसी भी तरह मुक्त होना है। सम्राट उसके मनोभाव समझ रहा था। उसने उसके चारों तरफ कारागार की मजबूत चारदीवारी-सी खड़ी कर दी। वह अपने पड़ोस की एक स्त्री मीना 'मुँहजली' की कहानी जानता था। वह डर गया था कि कहीं श्यामा के जीवन में भी दूसरा पुरुष न आ जाये।

अपनों से लड़ने का दुःख क्या होता है, यह श्यामा से अधिक कौन जान सकता है? जिस पति से वह इतना प्यार करती थी उसी से उसे लड़ना पड़ा। क्या वह लड़ना चाहती थी? कितना सहा था उसने। जाने कब और कैसे सम्राट के मन में इतना पुरुष अहं भर गया कि उसका प्यार कम पड़ गया। आखिर उसकी गलती क्या थी? वह आगे पढ़ना ही तो चाहती थी। वह भी तब, जब दो बच्चों के साथ इतने सालों से मायके पड़ी थी। एक-एक पैसे को मुहताज थी। सम्राट नौकरी नहीं पा सका था। अपनी माँ की मिट्टी के तेल के कोटे की दुकान की आमदनी पर आश्रित था। कभी-कभी वह माँ से पैसे झिटककर उसके पास आता, पर पैसे इधर-उधर उड़ाकर वापस चला जाता। माँ-बहनें श्यामा को कोसतीं कि वह सम्राट से खर्चा क्यों नहीं माँगती? श्यामा इतनी संवेदनहींन कैसे हो जाती कि एक बेरोजगार पति से खर्च माँगती। वह और उसके बच्चे घोर अभाव में दिन गुज़ार रहे थे। वे सिर्फ अभाव भरे दिन ही नहीं थे, अपमान भरे दिन भी थे। माँ बार-बार उसका सामान बाहर फेंककर ससुराल चले जाने को कहती। कोसती—'क्या ज़िन्दगी भर तुम्हारा और तुम्हारे बच्चों का खर्चा उठायेंगे? क्या इन बच्चों को मेरे भरोसे पैदा की हो?' वह रोकर रह जाती।

कहाँ जाती? सम्राट उसे अपने घर भी नहीं ले जाता था। कहता–'नौकरी पा लूँगा, तो ले चलूँगा। अभी कहाँ से खाना-खर्चा चलाऊँगा।' श्यामा को अपने अभाव तो कम खलते थे पर बच्चों के अभाव नहीं देखे जाते थे। ढंग के कपड़े तक उनके पास नहीं थे। खाना तो खैर किसी तरह मिल जाता, पर पाँच वर्ष का हो जाने के बाद भी वह श्याम को अच्छे स्कूल में नहीं भेज पा रही थी। छोटा राम दूध के लिए तरसता। उसी की उम्र की भाई की बेटी थी, जिसके लिए किलो भर दूध लिया जाता। भाई राम को चिढ़ाता–'ले...तु...तु...तु...त...।' राम दूध के लिए दौड़ता, तो वह दूध बेटी को दे देता। वह तड़पकर रह जाती। कैसी बदनसीब माँ है वह! बी.ए. किये पाँच साल हो चुके थे। किसी ने सलाह दी–बी.एड. कर लो। नौकरी मिल जायेगी, तो सब ठीक हो जायेगा। बात मन को जँची, पर इन पाँच वर्षों में उसने कलम तक नहीं उठायी थी। दो साल के अन्तर पर बच्चों के जनम, उनकी परवरिश में ही सारा वक़्त निकल गया था। पर अब और नहीं...। ...उसने बी.एड. का फार्म भर दिया। सम्राट इस बीच आया भी नहीं था कि उससे पूछती। वैसे भी वह सहमत नहीं होता। दोनों ने साथ ही बी.ए. की परीक्षा दी थी। सम्राट तो उसके बी.ए. करने के भी खिलाफ था। कहता–'पति पत्नी एक बराबर पढ़े हुए नहीं होने चाहिए। मैं एम.ए. कर लूँगा, तब तुम्हें बी.ए. करा दूँगा।' पर श्यामा जानती थी कि पढ़ाई का तार एक बार टूट गया तो शायद वह फिर नहीं पढ़ पाये। फिर शादी की शर्त के अनुसार उसे सम्राट के आत्मनिर्भर होने तक माँ के घर ही रहना था। उसका समय कैसे कटता? उसका बस चलता तो वह सम्राट के साथ उसके घर रहती, भले ही वह मेहनत-मजूरी करता, पर सम्राट के सपने बड़े थे। सम्राट इतना सामन्ती होगा, यह वह नहीं जानती थी। वह उसे अपनी मर्जी पर चलाना चाहता था। पर मायके होने के कारण उसका जोर न चला और श्यामा ने बी.ए. की परीक्षा दे दी। यहीं पहली गाँठ सम्राट के मन में पड़ी, जो कभी नहीं खुली। उसकी इच्छा के खिलाफ पत्नी ने बी.ए. किया, यह सोचकर उसका पुरुष-अहं तिलमिलाता रहता। वह हमेशा उसे ताना मारता, जली-कटी सुनाता। श्यामा के दूसरे त्याग और एकनिष्ठ प्यार की उसके लिए कोई कीमत नहीं थी। श्यामा आगे ना पढ़े, इसलिए उसने दो वर्ष के अन्दर ही दो बच्चों की माँ बना डाला। यह भी ना सोचा कि वह बेरोजगार है, इन बच्चों की जिम्मेदारी कौन लेगा? जानता था रो-गाकर श्यामा की माँ उन्हें पालेगी ही। सम्राट की योजना सफल हुई थी। बच्चों की परवरिश में उलझकर श्यामा अपनी पढ़ाई भूल चुकी थी। पर जिस दिन सम्राट को पता चला कि श्यामा ने बी.एड. का फार्म भरा है तो पगला-सा गया। पहले श्यामा

पर इल्जाम लगाया कि 'किसके शह से यह कर रही हो, जान रहा हूँ। तुम्हारी माँ की यह साजिश है। वह पहले तुमसे नौकरी करवाना चाहती है और फिर दूसरी शादी... ।' श्यामा हतप्रभ रह गयी। सम्राट की सोच इतनी घटिया क्यों है? वह तो सपने में भी अपने जीवन में दूसरे पुरुष का प्रवेश नहीं सोच सकती। सम्राट क्यों नहीं उसके हालात समझता? वह तो उसके हालात समझकर कभी उस पर दबाव नहीं डालती। कभी कुछ नहीं माँगती। वह सती धर्म निभाती है, पर पति की इस सनक को मानने को तैयार नहीं कि औरत को पढ़ाई या नौकरी नहीं करनी चाहिए। फिर पाँच वर्षों से उसने पढ़ाई छोड़ तो रखी है, फिर सम्राट कुछ क्यों नहीं करता? वह दो बच्चों के साथ मायके में दुःख झेलती रहे यह तो उसे मंजूर है, पर पढ़ाई या आत्मनिर्भर होने की कोशिश न करे। सम्राट यहीं नहीं रुका। उसने रिश्तेदारों को बुलाकर पंचायत तक करा डाली कि श्यामा बी. एड. नहीं करेगी। माँ को छोड़कर सभी उस पर दबाव डालने लगे कि पति की बात मान लेना ही उपयुक्त है। आखिर माँ और उसे भी झुकना पड़ा। सम्राट ने सबसे कहा—मैं घर जाकर इनके रहने की व्यवस्था करता हूँ। ये भाई के साथ आ जायें। जाने क्यों श्यामा का मन नहीं हो रहा था कि वह ससुराल जाये। उसकी छठी इन्द्रिय कह रही थी कि कुछ बुरा होने वाला है। उसकी माँ का मन भी आगा-पीछा कर रहा था। तभी सम्राट की एक कारस्तानी देखकर माँ-बेटी चौंक पड़ीं। सम्राट श्यामा के सारे अंकपत्र व प्रमाण-पत्र चुरा ले गया था। श्यामा अब क्या करती। माँ ने सलाह दी—'भाई के साथ चली जाओ और उसी के हाथ पढ़ाई के काग़ज़ात भेज देना। यहाँ सुरक्षित रहेगा।' श्यामा को ससुराल जाना पड़ा, मन न होने पर भी। लड़की होने की विवशता पर वह रो रही थी। वह डरी हुई थी कि जाने सम्राट उसके साथ क्या करेगा? वह उन पुरुषों में था। जो झूठी मर्दानगी के नशे में चूर रहते हैं और सारी मर्दानगी औरत पर दिखाते हैं। स्त्री की न्यायोचित व मानवीय माँग को भी नारी शक्ति का प्रदर्शन मानते हैं और उसे कुचलने के लिए साम-दाम-दण्ड-भेद सबका सहारा लेते हैं। काश वे समझ सकते कि उनका प्यार स्त्री को उनका यूँ ही गुलाम बना सकता है। कितनी मुश्किल से वह सम्राट से मुक्त हुई थी। उसके कारागार से मुक्त होना कितना मुश्किल था, वही जानती है। उसके पिता आते तो वह मिलने नहीं देता। माँ के पत्र श्यामा तक नहीं पहुँचने पाते थे। श्याम को भी वह अपनी माँ के पास दूसरे कस्बे रखता। वह राम के साथ उसके पुराने ससाधन-विहीन घर में अभावग्रस्त जीवन जी रही थी। वह उसे खूब प्रताड़ित करता। बात-बात पर मारता-पीटता। इसी बीच राम को डायरिया हो गया। वह परेशान हो गयी। ना तो उसके पास

पैसे थे ना घर से बाहर निकलने की इजाज़त। उसे रास्ता भी नहीं मालूम था। सम्राट उसे हमेशा घूँघट में ही रखता रहा था। बच्चे को इस हालत में देखकर भी सम्राट श्यामा को लेकर दो दिन के लिए माँ के घर चला गया। वह खुद भी बीमार थी। उसे कुछ खाया नहीं जाता था, सिर्फ चावल का माड़ पीकर जिन्दा थी। बच्चे की हालत बिगड़ती जा रही थी। किसी तरह एक पड़ोसन की मदद से वह राम को डॉक्टर के पास ले गयी। डॉक्टर ने कहा—'तुरन्त जगह बदलिए। पानी ठीक नहीं है। खुली हवा, स्वच्छ पानी और दवा के साथ एहतियात बरतिए, वरना बच्चे को खो देंगी।' उसने सम्राट को खबर भिजवाकर बुलाया, तो वह उल्टे उसी पर बिफर पड़ा—'तुमने चौखट से बाहर कदम रखा कैसे?' जब उसने बेटे की बीमारी का वास्ता दिया तो बोला—'मेरा बेटा मर जाता, पर तुमने बाहर कदम कैसे रखा?' वह चूल्हे पर खाना बना रही थी। सम्राट के मामा-मामी अपने किशोर बेटे के साथ आये हुए थे। सम्राट बराबर उससे लड़ रहा था। लड़ते-लड़ते वह उसे मारने दौड़ा, तो उसने भी चूल्हे से जलती लकड़ी निकाल ली और खड़ी हो गयी। लकड़ी को उसने सम्राट की तरफ तान दिया। सम्राट की आँखों में धुआँ लगा तो आँख मिचमिचाते हुए पीछे हट गया। उसे उम्मीद नहीं थी कि चुपचाप मार-गाली सह लेने वाली श्यामा ऐसा प्रतिरोध भी कर सकती है। श्यामा ने यह दुस्साहस तो कर दिया पर कमजोरी और डर से काँपने लगी। सम्राट को इस डर से बल मिला और उसने आगे बढ़कर उसके हाथ से जलती हुई लकड़ी छीनकर फेंक दी और उस पर हाथ उठाया ही था कि उसके मामा ने उसका हाथ पकड़ लिया—'यह क्या बदतमीज़ी है? इतनी सुन्दर-सुघड़, पढ़ी-लिखी लड़की से तुम्हारा यह व्यवहार अनुचित है। ख़बरदार जो हमारे रहते इस पर हाथ उठाया।' सम्राट तिलमिलाकर रह गया और गुस्से में फिर माँ के घर चला गया।

मामा-मामी दूसरे दिन चले गये, पर उनका किशोर बेटा राम की बीमारी को देखकर रुक गया। उसे उससे सहानुभूति थी। पर सहानुभूति से ज्यादा आकर्षण था। वह एक सुन्दर स्त्री को इस तरह बदहाल नहीं देख पा रहा था। श्यामा ने पहली बार अपनी स्त्री बुद्धि का इस्तेमाल किया। किशोर से प्रार्थना की कि उसे उसकी माँ के घर पहुँचा दे। किशोरों का मस्तिष्क बड़ा उर्वर होता है। उसने सम्राट के आने के पहले ही सारा इन्तजाम कर दिया और वह दूसरे दिन माँ के घर आ गयी। माँ के दरवाजे पर पहुँचते ही मारे खौफ, थकान और कमजोरी के वह बेहोश हो गयी थी। मरगिल्ले से राम और बेहोश बेटी को देखकर माँ फूट-फूटकर रो पड़ी और विलाप करने लगी कि उन्होंने बेटी की इच्छा के विरुद्ध ससुराल भेजकर बड़ा पाप किया। इधर सम्राट घर लौटकर सदमे में आ गया।

फिर उसने चारों तरफ यह बात फैला दी कि श्यामा भाग गयी। कुछ लोग मजा लेने लगे, बड़ा मर्द बनता था। पढ़ी-लिखी लड़की को गुलाम बनाकर रखा था। बाकी ने श्यामा को कोसा। सम्राट की माँ ने तो और हो-हल्ला मचाया। श्याम उनके पास था। उसे झिंझोड़ते हुए बोली—'सुना तेरी माँ भाग गयी।' श्याम रोने लगा। सात वर्ष का मासूम बच्चा क्या जानता था कि माँ के भागने की खबर उसके पूरे जीवन को नासूर बना देगी। ऐरा-गैरा नत्थू-खैरा कभी भी उसे ताने मार सकता है। श्याम की स्मृति में वह दृश्य आज भी ताज़ा है। जब सब उसकी माँ को कोस रहे थे, उसे बुरा-भला कह रहे थे और वह माँ के पास जाने के लिए रो रहा था। इधर सम्राट लगातार उसे माँ से दूर रख रहा था। कोई खतरनाक योजना उसके दिमाग में थीं, जो श्यामा के भाग जाने से फेल हो गयी थी। उसके जैसे सामन्ती पुरुष के लिए यह बड़ा आघात था, अपमान था। वह जिसकी तरफ देखता, उसकी निगाहें उसे मजाक उड़ातीं लगती कि—'देखो, इसकी औरत भाग गयी।' उसकी लाख पाबंदियों, सख्त पहरे को तोड़कर एक अदना-सी सीधी-सादी लड़की निकल कैसे गयी? उसे अपने मामा-भाई पर गुस्सा आता, जो अभी तक श्यामा के मायके में छिपा बैठा था। वह बौखलाहट में तमाम हरकतें कर रहा था। वह समझ गया था कि अब उसका खेल खत्म हो गया है। अब श्यामा की वापसी मुश्किल है। वह ससुराल जाकर इधर-उधर रिश्तेदारों से मिला, पर किसी ने उसको भाव ना दिया। मरणासन्न श्यामा और राम को जिसने भी देखा था, वह सम्राट की निन्दा कर रहा था। जनमत अब श्यामा के साथ था। पर जनमत बहुत जल्द सब कुछ भूल भी जाता है। जब श्यामा और राम दोनों स्वस्थ हो गये और श्यामा ने एम.ए. में दाखिला ले लिया तो जनमत सम्राट के पक्ष में हो गया। सम्राट अब बच्चों को हवाला देकर श्यामा को साथ ले जाना चाहता था। वह रोता था, बीमारी का नाटक करता था। श्याम को भी श्यामा के पास छोड़ गया था, पर श्यामा अब उस पर भरोसा नहीं कर सकती थी। श्यामा की माँ भी उसे भेजने को तैयार न थी। दो साल तक तो बिल्कुल नहीं, जब तक श्यामा एम.ए. न कर ले। और यही तो सम्राट नहीं चाहता था। उसे श्यामा के मायके रहने से एतराज ना था, पर पढ़ना...। यह उसे असह्य था। उसने श्यामा को तलाक की धमकी दी। तेजाब की शीशी लेकर घूमा। बार-बार रिश्तेदारों से पंचायतें कराईं। खिला-पिलाकर उसके भाई-बहनों को अपने पक्ष में कर लिया, पर श्यामा और उसकी माँ को अपने पक्ष में नहीं कर सका। माँ अपनी होनहार बेटी को नहीं खोना चाहती थी। सम्राट अब माँ के खिलाफ प्रचार करने लगा। वह उसको अपनी सबसे बड़ी शत्रु नजर आती। वह जानता था कि सिर्फ माँ

ही के भरोसे श्यामा उसके खिलाफ लड़ाई लड़ रही है। श्यामा को अब भी वह कमजोर स्त्री मान रहा था। एम.ए. में ही श्यामा की मुलाकात रमा से हुई और शीघ्र ही दोनों सहेलियाँ बन गयीं। हालाँकि रमा उससे पाँच साल छोटी थी। श्यामा बच्चों के कारण पाँच साल पढ़ाई में पिछड़ गयी थी। रमा के अपने संघर्ष थे उसके अपने, पर स्त्री होने के कारण बहुत कुछ दोनों ने एक सा भोगा था।

टी. वी. पर अभिमन्यु वध देखकर श्यामा विचलित हो गयी। उसने अभिमन्यु की कहानी सुनी थी, पर आँखों से साक्षात देखना बहुत पीड़ादायक था। सात महारथियों का एक साथ सोलह वर्ष के बालक को तड़पा-तड़पा कर मारना...एक बारगी ही जाने कितने दृश्य उसकी आँखों में कौंध गये। धारावाहिक का फ़िल्मांकन बहुत अच्छा और मर्मस्पर्शी था। अभिनेता भी अच्छे थे। वह भूल गयी कि वह टी.वी. देख रही है। उसने देखा कि अभिमन्यु की हर चोट पर भगवान कृष्ण तड़प उठते हैं। वे घटनास्थल से काफी दूर हैं। अर्जुन उनको पीड़ित देख पूछता है कि–'क्या आपको कहीं पीड़ा हो रही है?' भगवान कहते हैं–'यह सब समय की पीड़ा है।' समय को भगवान भी नहीं टाल सकता, यह बात भक्तों को अजीब लग सकती है। तो क्या उसके अपने जीवन में जो कुछ हुआ, वह समय के कारण था। एक सीधी-सादी, सती मानसिकता की लड़की आज पुरुष विरोधी और दबंग मानी जाती है। एक ममतामयी माँ निष्ठुर माँ कही जा रही है। क्या यह समय का खेल है? और उसे भी अभिमन्यु की तरह समय की इस मार को सह लेना चाहिए। अपनी इज्जत, अपनी अस्मिता की रक्षा के लिए हर कदम पर उसे क्या-क्या ना झेलना पड़ा! एक अकेली स्त्री का पुरुष प्रधान समाज में जीना आसान नहीं होता पर वह अकेली अभिमन्यु नहीं उसके बच्चे भी तो अभिमन्यु की तरह लगातार लड़ते रहे हैं। किसी बच्चे के लिए इससे बड़ी गाली क्या हो सकती है कि 'उसकी माँ भाग गयी' गनीमत यही थी कि 'किसी के साथ भागी' यह ठप्पा उसके पिता ने नहीं लगाया था, फिर भी उनका बचपन त्रासदीपूर्ण तो रहा ही होगा। आस-पड़ोस के बच्चे, रिश्तेदार, परिवार उनकी हर गलती को उनकी माँ से जोड़ते होंगे। जब चाहे तब ताने दे देते होंगे। कितनी तकलीफ होती होगी उन्हें, श्यामा यह जानती थी, फिर भी बच्चों की रक्षा या हिमायत में सामने ना आ सकी। वह सोचती है सम्राट क्या बच्चों की इस पीड़ा को नहीं समझते थे? खूब समझते रहे होंगे और इस अवसर को उपयुक्त जानकर बच्चों के मन में और घृणा भरते होंगे। राम को तो और भी हर बात पर माँ का ताना मिला होगा क्योंकि वह रूप-रंग में माँ पर पड़ा था। उसके स्वभाव में भी माँ की झलक थी।

दुर्योधन का अभिमान, उसकी निर्ममता को देख श्यामा को सम्राट की याद आ रही थी। दुर्योधन कहता है–'अभिमनयू को जल्दी नहीं मारना है। उसे इतने घाव, इतनी पीड़ा देनी है कि पांडवों का मनोबल टूट जाये।' अभिमन्यु को तड़पता देख उसे आनन्द मिलता है। सम्राट भी तो उसे प्रताड़ित कर खुश होता था। समीप थी तब भी, अलग हो गयी तब भी। क्यों? क्या यह भी समय का दबाव था? अब वही सम्राट दूसरी स्त्री के साथ ठीक ढंग से रह रहा है। क्या उसकी ही किस्मत खराब थी। दुर्योधन खुद को सही साबित करने के लिए कहता है–'भीम ने मेरे भाइयों को मारकर जो पीड़ा मुझे दी, उतनी ही पीड़ा अभिमन्यु को तड़पा-तड़पा कर दूँगा, ताकि पांडव टूट जायें।' अपने बदले के लिए बालकों का इस्तेमाल क्या हमारी संस्कृति का हिस्सा रहा है? सम्राट उसे प्रेम से जीत सकता था पर वह बच्चों को मोहरा बनाकर, उसके स्वत्व को कुचलकर जीतना चाहता था। वह आहत था कि उसकी बीवी भाग गयी। वह समाज में मुँह दिखाने लायक नहीं बचा। पर यह परिस्थिति भी तो उसी ने पैदा की थी और फिर यह प्रचार भी तो उसी ने किया था कि उसकी पत्नी भाग गयी। वह यह सच भी तो कह सकता था कि बच्चे के इलाज के लिए अपनी माँ के घर गयी है। उसने तो श्यामा के लौटने का रास्ता ही बन्द कर दिया। इसके बाद भी उसका अभिमान तृप्त नहीं हुआ तो बच्चों को छीन लिया। श्यामा को तिल-तिल मारने के लिए उसने ऐसा किया, पर क्या ऐसा करके उसने बच्चों का भला किया। अपने अहंकार में उसने बच्चों को भी होम कर दिया। गनीमत रही कि उसने समाज को दिखाने के लिए ही सही बच्चों को ठीक परवरिश व शिक्षा दी। वैसे भी बच्चों में श्यामा का रक्त दौड़ रहा था। वे बुरे बन ही नहीं सकते थे। पर क्या सम्राट ने ऐसा वातावरण नहीं बना दिया था जिसमें बच्चे गलत हो सकते थे। एक तो माँ की गाली, दूसरी सौतेली माँ, फिर सौतेले भाइयों का दंश सहते बच्चे अगर लायक बने तो क्या सिर्फ इसलिए नहीं कि श्यामा ने किसी का बुरा नहीं किया था। वह किसी के भी बच्चे को प्यार कर सकती थी। बच्चों में बेहद लोकप्रिय भी थी। वह हमेशा सोचती उसके अच्छे कर्म उसके बच्चों को ठीक रखेंगे। जब सम्राट ने दूसरी शादी कर ली, तब उसे चिन्ता जरूर हुई थी, पर वह कुछ नहीं कर सकी। वह अकेली थी और अकेले सम्राट से लड़ना मुश्किल था। इसलिए चुपचाप वह अपने लिए संघर्ष करती रही।

यह समय कितना बलवान है कि इस पर ईश्वर तक का वश नहीं। अपने बन्दे को तड़पता देख वह तड़प सकता है, पर उसकी मदद को आगे नहीं आ सकता। वह तो एक सामान्य स्त्री थी, समय से कैसे लड़ सकती थी? इस समय

ने उसे क्या से क्या बना दिया। कभी-कभी सम्राट के लिए भी उसे अफसोस होता है। अपने झूठे दम्भ के नाते उसने ना केवल उसका प्यार खोया बल्कि जीवन भर बेचैन रहा। खुद को प्रूफ करने के लिए उसने क्या-क्या नहीं किया। उसके भागने का प्रचार करते वक़्त उसने यह नहीं सोचा कि यह वह समाज है जो भाग गयी स्त्री के पुरुष को भी नहीं बख्शता। लोग पीठ पीछे उस पर हँसते हैं—यह भ्रम सम्राट को सालता था और वह प्रतिशोध से भरकर श्यामा का नुकसान करना चाहता था। जिसकी औरत भाग गयी हो, उस मर्द की मनोदशा का अनुमान किया जा सकता है। हर नज़र उसे खिल्ली उड़ाती दिखती है। इसलिए वह जहाँ बैठता, श्यामा की बुराई करता ताकि अपनी अच्छाई साबित कर सके। बच्चों के मन में भी उसने इसीलिए माँ के खिलाफ जहर बोया, ताकि आगे चलकर वे उससे बदला ले सकें। श्यामा सोचती है कि उसे यह सब करने की क्या जरूरत थी? यदि वह स्थितियों का सही ढंग से आकलन करता, तो यह दिक्कत नहीं आती। उसने जिस औरत से दूसरी शादी की उसकी भी पहली शादी टूट चुकी थी। गनीमत रही कि वह उससे निबाह रहा है, शायद यह साबित करने के लिए कि श्यामा ही गलत थी कि गृहस्थी में नहीं जम सकी। शायद यह भी समय की बात हो। या दोष श्यामा की किस्मत का ही हो। उसे कहीं भी सहारा नहीं मिला। बस अपनी हथेलियों में सिर थामे वह जीवन का सफर पूरा करती रही। उसके जीवन में पुरुष आये, पर वह आगे ना बढ़ सकी। कहीं ना कहीं बच्चे उसकी आँखों के सामने आ गये। वह माँ है-यह कभी ना भूल सकी। दूसरे बच्चे के जन्म के बारे में वह नहीं सोच सकती थी, इसलिए दूसरी शादी की कोशिश भी नहीं की।

पूरे सत्रह वर्षों बाद वह अपने बच्चों से मिली है पर जब वह अपने बेटों में पिता की तरह की प्रदर्शन प्रियता, स्त्री की अवमानना और झूठा दम्भ देखती है तो उसे अफसोस होता है। यदि वे उसके पास रहे होते तो शायद ऐसे न होते। वह उन्हें ऊँचे संस्कार देती, पर पिता के अंश का कुछ प्रभाव तो होता ही है। वैसे उनमें उसके गुण ज्यादा हैं। कला-साहित्य से प्रेम, दया-ममता, पढ़ाई-लिखाई सब कुछ ज्यों का त्यों ही नहीं, कुछ ज़्यादा ही उनमें समाहित है। दोनों को गीत-संगीत में रुचि है। श्याम तो संगीत का ही शिक्षक है। राम एयरफोर्स में है, उसमें वह खुद को ज्यादा पाती है। उसका रूप-रंग ही नहीं, स्वभाव भी उसने पाया है। श्याम में पिता का चेहरा झाँकता है और दिमाग भी। पिता की तरह ही अपनी बात ऊपर रखने में माहिर है। हमेशा उसका मजाक उड़ाता है। माँ का रूप-रंग, चाल-ढाल, रहन-सहन, पढ़ाई-लिखाई कुछ भी उसे पसन्द नहीं है।

सब पर टिप्पणी करता है। 'पिता ये कहते हैं वो कहते हैं'—यह कहकर उसे पीड़ित करता है। वह अपनी ममता के कारण उससे जुड़ना चाहती है, पर हमेशा उसका पिता बीच में आ खड़ा होता है। जिस तरह उसने बच्चों को बचपन में ही उससे अलग कर दिया, उसी तरह आज भी अलग ही रख रहा है। वे पास आकर भी पास नहीं आते। श्याम तो हमेशा उससे पैसे खर्चाता रहता है। जैसे ऐसा करके ही वह उसका दिल जीत सकती है। उसे उससे कोई सहानुभूति नहीं...कोई प्रेम नहीं, फिर क्यों वह ज़बरदस्ती उनसे जुड़ने की कोशिश कर रही है? बच्चे हमेशा अपनी सौतेली माँ, सौतेले भाइयों और पिता की बात करते हैं। उनके साथ फोटो खिंचाकर फेसबुक पर डालते हैं। जैसे वही उनका परिवार हो और वह जैसे छिपाने की चीज़ हो। उससे सम्बन्ध को वे सबसे छिपाना चाहते हैं। उसके घर नहीं आते। उससे मेल-जोल नहीं बढ़ाते। वह दिखाती है कि उसे इन सबका बुरा नहीं लगता, पर क्या सच ही नहीं लगता? लगेगा ही-यह बात वे भी जानते हैं और बुरा लगने के लिए ही ऐसा करते हैं। तो फिर वह क्यों उनसे रिश्ता रख रही है? जलाना-कुढ़ाना जिन बेटों का उद्देश्य हो। उसका सुख-दुःख जिनके लिए कोई मायने नहीं रखता, जिन्हें उसकी कोई जरूरत नहीं...चाहत नहीं, उनसे जुड़ना शायद दया माँगने जैसा है। उनका भी क्या दोष...जब उन्हें उसकी जरूरत थी...वह उनके पास नहीं थी। उन्हें जैसी परवरिश जैसे संस्कार दिये गये, उनका असर तो होना ही था। किस्मत को ना भी मानो तो वह अपना अस्तित्व मनवा ही लेती है। सुख तभी मिलेगा, जब किस्मत में होगा। जब तक श्यामा सम्राट से जुड़ी रही। सम्राट बेरोजगार रहा। श्यामा ने घोर अभाव का सामना किया और जब वह लक्ष्मीवान हुआ, तो दूसरी स्त्री ले आया और श्यामा का सारा हक उसे दे दिया, यहाँ तक कि उसके बच्चों की माँ भी उसे बना दिया। दूसरी औरत का मन रखने के लिए उससे भी दो पुत्र पैदा करके वह दशरथ की तरह गौरवान्वित हुआ। उसके बच्चे जब फलदायी वृक्ष हुए, तो वह और भी मालामाल हो गया। बच्चे सौतेली माँ की मंशा से अनजान उसके आँचल में प्रेम-सम्मान ही नहीं, अपनी सारी कमाई भी डालने लगे और वह राजमाता बनी अपने पुत्रों की नींव मजबूत करती रही। वह औरत, जो सम्राट की रखैल ही कही जायेगी, (क्योंकि श्यामा से सम्राट का कभी तलाक नहीं हुआ था) घर की मालकिन थी। सारे सुख उसे प्राप्त थे। पति, बेटे-बहुओं सबका। यह उसका भाग्य ही तो कहा जायेगा। उसके अपने बेटे भी उसे ही मां कहते हैं। वह कभी राम से मिलने उसके आवास पर जाती है तो पोते के साथ अपना फोटो खींच कर खुश हो लेती है। एक बार वह फोटो उसने फेसबुक पर डाल दिया तो हंगामा हो गया।

राम की क्लास ली गयी। राम को बचपन में तो डराया ही गया, अब भी सम्राट डरा रहा है कि श्यामा के घर गये तो शाप दे दूँगा। इसलिए राम और उसकी बहू उसके घर नहीं आते। श्याम पहले कई बार अकेले उसके पास आ चुका है, पर पत्नी को लेकर कभी नहीं आया। एक दिन उसकी पत्नी ने न आने का रहस्य बताया कि—पापा ने कहा था, वहाँ गयी, तो फिर यहाँ न आना। बच्चे पिता का एहसान मानते हैं कि उन्होंने उन्हें पाला। अब उनसे कौन प्रश्न करे कि फिर कौन पालता। पिता ही तो बच्चों का पालक होता है। वह तो श्यामा की माँ का एहसान था कि सात वर्ष उन्हें पाल दिया। रात-रात भर माँ-बेटी जागीं। तमाम कष्ट सहे, तब वे पले। बच्चे के लिए सबसे जरूरी और नाजुक वक्त तो वही होता है। वह भी तो माँ के फर्ज से कभी नहीं चुकी। दो-दो वर्ष दूध पिलाया। उन्हें सूखे में सुलाने के लिए गीले में सोई। उन्हीं की नींद सोई-जागी। वह भी घोर अभाव भरे दिनों में, जब ना तो पति का आर्थिक सहयोग था, ना भावनात्मक। यहाँ तक कि किताब-कॉपी तक नहीं छू पायी उन वर्षों में। उसके बाद उन्हें छीन लिया गया तो क्या करती? ना तो उसके पास पैसा था, ना कोई नौकरी। कोई हाथ उसकी मदद के लिए नहीं था। वह तो माँ थी कि जलालत से ही सही, खाने को दो रोटी दे देती थी। कितनी मुश्किलों से वह आत्मनिर्भर हुई। एक अकेली, सुन्दर स्त्री को इस बन्द समाज में क्या-क्या नहीं झेलना पड़ता है? हर तरफ गिद्ध नोचने को तैयार रहते हैं। कितना बरगलाया-फुसलाया जाता है उसे। गिराने की हर कोशिश की जाती है। काश बेटे इस बात को समझ सकते। बेटे कहते हैं कि उसने उन्हें ढूँढ़ा नहीं। श्यामा क्या सफाई दे? वह जानती थी कि जिद के कारण ही सही सम्राट बच्चों को अपने पास ठीक से रख रहा है। उसे तकलीफ पहुँचाने के लिए ही सही उन्हें पढ़ा-लिखा रहा है। उनकी जरूरतें पूरी कर रहा है। वह क्या कर पाती? कोई संसाधन नहीं था उसके पास। सम्राट पुरुष था, परिवार का सहयोग था उसे। फिर दिमाग भी जुगाड़ू था। जाने कैसे उसने पिछड़ी जाति का प्रमाण-पत्र बनवा लिया और सरकारी मास्टर बन गया। अब उसकी परेशानियों के दिन बीत गये थे, पर वह तब भी संघर्षरत थी। फिर भी उसने बच्चों को अपने पास लाने की कम कोशिश नहीं की। वकीलों से मिली पर सबने कह दिया कि पाँच वर्ष बाद बच्चों पर पिता का अधिकार होता है। वह मुकदमा लड़ती तो शायद बच्चे उसे मिल भी जाते, पर वह अकेली थी। परिवार वाले भी साथ नहीं दे रहे थे। कोई भी बच्चों की वापसी नहीं चाहता था क्योंकि वह अपना भी खर्चा उठाने लायक नहीं बनी थी इसलिए उसने हृदय पर पत्थर रख लिया, काश बच्चे उसकी मजबूरी समझ सकते। बच्चों को लगता है

जिस तरह वह आज मौज में है, सम्पन्न है, हमेशा रही है। कोई जिम्मेदारी नहीं, दबाव नहीं। काश वे समझ सकते कि सुख क्या है, वह कभी नहीं जान पायी। उनके बाद एक भी ऐसा रिश्ता नहीं बना पायी, जो दिल को सुकून दे क्योंकि ऐसे वक़्त बेटे उसके सामने आ खड़े होते थे तमाम प्रश्न लिए, हिकारत से उसे देखते हुए। वह जानती थी कि बेटे अपने माँ के जीवन में दूसरा पुरुष बर्दाश्त नहीं कर सकते। वह अक्सर सोचती है—फिर वे पिता के जीवन में दूसरी स्त्री कैसे सह लेते हैं? कौन सी मजबूरी उन्हें विवश करती है? शायद बच्चे होने के कारण वे पिता से कमजोर होते हैं, उस पर आश्रित होते हैं या फिर भावी पुरुष होने के कारण पिता का यह कदम उन्हें पुरुषोचित लगता है। जिस तरह आज वे दूसरी स्त्री के साथ पिता की फोटो पोस्ट कर रहे हैं। क्या उसके साथ दूसरे पुरुष का कर सकते थे? जिस तरह उस स्त्री को माँ कहते हैं उस पुरुष को पिता कहते? नहीं, वे ऐसा नहीं करते। यहीं आकर तो हार जाती है स्त्री। एकनिष्ठ माँ का ही सम्मान बच्चे कर सकते हैं। उसे याद है कि एक दिन श्याम अपनी गर्लफ्रेंडों के बारे में बता रहा था कि वह उनसे कितना क्लोज है। उनकी गोद में सिर रखकर लेट जाता है। 'किस' भी कर लेता है। वह इसे आधुनिक समय की माँग कह रहा था। इसी बीच श्यामा का एक परिचित किसी काम से आ गया। उसने देखा श्याम की आँखें और भौंहें चढ़ गयीं। माँ के दोस्त हो सकते हैं—इस बात को आधुनिक बेटे भी सहन नहीं कर पाते। वह जब फेसबुक पर पैंट में अपना फोटो डालती है तो वह उसकी बहनों से शिकायत करता है, पर अपनी पत्नी के जींस वाला फोटो खुशी से शेयर करता है। प्रौढ़ा माँ उसे अच्छी नहीं लगती, पर युवा मौसियाँ अच्छी लगती हैं। वह बार-बार मौसियों से तुलना कर माँ को अपमानित करता है। वह उसे कंजूस, खुदगर्ज यहाँ तक कि बेवकूफ समझता है। वह कितना और क्या-क्या बर्दाश्त करे?

उफ, ये मां का दिल भी कैसा होता है? अपने बच्चे उसे हमेशा छोटे, भोले और नासमझ लगते हैं। हमेशा उसे लगता है कि दुनिया के लोग उसके बच्चे को ठग लेंगे। उसका वश चले तो उन्हें सदा अपने आँचल तले महफ़ूज़ रखे। जबकि बच्चे ज्यों ही होश सँभालते हैं माँ का अपनी ज़िन्दगी में हस्तक्षेप उन्हें खलने लगता है। वे उसकी ममता को नहीं समझ पाते। उसकी चिन्ता उन्हें अपनी आजादी में बाधक लगती है। अक्सर देखने में आता है कि वे अपनी माँ की नसीहत नहीं मानते जबकि दूसरी औरतों द्वारा दी गयी सलाह वे मान लेते हैं। श्यामा ने देखा है कि जो बच्चे अपने घर में एक भी काम करना पसन्द नहीं करते, वे दूसरे के घरों में खूब काम करते हैं। क्या अत्यधिक निकटता ऊब पैदा

करती है? माँ से बच्चे का गर्भ-नाल का रिश्ता होता है। उसकी ही रक्त-मज्जा से बने होते हैं वे। दुनिया का कोई भी रिश्ता इतना करीबी नहीं होता। बच्चे को जन्म से ही अपनी माँ की गोद ही सुरक्षा बोध देती है। उसकी छाती से लिपटकर ही वह चैन से सो पाता है। माँ उसकी गूँगी भाषा भी समझ लेती है। उसके रुदन से उसकी चाहत...। बच्चा भी हर तकलीफ में माँ को ही ढूँढ़ता है। उसका सबसे पहला शब्द भी 'माँ' ही होता है। वही माँ तब क्यों परायी हो जाती है जब वह बड़ा हो जाता है। क्यों अपनी ज़िन्दगी में दूसरी स्त्री के आते ही वह बदल जाता है? माँ को झूठी, स्वार्थी, लालची और बोझ समझने लगता है? माँ के किये को नाकाफी कहकर अपमानित करता है। वह यह क्यों नहीं सोच पाता कि माँ ने भले ही उसके लिए बहुत ज़्यादा कुछ न किया हो। सम्पत्ति का भंडार एकत्र न किया हो, वह उसके अस्तित्व और व्यक्तित्व की जननी है। उसने एक नन्हे से बीज को अपने रक्त से सींचकर वृक्ष रूप दिया है। जब पुत्र यह कहता है कि 'तुमने मेरे लिए किया ही क्या है' तब वह धरती, आकाश, प्रकृति, सृष्टि सबको लज्जित करता है। श्यामा को बेटों की यह बात खलती है कि 'आपने हमलोगों के लिए किया ही क्या है।' उसने उन्हें अबोधावस्था में अकेले ही पाला था बिना उनके पिता के शारीरिक, मानसिक, आर्थिक और भावनात्मक सहयोग के। माँ के घर भाई-बहनों के तानों, पति की बेरोजगारी, खुद की अस्वस्थता व तमाम अभावों के बीच भी उसने बच्चों का पालन इस तरह किया था कि वे हजारों बच्चों के बीच भी अलग से चमकते नजर आते थे। ये सच है कि वह उन्हें महँगे कपड़े-खिलौने नहीं दे पाती थी, पर लगन से उनकी सेवा करती थी। अपनी पढ़ाई भी पाँच वर्ष तक स्थगित कर दी थी। रात को उठकर गुनगुने तेल से बच्चों के पैर की मालिश करती थी कि दिन भर पैदल चलते हैं, थक जाते होंगे उनके नन्हे मासूम पैर। घर में जो पकता था, बच्चे वही खाते थे। दो वर्ष तक उन्हें ऊपर का कुछ देने की जरूरत नहीं पड़ी। रूखा-सूखा खाने पर भी उसके स्तनों से दूध की नदी-सी बहती थी। उसने उन्हें दूध के साथ संस्कार भी पिलाया था। आज बच्चों में जो गुण उल्लेखनीय है वह उसके ही तो थे। पिता से तो उन्हें कुछ कमजोरियाँ मिली हैं, जिसकी वजह से वे उस तरह सफल व खुश नहीं है जिस तरह होना चाहिए। अब इसमें उसका क्या दोष कि बाल्यावस्था में ही बच्चे उससे दूर कर दिये गये। उनसे मिलने की मनाही हो गयी। वे अलग-अलग राज्यों में रहे। श्यामा को किसी का सहयोग नहीं था। खुद भी बेरोजगार थी। कहीं से भी आर्थिक सम्बल नहीं था। ऐसी हालत में वह बच्चों की वापसी का प्रयास करके भी क्या कर लेती? अपनी सामर्थ्य भर फिर भी प्रयास किया पर

जल्द ही हार मानकर चुप बैठ गयी। उसे पहले खुद को ही इस लायक बनाना था कि बच्चों के लिए कुछ कर सके या सम्मान के साथ ज़िन्दगी जी सके। वह जानती है कि सम्राट ने बच्चों को मोहरा बनाया था ताकि श्यामा की वापसी हो और वह उसे जी भर प्रताड़ित कर सके। ऐसी मिसाल कायम कर सके कि फिर कोई स्त्री पति के खिलाफ जाने की हिम्मत ना कर सके। वह बदले की भावना से जल रहा था। कोई उससे पूछता तो जानता कि श्यामा ने क्या खिलाफत की थी उससे। सिवाय पढ़ाई पूरी करने की, वह भी तब, जब शादी के दस वर्षों बाद भी उसने उसे मायके में छोड़ रखा था। दो बच्चों के साथ वह अभाव में जीवन गुजार रही थी और वह खुद कुछ नहीं कर पा रहा था। और कितनी प्रतीक्षा करती श्यामा। पाँच वर्ष तो वह बच्चों के पालन में लगी रही पढ़ाई नहीं की...। और कितना सहती...। उसने पढ़ने का निर्णय लिया। जानती थी सम्राट इसके लिए राजी नहीं होगा इसलिए उससे पूछा नहीं। पहले ही ग्रेजुएशन के समय वह हंगामा कर चुका था। अब पोस्ट ग्रेजुएशन तो लक्ष्मण रेखा पार करना था उसके लिए क्योंकि वह खुद सिर्फ ग्रेजुएट था और उसके अनुसार औरत हर मामले में पुरुष से नीची होनी चाहिए। वह बच्चों की क्या देखभाल करता। हाँ इस बहाने एक और विवाह कर लिया और अपने नये राग-रंग में व्यस्त हो गया। बच्चे कैद में थे ताकि किसी भी तरह उससे ना मिल सके। वह समझती है बच्चों को बहुत कुछ सहना पड़ा होगा। बड़े होने के नाते श्याम को ज्यादा ही। वह क्या करती? सम्राट ने उसके लौटने के सारे रास्ते बन्द कर दिये थे, विवाह करके और भी। छोटी-छोटी नौकरियाँ, मकान दर मकान, रिश्ते दर रिश्ते और हर चीज से मिलने वाला दर्द...बदनामी...को झेलती वह ज़िन्दगी का सफर पूरा करती रही।

श्याम बारहवीं पास करने के बाद घर से दिल्ली भाग गया और संघर्ष करता रहा। घर से उसने कोई मदद नहीं ली। बड़ी मुश्किल से उसका जीवन सामान्य पटरी पर आया। उसे याद है जब वह लगभग पाँच-छः वर्ष पूर्व उससे मिलने दिल्ली गयी तो वह एक दड़बेनुमा मकान में अभावग्रस्त जीवन जी रहा था, उसे देखकर वह तड़प उठी थी। वह अब सामान्य जीवन मे थी पर इतनी भी हैसियत में नहीं थी कि बेटे की पूरी ज़िम्मेदारी उठा सके। उस पर बेटे ने उससे कोई भी मदद लेने से इनकार कर दिया। फिर भी वह अपनी तरफ से मदद की कोशिश करती। बेटे का उसके घर आना-जाना शुरू हुआ पर पूर्वाग्रहों से ग्रस्त वह हर बात के लिए माँ को जिम्मेदार मान रहा था। उसके विचार पिता से उधार लिए हुए से प्रतीत हो रहे थे। उसका पिता उनके बीच दीवार की तरह खड़ा था। अब श्याम का विवाह हो चुका है। सरकारी

नौकरी पाकर उसके ही शहर में आ गया है। पर उसमें आज भी गम्भीरता नहीं है। बार-बार कहता है–'मेरे लिए आपने कुछ नहीं किया।' यह तब है जबकि अपनी अर्जित सम्पत्ति उसने उसके नाम वसीयत कर दी है। वह अपने संघर्ष गिनाता है। इंटरमीडिएट के बाद घर छोड़ने को मजबूर किये जाने की कहानी बताता है। अपने अभावग्रस्त संघर्ष की बात करता है और अपने उस विडम्बनापूर्ण अतीत के लिए उसे दोषी मानता है तो वह गहरे आहत होती है। वह उसे अपने बारे में सब कुछ बता चुकी है– सारी उलझन, सारे संघर्ष, सारी स्थितियाँ। फिर भी उसका उसके प्रति अविश्वास झलक ही जाता है। श्याम को यह रहस्य भी पता है कि जब वह पहली बार माँ के पास लौटा तो एक पुरुष मनोज माँ के जीवन में था। दूसरी बार लौटा तो नहीं था। उसने पूछा तो माँ ने उसे बताया कि वह जा चुका है क्योंकि स्वार्थी था। उसकी सम्पत्ति और उस पर काबिज़ होना चाहता था पर श्याम अविश्वास की हँसी हँसता है। उसे लगता है कि माँ उस आदमी से उसी तरह नहीं निभा पायी जैसे उसके पिता से नहीं निभा पायी थी। अब वह बेटे से क्या बताये? मनोज उसकी ज़िन्दगी में लगभग उसी समय आया था, जब श्याम ने पिता का घर छोड़कर दिल्ली प्रस्थान किया था। वह अकेली थी बच्चों के आने की उम्मीद छोड़ चुकी थी। चारों तरफ से हताश और निराश थी, ऐसी मनःस्थिति में उसने मनोज का वर्षों पहले से प्रस्तावित साथ रहने का प्रस्ताव मान लिया था। हालाँकि इस साथ की उसे भारी कीमत चुकानी पड़ी थी। मनोज उसके कन्धों पर चढ़कर जीने के उद्देश्य से आगे आया था और वह उसे प्यार समझ रही थी। श्याम के आने के बाद मनोज को अपने आराम व मनसूबे में रुकावट का आभास हुआ। उसे पता चल गया कि श्यामा माँ पहले है साथी बाद में और उसके हिस्से कुछ नहीं आयेगा। उसने तो दो बच्चों की माँ को इसलिए चुना था कि वह अभी तक युवा, आकर्षक व स्वतन्त्र थी साथ ही कमाऊ भी। और उसकी छाया में बिना कोई काम किये हुए भी अमन-चैन से रह सकता था। श्याम के आने से स्थिति बदली थी और वह स्वतन्त्र होने के लिए बेताब हो उठा था। श्याम को वह क्या बताये? उसे इस बात पर दुःख होता है कि बेटे को उसके साथ किसी का होना अच्छा नहीं लगा था, पर पिता की दूसरी पत्नी व सौतेले दो भाइयों का साथ भाता है। श्यामा एक स्त्री है इसलिए उससे हर बात की जवाबदेही है। उसकी मजबूरी में उठे कदम और पिता के अय्याशी के लिए उठाये कदम में उसे कोई फर्क नहीं लगता।

ज़िन्दगी भी कैसी है न! ना जाने कब किस मोड़ पर कहाँ लाकर खड़ी कर दे! अनगिनत प्रश्न-पत्र होते हैं उसके पास इन्सान को उत्तर नहीं सूझता। हर

इन्सान समय और परिस्थितियों के अनुसार कोई कदम उठाता है, भले ही लोग उसका मूल्यांकन करते समय यह बात भूल जायें।

इतने वर्षों बाद श्यामा के सामने छोटा बेटा राम था। पर वह भी श्याम की ही तरह पूर्वग्रह से भरा हुआ था, अनगिन प्रश्नों के भण्डार लिए! वे पूर्वाग्रह जो उसके पिता और उनके घर वालों ने उनमें कूट-कूटकर भरे हुए थे। बेटे की आँखों में वह साफ-साफ अपने प्रति क्रोध, तिरस्कार व बदले की भावना देख रही थी। कैसे यह उसके दिल में भरे गुबार को निकाले? अपने पूरे जीवन के अनकिए अपराधों को किस रूप में प्रस्तुत करे? वह उसका पक्ष सुनने को तैयार ही नहीं। प्रकारान्तर से सुनाती भी तो वह विश्वास नहीं करता। कहता—यह सब मनगढ़न्त है। उसे मन ही मन गुस्सा आता पर वह ऊपर से शान्त रहती। जानती गुस्सा इसका समाधान नहीं। बेटे का क्या कसूर? बचपन में ही जब उसके पिता ने उसे उससे अलग कर दिया था। इतने दिनों बाद मिला है। इतने दिन जिस तरह के वातावरण में पला, इसका असर तो होना ही था। गलतफहमियों का एक पहाड़-सा उसके मन में खड़ा हो चुका है। उसके पास मात्र ममता की छोटी-सी कुल्हाड़ी है। इसी से उसे इस पहाड़ को काटना है। स्त्री का जीवन भी कितना विडम्बनापूर्ण होता है। उसे बाल-विवाह का दंश सहना पड़ा, क्या यह विवाह उसका निर्णय था। उसको एक विद्यार्थी से बाँधा गया था। फिर वह कैसे आदर्श पति व पिता बन पाता? उससे पाँच वर्ष बड़ा होकर भी वह उससे मैच्योरिटी में दस-पन्द्रह साल पीछे था। वह बीस वर्ष की उम्र तक चालीस की परिपक्वता हासिल कर चुकी थी, इसलिए पूरी कोशिश की थी अपने विवाह को बचाने की। नहीं बचा पायी तो भी उसे इस बात का सन्तोष रहा कि उसने अपनी तरफ से पूरी कोशिश की थी। इससे ज्यादा कोशिश नहीं कर सकती थी, इस बात को उसके बेटे मानने को तैयार नहीं। हालाँकि अब उन्हें यह बात खलती है कि पिता ने माँ से अलग किया और खुद दूसरी शादी कर दो बच्चे और पैदा कर लिए। अब सौतेली माँ और उसके बेटों के प्रति उनका पक्षपात साफ दिखता है। फिर भी वे उसको दोषी मानते हैं कि उसने उन्हें बचपन में छोड़ा और फिर कभी ख़बर नहीं ली। वह उन्हें क्या-क्या बताये! दोनों के बीच तो सम्राट हिमाचल की तरह खड़े थे। कोशिश तो की उसने पर किसी ने उसका साथ नहीं दिया। ना उसके अपने घर वालों ने ना बाहर वालों ने। एक वकील से मिली तो उसने उसकी स्थिति जानकर प्रेम निवेदन करना शुरू कर दिया। कम उम्र की बेरोजगार छात्रा-सी थी वह। किसी का भी सहयोग नहीं था, क्या करती वह! सिवाय सन्तोष के। इस उम्मीद के कि बड़े होकर बच्चे माँ को ढूँढ

लेंगे। बेटों की इस शिकायत पर कि वे उनके पास क्यों नहीं लौटी? वह चुप रह जाती है एक बार सही जवाब दिया तो छोटा बेटा बोला—सब मनगढ़न्त बात है। उसका यह कहना उसे अपमानजनक लगा। उसने यही तो कहा था कि उनके पास लौटना सिर्फ पति के पास लौटना था। अपने हाथ-पाँव तोड़वाना या बदसूरत बना दिया जाना था क्योंकि उनके पिता का ईगो आहत था कि उसने उनकी इच्छा के विरुद्ध पढ़ाई शुरू की थी। पति परमेश्वर की मानसिकता वाले सामन्ती पति के लिए पत्नी पाँव की जूती होती है जो समय पर पहनी जाये और इस्तेमाल के बाद कोने में रख दी जाये। जूती खराब होने लगे या काटने लगे या अपनी सुन्दरता खोने लगे तो उसे बाहर फेंक दिया जा सके बिना किसी मोह किसी संवेदना के। वह जूती की हैसियत नहीं स्वीकार कर सकी। अपने आत्मसम्मान को हर पल कुचला जाना नहीं स्वीकार कर सकी तो उसको पीटा गया। मानसिक व भावनात्मक रूप से तोड़ा गया। जब तक घड़ा भरा नहीं, वह सहती रही...सहती गयी पर जब घड़ा भर गया वह झटके से मुक्त हो गयी। हालाँकि उसके सामने तब तक कोई मजबूत विकल्प नहीं था। माँ का साथ भी तो डूबते के लिए तिनके की तरह था, पर उस समय यही उसके लिए बहुत था।

बेटे क्या जानें, इस समाज में अकेली स्त्री को क्या-क्या झेलना पड़ता है! वे लड़की होते तो शायद कुछ समझते भी, पर वे लड़के हैं और ऊपर से एक दम्भी और सामन्ती पिता के पाले हुए। गनीमत तो यह है कि उसके संस्कार, गुण व विशेषताएँ भी उनमें मिली हुई हैं। बड़े बेटे के बाल और चेहरे की बनावट उससे इतनी मिलती है कि उसे देखते ही कोई कह देता है कि 'यह आपका ही बेटा है।' छोटे बेटे के दाँत, आँखें और लम्बाई उस पर पड़ी है। बड़े का स्वभाव पिता की तरह है छोटे का उसकी तरह। हाँ दोनों का उसी की तरह प्रकृति से जुड़ाव है। छल-कपट, दिखावा-बनावट उनमें नहीं। कोई ऐब नहीं। आजकल के लड़कों की तरह नहीं है। बड़ों का सम्मान करते हैं व्यवहार कुशल हैं। बस उसके प्रति उनकी नाराज़गी गाहे-बगाहे झलक जाती है। कुछ कटु बातें भी वे कर जाते हैं पर धीरे-धीरे धुँधलके साफ़ हो रहे हैं और उन्हें अतीत साफ़ नजर आने लगा है। बड़ा बेटा तो उस अतीत को हथियार की तरह इस्तेमाल करता है और छोटा भी अक्सर कह उठता है—'आप लोगों का किया हम लोगों को भुगतना पड़ रहा है।' गनीमत है कि आपलोगों में सिर्फ वही नहीं पिता भी शामिल है। उसके कहने पर भी बेटे उसके घर नहीं रहते अलग मकान लेकर रहते हैं। एक शहर में रहकर भी उनका अलग रहना अच्छा नहीं लगता पर यही उनके पिता का आदेश है जिसे मानना वे अपना कर्तव्य समझते हैं। कभी-कभी वह सोचती है कि क्या उसके

प्रति उनका कोई कर्तव्य नहीं? बस उनके घर जाने पर मेहमान-सा स्वागत ही एक माँ को सन्तुष्ट कर सकता है? वे कहते हैं कि हम लोगों की स्थिति सामान्य नहीं। सौतेली माँ, सौतेले भाइयों व पिता के प्रति वे ईमानदार हैं। उनका एहसान मानते हैं कि उन लोगों ने उन्हें पाला, पढ़ाया-लिखाया। वह सोचती है कि इतना तो उनका अधिकार था ही। वे कोई नाजायज बच्चे तो नहीं थे कि उनको पालने को एहसान समझा जाये। वह भी तब जब उन्हें उनकी माँ से धोखे से अलग किया गया हो। कैसी विडम्बना है कि अपने दो-दो बेटों-बहुओं के होते हुए भी वह अकेले जीवन जी रही है। हारी-बीमारी में भी घिसट-घिसट कर घर का काम निपटाती है। बेटों को उसके प्रति कोई संवेदना नहीं।

सम्राट सारी ज़िन्दगी उसे, उसके हर काम और बात को, उसके सोचने और उसके हर व्यवहार को गलत ही तो सिद्ध करता रहा है। वह बहुत स्वतन्त्र है, बहुत डॉमिनेटिंग है, यह है, वह है...। पता नहीं गलत कौन है वह या सम्राट। जो भी हो, इतने वर्षों तक गलत होने के अपराध बोध को उसने किसी न किसी स्तर पर हर दिन ही झेला है और अब उसके बेटे पिता की ही तरह उसी को ग़लत और अपराधी सिद्ध करने पर तुले हुए हैं और शायद सारी ज़िन्दगी उसे ही ग़लत सिद्ध करते रहेंगे। उन्हें जब भी वह देखती है सम्राट सामने आ खड़ा होता है। कितना मिलते हैं वे उससे। वह सोचती है कुदरत का यह कैसा चमत्कार है कि एक आदमी एक छोटे से अणु में अपना चेहरा-मोहरा, आदत-स्वभाव संस्कार—सब कुछ अपने बच्चों में सरका देता है।

श्यामा जब अपनी माँ के विषय में सोचती है तो भी क्रोध, प्रेम, दया, थोड़ी-सी नफरत जैसे भावों से एक साथ जूझती है। वह जानती है कि माँ उसे पसन्द नहीं करती। इसकी शुरुआत उसके जन्म के बाद ही हो गयी थी। माँ को पहली बेटी के बाद बेटा चाहिए था पर वह बेटी हो गयी जिसके कारण माँ को नानी और पति की नजरों से गिरना पड़ा। माँ को इस बात से नन्ही बच्ची पर गुस्सा आया और उसने बड़ी ही उपेक्षा से पाला जैसे सारा दोष बच्ची का हो। बड़ी होने के बाद भी उसे बच्ची में सिर्फ कमियाँ ही कमियाँ नजर आतीं। उसका रूप-रंग, स्वभाव, कार्य कुछ भी उसे पसन्द नहीं था, इसलिए हर बात पर उसे झिड़कती रहती। गालियाँ और मार तो जैसे नन्ही बच्ची का नसीब बन गया। उसके बाद भाई हो गया तो वह और उपेक्षित हो गयी। फिर तो एक-एक कर छह भाई-बहन और हो गये। माँ का प्यार बँट गया। उसे याद नहीं आता है कि कब माँ ने उसे गले लगाया था दुलराया या उसका पक्ष लिया। भाई बहनों से लड़ाई हो या गाँव मोहल्ले के बच्चों से, दोषी वही ठहराई जाती। निर्दोष होने

पर भी सजा उसी को दी जाती। उसकी जरा-सी ग़लती पर हंगामा खड़ा हो जाता। बच्ची एकान्त में रोती-बिलखती...तड़पती और फिर कल्पनाओं की हसीन दुनिया की सृष्टि कर उसी में खो जाती। कल्पना में सफेद घोड़ों पर सवार एक राजकुमार आता और उसे इस नफरत की दुनिया से दूर प्यार की दुनिया में ले जाता। कल्पना की दुनिया में जीने के कारण वह आदर्शवादी होती गयी। यथार्थ की दुनिया उसे बेरंग लगती। अपने-आप में खोये रहना, खुद से बातें करना उसे अच्छा लगता। धीरे-धीरे वह आत्मकेन्द्रित होती गयी। जरूरत से ज़्यादा भावुकता व असुरक्षा बोध भी उसमें पनप गया, जिसके कारण उसमें आत्मविश्वास की कमी थी। हमेशा ग़लत ठहराये जाने के कारण वह आत्मपीड़क बनती गयी। दोष किसी का हो, वह अपनी ग़लती ढूँढ़ने लग जाती। यह कमी उसके व्यक्तित्व का हिस्सा बन गया और परिपक्व उम्र में भी वह इसका खमियाजा भुगतती है। उम्र से साथ वह बढ़ नहीं पायी। वह उपेक्षित बच्ची उसमें हमेशा ज़िन्दा रही। कम पढ़ी-लिखी होने के कारण माँ उसका मनोविज्ञान नहीं समझ सकी। ना समझने की जरूरत ही महसूस की। अब उसे लगता है कि इसमें माँ का कोई दोष नहीं। वह जिस समाज व संस्कार में पली थी उसमें लड़की का अपना कोई मन ही नहीं माना जाता था तो फिर विज्ञान कैसा? वह भी तो माँ के मनोविज्ञान को अब समझ पा रही है। एक दबाई गयी उपेक्षित स्त्री विरासत में बेटी को वही दे रही थी तो यह उसका अज्ञान ही था, ज्यादती नहीं। पर माँ आज भी उसे नहीं समझ रही। उसे 'नमक हराम' कहती है क्योंकि उसे लगता है कि बेटी को पढ़ाया-लिखाया, शादी-ब्याह किया। उसके दो बच्चों को कई वर्षों तक पाला फिर भी बेटी कहती है—कुछ नहीं किया। अब माँ को कोई कैसे समझाये कि पढ़ना-लिखना लड़की का अधिकार है। रही शादी तो लड़की का बाल-विवाह करना उचित नहीं था। जब किशोर दामाद को चुनेंगी तो वह बेरोजगार ही होगा और बेरोजगार से बेटी ब्याहने पर उनके बच्चों को पालने की जिम्मेदारी भी उसी पर होगी। उसमें बेटी के भाग्य का क्या दोष, जिसका हवाला वे देती हैं। माँ की जिद, अज्ञान व अभिमान ने उसकी ज़िन्दगी को तबाह कर डाला था। उसे ठीक से पढ़ने नहीं दिया। रो-गाकर ही किसी तरह पढ़ पायी। शादी नहीं करना चाहती थी तो दबाव डालकर कच्ची उम्र में किशोर से ब्याह दिया और फिर उसके भाग्य को कोसती रही कि दामाद लड़की को घर नहीं ले जाता। वह शादी करके भी उऋण नहीं हुई। शादी के ग्यारह साल बाद भी जब दामाद आत्मनिर्भर नहीं हुआ तो बेटी को उसके दो बच्चों के साथ पालती माँ बौखला उठी और रात-दिन बेटी को कोसने में लग गयी। बेटी ने फिर से पढ़ाई करने की

ठानी ताकि खुद धन कमा सके तो मान गयी पर बच्चों को उनके पिता के साथ बिना बेटी से पूछे भेज दिया। यह भी नहीं सोचा कि उसकी बेटी बिना अपने बच्चों के कैसे जियेगी! दामाद बच्चे भी ले गया। बदले की भावना से भर दूसरी शादी भी कर ली। अब बेटी अकेली रह गयी तो माँ ने कहा—'सारा दोष बेटी का है। वह किसी से निभा नहीं सकती।' दुःखी बेटी ने माँ का घर भी छोड़ा और कड़ा संघर्ष कर अपने पैरों पर खड़ी हो गयी तो माँ ने चाहा कि वह सादा जीवन अपना ले और सारा पैसा उसके बेटों को दे। पर बेटी सँभल चुकी थी। वह तटस्थ हो गयी तो माँ ने उस पर एक ठप्पा चिपका दिया—'नमक हराम।'

चीज़ें इतनी तेजी से बदल रही थीं कि श्यामा अचकचा कर रह गयी थी। उसका चेहरा जो कभी भी अपनी माँ-सा नहीं था, माँ की तरह दिखने लगा था। अपने हाव-भाव, बोल-चाल सभी में वह माँ को पा रही थी। क्या एक उम्र के बाद सभी बेटियाँ माँ की प्रतिरूप हो जाती हैं? माँ की तरह उसकी आवाज भी भारी हो चली थी। स्वभाव भी उसी की तरह होता चला जा रहा था, बस अन्तर था तो यह कि माँ की तरह किसी बात पर एकदम से आपा नहीं खो देती थी। वह चीजों को समझकर प्रतिक्रिया व्यक्त करती थी। शायद यह उच्च शिक्षित होने के कारण था। माँ कक्षा पाँच तक पढ़ी एक घरेलू स्त्री थी। दुःख दोनों ने ही अपार झेले थे, पर दुःख का स्वरूप अलग था, सहने की प्रतिक्रिया भी। पिताजी सीधे-सादे सच्चे पर अव्यावहारिक व्यक्ति थे इसलिए माँ पर ही सारी गृहस्थी, घर-बाहर की ज़िम्मेदारियाँ थीं। यहाँ तक कि पिता बीमार होने पर स्वयं अस्पताल नहीं जाते थे, माँ ही उन्हें रिक्शे पर जबरन ले जाती थी। अकेले सब कुछ करने-झेलने के कारण माँ ने बदनामी भी झेली। वह बहुत सुन्दर थी, इसलिए वह जिस भी पुरुष से बात करती, लोग गलत ही अर्थ लगाते। नौ बच्चों की परवरिश के साथ जिसे पति को भी सँभालना पड़ता हो, उस स्त्री को साम-दाम-दण्ड-भेद का सहारा तो लेना ही पड़ता है। नहीं ले तो काम कैसे चले? पिता बस कमाकर खर्चा दे देते थे, वह भी जरूरत भर का। माँ बताती है कि जब उनका होटल खूब चल रहा था। वे अडरवियर के नाड़े में गल्ले की चाभी बाँधकर घूमते थे, पर माँ भी कम न थी, जब वे बाज़ार चले जाते तो नौकर जो भी बेचते, सारा पैसा खुद ले लेती। बन्द गल्ले से भी पतली तीली के सहारे रुपये निकाल लेती। इन रुपयों का उपयोग वह बच्चों की अन्य जरूरतों के लिए करती। पिता जी खाने-खर्चे के अलावा कुछ देना नहीं चाहते। तीज-त्योहार पर कपड़े की थान खरीदकर सारे बच्चों के लिए एक-सा कपड़ा सिलवा देते। बच्चों की स्कूल की फीस तक उन्हें खलती थी। गनीमत थी कि उस समय के बच्चों

की महत्वाकांक्षाएँ आजकल के बच्चों की तरह नहीं थीं। महँगे कपड़ों, खिलौनों और फास्ट फूड की तरफ वे भागते नहीं थे। उनकी जरूरतें सीमित थीं या फिर वे अपनी सीमा समझते थे। श्यामा को याद है कि बचपन में उसे कपड़े से बनी गुड़िया, गोटियाँ, गोलियाँ ही खेलने को मिलीं। सभी भाई-बहन मिलकर इकट्ट दुकट्ट, आइस-पाइस, चोर-सिपाही जैसे खेल खेलते थे। लड़के-लड़कियों के खेल में ज़्यादा अन्तर नहीं होता था। लड़के भी गोटियाँ खेलते और लड़कियाँ भी कबड्डी, खो-खो और गोलियाँ। वह तो ज़्यादातर लड़कों के साथ ही रहती और खेलती थी, जिसके कारण उसे अक्सर पिता से डाँट और मार मिलती। पेड़ों पर चढ़ना और कच्चे-पक्के फल तोड़ना उसका शगल था। देह से दुबली-पतली, कमजोर होने के कारण खेल में वह कभी-कभी हार जाती, बच्चे चिढ़ाते तो वह उन्हें लड़कों की तरह ही गालियाँ देती। वे मारते तो दाँत काटकर भाग जाती। लड़कियों की तरह घर-गृहस्थी के कामों, यहाँ तक कि सजने-सँवरने का भी उसे शौक न था। हाँ पढ़ाई में वह हमेशा अव्वल रहती थी।

पिताजी का व्यवहार उसके साथ सौतेला था, इसलिए वह दुरदुराने के बाद भी माँ से ज्यादा जुड़ी थी। उसे अच्छा नहीं लगता था कि पिता माँ को 'मादा' समझे। माँ बच्चे पैदा करने की मशीन बने, यह वह नहीं चाहती थी, पर उसका क्या वश। एक तो वह छोटी थी, दूसरे लड़की। पिता को उसका पढ़ना-लिखना भी पसन्द नहीं था। रात के आठ बजे के बाद ढिबरी या लालटेन जलाकर उसे पढ़ते देख वे गुस्से से भर जाते। उनका दाँत पीसकर गुस्से से चिल्लाना वह आज भी नहीं भूल पायी है। आज जब भाई गुस्से में दाँत पीसता है तो पिताजी मानो जीवन्त हो उठते हैं। आठ बजते ही पिता जी खाना खाकर सोने के लिए कमरे में चले जाते जहाँ बिस्तर पर उन्हें माँ मिलनी ही मिलनी चाहिए। एक कमरे और बरांडे वाले घर में लड़के गर्मियों में छत पर सोते, लड़कियाँ बरांडे में। बरांडे में रोशनी रहने पर पिताजी की निद्रा बाधित होती, इसलिए वह उससे और भी नाराज होते। मजबूर होकर श्यामा प्रातः चार बजे उठकर छत की सीढ़ियों पर बैठकर पढ़ती।

आज वह अपने विद्यार्थियों को समझाती है कि 'आप लोगों को कितनी सुविधाएँ, संसाधन प्राप्त हैं। माता-पिता सबका कितना सहयोग है। फिर भी आप लोगों का मन पढ़ाई में नहीं है। सोचिए हमारी पीढ़ी ने पढ़ने के लिए कितनी मुश्किलें झेली हैं।' वह जब अपनी कहानी बताती है तो बच्चे आश्चर्यचकित रह जाते हैं और उसका और ज़्यादा सम्मान करने लगते हैं।

सचमुच पढ़ाई के लिए कितना कुछ उसे सहना पड़ा। हाईस्कूल के बाद तो

माँ ने भी साथ देना बन्द कर दिया था। जल्दी शादी कर दी फिर पति पढ़ाई के विरुद्ध हो गया। फिर एक के बाद एक दो बच्चे। दो बच्चों के साथ घोर अभावों से जूझते हुए भी उसने पोस्ट ग्रेजुएशन किया। जिसके दण्डस्वरूप पति ने बच्चे छीन लिए और उसे अकेले तड़पने के लिए छोड़ कर दूसरी शादी कर ली। क्या पढ़ने की चाह रखना पाप था—अपराध था? अब उम्र के तीसरे पहर में बच्चे लौटे हैं तो उसकी व्यस्तता इतनी बढ़ गयी है कि उसे अपने लिए समय ही नहीं मिल पा रहा है। उनके मन में जड़ जमा चुके पूर्वाग्रहों को निकालने में खासा समय जाया हो रहा है। फिर भी वे अक्सर उसके दिल को दुखाने वाली बातें कह ही देते हैं। जवान बेटों के आ जाने के बाद से ही वह अपनी माँ-सी दिखने लगी है। अब तक वह अकेली थी। अब बेटों का आना-जाना शुरू होने से चीजें बदल रही हैं। हालाँकि वे साथ नहीं रहते, ना साथ रहने की इजाजत उनके पिता दे रहे हैं, पर अब वह दूरी नहीं रही कि वह बच्चों को देख भी ना सके...बातें करना तो दूर।

पर बेटे उससे मन से नहीं जुड़ पा रहे हैं जुड़ना चाहते भी हैं तो पिता का डर उनपर हावी हो जाता है। यह डर पितृ सम्मान का है। वे उस पिता की बात नहीं टालना चाहते हैं जिसने उन्हें पाल-पोस कर बड़ा किया। यह बेटों की नैतिकता ही है, वरना आजकल के बच्चों में यह संस्कार तेज़ी से लुप्त हुआ है। पर माँ के प्रति भी तो उनका कोई फर्ज है। अब जबकि सच्चाई खुल चुकी है कि उसने उन्हें नहीं त्यागा था, वरन वे जबरन अलगा दिये गये थे। क्या उन्हें उससे जुड़ना नहीं चाहिए। इतने दिन वह किस भयावह अकेलेपन से गुजरी है, इसको क्या महसूस नहीं करना चाहिए? वे उसे अपने घर बार-बार आने को कहते हैं, पर अपने परिवार को नहीं लाते। खुद कभी-कभार गेस्ट की तरह आते हैं, बेटे की तरह नहीं। उसकी जरूरतें, उसकी परेशानियाँ, उसके अभाव नहीं समझते। वह अपनी जरूरतों के लिए दूसरों पर निर्भर रहती है। इस उम्र में भी अकेले ही घर-बाहर की समस्याओं से जूझती है। वह भी उनके अपने ही शहर में कुछ ही दूरी पर रहते हुए। क्या यह सब अजीब नहीं। कभी-कभी उसे लगता है कि बेटों के प्रति उसका प्रेम एकतरफा है। उनके दिल में उसके लिए जगह नहीं। अपने पत्नी-बच्चे, ससुरालियों और पिता और दूसरी पत्नी के प्रति वे जो जिम्मेदारी महसूस करते हैं, वह उसके प्रति नहीं। तो क्या उसे भी अपना मन कड़ा कर लेना चाहिए? क्या वह ऐसा कर पायेगी? माँ होने की यह भी एक सजा है। तो क्या सदियों से माँ के साथ ऐसा होता रहा है? या फिर व्यक्ति का माँ होना ही उसका अपराध है? क्या पढ़े-लिखे बेटे भी माँ के पारम्परिक रूप

(जो सिर्फ दात्री का है) को ही पसन्द करते हैं। क्या माँ का स्वतन्त्र व्यक्तित्व उन्हें खलता है। सादी साड़ी में लिपटी रंग-रोगन से कोसो दूर मदर टेरेसा-सी माँ मूर्ति ही उन्हें पसन्द है। तो क्या अब बेटों के कारण वर्षों की तपस्या के बाद निर्मित सुदृढ़ व्यक्तित्व को तोड़ना होगा। देशी माँ का मुखौटा पहनना होगा? निरीह, बेचारी दयनीय बूढ़ी माँ का मुखौटा। नहीं वह ऐसा रूप कभी धारण नहीं करेगी। कभी नहीं।

श्यामा जब अपने पिता के बारे में सोचती है तो महात्मा गाँधी की शक्ल सामने आ जाती है। बुढ़ापे में पिता जी लगभग उन्हीं की तरह लगते थे। खल्वाट सिर, लम्बी नासिका, छोटी आँखें, पतले होंठ और लम्बा दुबला-पतला शरीर। पर वे बड़े गुस्से वाले थे, बहुत कम हँसते-मुस्कुराते थे। उनकी विचारधारा पुरानी थी। लड़कियों को पढ़ाने के पक्ष में वे बिल्कुल नहीं थे। कहते—'लोटा-थाली देकर पाँव पूज देंगे।' पर माँ के समझाने पर श्यामा को हाईस्कूल तक पढ़ने की इजाजत मिल गयी। पर जब उसने आगे पढ़ना चाहा तो नाराज हो गये। उनके अनुसार ज्यादा पढ़ने पर लड़कियाँ बिगड़ जाती हैं। उनके गुस्से की सबसे ज्यादा शिकार वही हुई। उसके पैदा होने पर वे उसे देखने अस्पताल तक नहीं आये कि लड़की है। बड़े होने पर जब गाँव-मोहल्लों से उसकी शरारतों की शिकायत होती तो वे छड़ी उठा लेते थे। श्यामा की लड़कों जैसी हरकतों से उन्हें चिढ़ थी। वह या तो पेड़ों पर होती या फिर गोटी-कबड्डी के खेल में। घर में रहती तो हर वक़्त किताबों में डूबी रहती। बाबूजी को आम लड़कियों से अलग उसकी आदतें बिल्कुल नहीं भाती थीं। उनके हाथ जो भी आता, उसी को चलाकर मारते। माँ से उन्हें मोह की हद तक प्रेम था। उसके आगे बच्चों की कोई पूछ नहीं थी। माँ जो कह दे, वही सही था। माँ के कहने पर वे उसे डाँटते-मारते और कलूटी कहकर जलील करते। अक्सर कहते कि यह मेरी बेटी नहीं है अस्पताल में बदल दी गयी है। हालाँकि पिता की लम्बाई व नाक-नक्श उसने ही पाया था। बस अन्तर था तो यह कि पिताजी अँग्रेजों की तरह गोरे थे और वह साँवली। पिता से वह ज़्यादा नहीं जुड़ पायी। उनका गम्भीर स्वभाव उसके हँसमुख स्वभाव से बिल्कुल अलग था, पर वही पिताजी जब भीषण रूप से बीमार पड़े तब वह उसके काफी करीब हो गये। शुगर लास्ट स्टेज पर था, तब उनकी बीमारी का पता चला। उस समय शुगर का इलाज इतना सुलभ नहीं था उसके लिए बड़े शहर जाना पड़ता था। आर्थिक स्थिति डाँवाडोल थी। नौ बच्चों व माता-पिता का खर्चा चाय-मिठाई की छोटी दुकान से चल रहा था। पिता जब बिस्तर से जा लगे तो छोटे भाई ने दुकान सँभाला। बाकी मिल-जुलकर उसका सहयोग करने लगे।

पिताजी का बेहतर इलाज नहीं हुआ उनकी हालत बिगड़ती गयी। उनको बेडसोर हो गया। उनकी पीठ से भयंकर बदबू आती। कोई भी भाई-बहन उनके पास नहीं फटकता था, पर वह अक्सर कॉलेज से लौटकर पिता के पास बैठती। वे उससे अपने बचपन की बातें बताते। कहानियाँ सुनाते। सबसे अच्छी तो उनकी अपनी कहानी लगती। ग्रामीण परिवेश का एक बालक मात्र दस वर्ष की उम्र में ब्याह हो जाने व अपने से बड़ी बहू की माँगों से परेशान होकर दक्षिण भारत की तरफ भाग जाता है। वहाँ एक होटल में नौकरी करता है और खूब तोहफे लेकर अपने घर वापस आता है। पर वहाँ सब कुछ बदल चुका है। पत्नी ने दूसरा 'घर' कर लिया है। उदास होकर लड़का वापस नौकरी पर चला जाता है। कई वर्षो बाद उसका दूसरा विवाह होता है और वह नये जीवन में प्रवेश करता है। पर दूसरी पत्नी दक्षिण नहीं रहना चाहती तो वह पत्नी के हीं कस्बे में दुकान खोलकर वहीं बस जाता है। अब उसके लिए पत्नी व बच्चे ही पूरी दुनिया हैं। मीठा बनाने व खाने के कारण पिताजी शुगर की चपेट में आ गये पर गम्भीर स्वभाव के कारण माँ तक को अपनी तकलीफ़ न बता सके। वो तो माँ ने एक दिन उनकी पेशाब की जगह पर चींटियों को जमा देखकर डॉक्टर को दिखाया और इलाज शुरू करवाया, पर सब कुछ (छोटा-सा मकान व किराये की दुकान) बेचकर उनका इलाज कैसे करवाती? बच्चे छोटे थे और आय का अन्य कोई साधन नहीं था। मकर संक्रान्ति की सुबह पिताजी का देहान्त हो गया। जब उन्हें चादर में लपेट कर लोग सीढ़ियों से नीचे ला रहे थे तो श्यामा ने देखा कि वे एक गठरी से लग रहे हैं। खूब और लम्बे दबंग से पिताजी, जिनसे बच्चों की हवा निकलती थी, एक निर्जीव गठरी थे। श्यामा उस दृश्य को कभी नहीं भूल पायी। पिताजी की सच्चाई, ईमानदारी, सीधेपन की चर्चा सब कर रहे थे। वे उसके भीतर आज भी ज़िन्दा है। वैसे भी उनका गुस्सैल स्वभाव उसे ज़्यादा मिला है। वे पिता जिन्होंने उसे कभी पसन्द नहीं किया, उसके पास से कभी गये ही नहीं—आज भी जब वह उन्हें याद करती है, कुर्ते—पाजामे में एक दुबला-पतला शख़्स आ खड़ा होता है।

सम्बन्धों का गणित

कोई भी इन्सान अकेला नहीं रहना चाहता पर अकेलापन जिसकी नियति हो, उसके अकेलेपन को कोई भर भी तो नहीं सकता। व्यक्ति लाख कोशिश कर ले। अक्सर यह कह दिया जाता है कि अकेला व्यक्ति अपने अहंकार, स्वार्थ, खराब, क्रोधी स्वभाव या किसी अन्य कमी के कारण दूसरों से एडजस्ट नहीं कर पाता और अकेला रह जाता है। पर रमा जानती है कि लोग स्वार्थ के कारण ही किसी

से जुड़ते हैं और स्वार्थ पूरा होते ही साथ छोड़ देते हैं। करीबी रिश्तेदार भी इसके अपवाद नहीं। कहीं पैसा रिश्तों में दरार की वजह है, तो कहीं झूठा अहंकार। समझौते के बिना कोई रिश्ता नहीं चल सकता और वह समझौता कभी-कभी मानवीयता की हदें भी पार कर लेता है। एक स्त्री अपने पति और ससुराल में रहने के लिए जितने समझौते करती है, उतना पुरुष नहीं। पुरुष को ज्यादातर रोजी-रोजगार के सम्बन्ध में समझौते करने पड़ते हैं। पर घर में वह कोई समझौता नहीं करता। न अपने सुख-आराम में, ना सुविधापूर्ण जीवन में। वह घर-परिवार, रिश्ते-नातेदारी की सारी ज़िम्मेदारी स्त्री पर डालकर निश्चिन्त जीवन जीता है, पर स्त्री को हर कदम पर अपने सुख-आराम व सुविधा का परित्याग करना पड़ता है। ऊपर से सबकी दो-चार बातें भी सुननी-सहनी पड़ती हैं। परिवार में अक्सर वही स्त्री खप पाती है जो सारे दिन हाड़तोड़ मेहनत के बावजूद अपने लिए कुछ नहीं चाहती। परिवार में स्त्री की इच्छा, उसके सपने कोई मायने नहीं रखते। जो परिवार घर की स्त्री की शिक्षा, नौकरी व प्रतिभा विकास में सहयोग देते हैं उन्हें भी स्त्री से प्यार नहीं होता, बल्कि उसके द्वारा उपलब्ध पैसे की चाह होती है। जो स्त्री अपने 'स्व' का बलिदान नहीं कर सकती, वह परिवार में नहीं रह सकती। अक्सर स्त्रियाँ सब कुछ सहकर भी पति परिवार में मरती-खपती रहती हैं, पर कुछ बागी स्त्रियों में इतनी सहनशक्ति नहीं होती। वे बगावत करती हैं और सदा के लिए अकेली हो जाती हैं। पुरुष कम ही अकेले होते हैं क्योंकि उनका परिवार उनको अकेला नहीं छोड़ता है। फिर भी कोई पुरुष अकेला दिख जाये, तो वह भी निश्चित रूप से अकेली स्त्री जैसे ही स्वभाव का होगा। या फिर अपनी सन्तानों से न पटने या फिर स्वार्थी होने के कारण ही वह बुढ़ापे में अकेला होता है। रमा को ऐसे बूढ़ों से बड़ी सहानुभूति है। शायद इसलिए भी कि आने वाले कल में उसकी भी वही स्थिति होने वाली है। वह भी अकेली बूढ़ी स्त्री होने की सारी यातनाएँ सहेगी। 'कल का क्या पता' पर समय को देखते हुए कल उसे साफ़-साफ़ दिख रहा है। कभी-कभी इसी वजह से वह तनावग्रस्त भी हो जाती है।

अभी कुछ माह पूर्व उसके पड़ोस में करीब 75 वर्ष के बुजुर्ग किराये के मकान के आये हैं। उनके एक पैर में खराबी है। छड़ी लेकर चलते हैं। वह उन्हें आते-जाते देखती और सोचती कि वे इस उम्र में कैसे अकेले पकाते-खाते और रहते हैं? कैसे हैं उनके परिवार वाले जो इस उम्र में उन्हें अकेला छोड़ दिया है। वह भी अकेली है पर युवा है, नौकरी करती है, देह से भी स्वस्थ है। एक दिन उसने उन्हें रोका और अपने घर ले आयी। चाय-नाश्ता कराया। व्यक्तिगत

कोई प्रश्न न पूछा, बस उनकी ज़िन्दादिली का रहस्य जानना चाहा। अकेले कैसे पकाते-खाते और रहते हैं। उनकी बातों से प्रेरणा मिली। वे नियमित दोनों वक़्त खाना पकाते थे। दूध, फल, मांस, सूखे फल इत्यादि का भरपूर सेवन करते थे। इस चीज में उन्हें कभी आलस्य नहीं होता था। यह आलस्य उसमें बहुत ज़्यादा था। अक्सर खाना नहीं पकाती है कुछ भी खा लेती है। बुजुर्ग रिटायर थे। दिन-रात कमरे में अकेले पड़े रहते थे। कभी-कभार साग-सब्जी लेने या पेंशन वगैरह लेने निकलते थे। उसने पूछा—आपका समय कैसे बीतता है?

वे उदास स्वर में बोले—बस बीत ही जाता है। क्या करें? जब ज़्यादा दुःखी होता हूँ तो भगवान से लड़ लेता हूँ। फिर जीने की ताकत मिल जाती है।

बुजुर्ग से मिलकर अच्छा लगा। कुछ सीखने को ही मिला। उस दिन से कभी-कभार वे उसके घर आ जाते। संकोच करते तो वह समझा देती। कॉलोनी के अन्य घरों में ना वे जाते ना उनसे सम्पर्क ही रखते। हाँ, अपने ठीक बगल के किरायेदार से बात-व्यवहार रखते थे। किरायेदार की स्त्री उनकी मदद भी करती थी। कभी चाय नाश्ता दे देती तो कभी वे उससे कुछ बनवा-खा भी लेते। इसी बीच एक दिन वे अपने पलँग पर चढ़ने की कोशिश में गिर गये। कूल्हे पर काफी चोट आयी दूसरे दिन जब उसे पता लगा तो वह उनके पास गयी और डाँट भी पिलाई कि फोन नहीं कर सकते थे। फिर वह बीच-बीच में जाती रही। उनके खाने-पीने, दवा आदि की चिन्ता करती रही। एक दिन उनके घर उनका बेटा मिल गया। उसने उसकी खूब खबर ली। उसे आश्चर्य हुआ था कि पिता की इस हालत में भी वह सिर्फ देखने की औपचारिकता पूरी करने आया था। उसने उससे कहा कि या तो इन्हें अपने घर रखो या यहीं रहकर सेवा करो। कब तक पड़ोसी खिलायेंगे या इनकी देखभाल करेंगे? पर बेटे के कान पर तो मानो जूँ ही नहीं रेंग रहा था। बोला—'अपना घर बनवा लेंगे तो ले जायेंगे...अभी तो किराये के मकान में हैं। कोचिंग चलाते हैं घर में।' उसे आश्चर्य हुआ कि पत्नी, बच्चों और कोचिंग के लिए घर में जगह है। पिता की खाट के लिए नहीं। वह जाने लगा तो वह बोली—इनके खाने-पीने का तो इन्तजाम कर जाओ। या तो घर से बनवाकर ला दो या फिर यहीं बना दो, पर आश्चर्य। बेटे के चेहरे पर कोई भाव नहीं आया। उसे जरा सी भी चिन्ता नहीं हुई कि इस अवस्था में पिता कैसे कुछ पकायेंगे जब उनके लिए खड़ा होना भी मुश्किल है। वह ज्यों ही वह किसी काम से अपने घर गयी। पिता की कोई व्यवस्था किये बगैर वह अपने घर निकल गया। वह लौट कर आयी तो हैरान रह गयी कि कैसा बेटा है? वह परायी है तब भी चिन्तित है पर वह। शायद बेटों में कठोरता होती है। बेटी होती तो पिता

की इस अवस्था की खबर सुनकर भागी-भागी आती और बिना उनके ठीक हुए वापस अपने घर नहीं जाती। दुर्भाग्य कि बुजुर्ग के सिर्फ दो बेटे थे, बेटी नहीं। पत्नी का देहान्त काफी पहले हो चुका था। बुजुर्ग ने ही दोनों बच्चों की परवरिश की। पढ़ाई-लिखाई पूरी करवाई। उस समय उनके पैर स्वस्थ थे। फुटबाल के प्लेयर भी थे पर एक एक्सीडेंट के कारण उनका एक पैर चोटिल हो गया और बाद में गठिया रोग ने उसी पैर को लगभग बेकार कर दिया।

बड़े बेटे को नौकरी दिलाने के लिए उन्होंने रिटायरमेंट के कई साल पहले ही अवकाश ले लिया। काफी प्रयास कर अपनी नौकरी उसे दिलवा दी। बड़ा-सा मकान भी बनवा दिया। बड़े बेटे की शादी भी कर दी, पर नौकरी मिलते ही बड़ा बेटा बदलने लगा। घर में झगड़ा होने लगा। मार-पीटकर एक दिन बड़े बेटे ने छोटे भाई व पिता को घर से निकाल दिया। बुजुर्ग दीनानाथ ने पुलिस, कोर्ट सबका सहारा लिया, पर कोई फायदा नहीं हुआ, क्योंकि पुत्र प्रेम में वे मकान भी बेटों के नाम बहुत पहले ही कर चुके थे। छोटा बेटा बड़े के आगे कमजोर पड़ जाता था, इसलिए उसने उस घर में रहने से इनकार कर दिया और किराये का मकान ले लिया। जानकीनाथ छोटे बेटे के साथ नये मकान में रहने लगे इसी बीच छोटे बेटे ने अपनी एक छात्रा से कोर्ट मैरिज कर ली दीनानाथ ने इस विवाह को स्वीकार तो कर लिया पर उनकी अति आधुनिक छोटी बहू से भी नहीं बनी। वह उनके संस्कारों से चलने को तैयार न थी। अन्ततः वे अलग किराये के मकान में रहने लगे, जो लगातार बदलता रहा और अब वे उसके पड़ोस में आ गये थे।

दीनानाथ कंजूस तो थे, पर अपने खाने-पीने पर खर्च करते थे। कहते अपना शरीर ही काम आता है इसलिए इसे ठीक रखना जरूरी है। हाँ रहन-सहन पर खर्च करना वे फिजूल समझते थे। गर्वीले थे, किसी की बात सह नहीं सकते थे। नौकर-दाई से काम करवाने को तैयार न थे क्योंकि पैसा खर्च करना उन्हें पसन्द नहीं था। उसने एक-दो बार कोशिश भी की कि उनकी देखभाल के लिए किसी को रखवा दे ताकि उन्हें आराम हो जाये, पर वे सब कुछ सस्ते में चाहते थे। उनके इस स्वभाव से उनके मित्र भी खफा थे। उनसे मिलने आते और चले जाते पर दीनानाथ चाहते मित्र अपने घर से खाना बनवाकर ले आयें और उनके नौकर आकर साफ़-सफाई कर जायें। धीरे-धीरे वह भी समझने लगी कि लोग उन्हें 'चतुर बुड़बक' ऐसे ही नहीं कहते हैं। फिर भी उनके मित्रों से उनकी मदद करते रहने को वह कहती रहती। एक दिन उनके मित्रों ने बताया कि 'अभी कुछेक माह पहले अपने दूसरे बेटे को बीस लाख जमीन खरीदने को दिये हैं।' सभी इसी बात से नाराज थे कि जब बेटा पूछता नहीं तो उसे इतने रुपये देने

की क्या जरूरत थी? उसने उनसे इस बावत पूछा तो बोले—'क्या करता? उसके पास घर नहीं। कब तक किराये के मकान में रहेगा। बाल-बच्चे हैं।' यह एक पिता का दिल था और बेटे का दिल वह उस दिन देख ही चुकी थी। वे आगे बोले—हर महीने पेंशन मिलता ही है। जल्द ही लाखों जमा कर लूँगा। पर अब बेटे को नहीं दूँगा। अभी वह सिर्फ इसलिए आ-जा रहा है कि मकान बनवाने के लिए भी लाखों की जरूरत होगी। पर वह जानती थी कि ये दौड़कर उसे रुपये देंगे। पुत्र मोह ज़बरदस्त होता है। मित्रों की नाराजगी भी गलत नहीं थी कि सारी मदद वे करें और लाभ बेटों को मिले। इस बारे में उनसे बात करने पर वे बोले—'बेटे को नहीं दूँगा तो किसे दूँगा? वह हमारा वंश है। आता है तो दस बातें भी सुनाता हूँ, तो सुन लेता है। कोई और सुनेगा।' उनकी बातों को सुनकर लगा कि सम्बन्धों का गणित उलझा हुआ होता है। मानव मन को समझना आसान नहीं है। उसे अपनी माँ याद आती है वह भी तो सारी सम्पत्ति बेटों को ही देना चाहती थी जबकि वे उसकी परवाह नहीं करते थे। एक बार उसने मजाक में कह दिया कि—'कानून बना है कि बेटी को भी पिता की सम्पत्ति में हिस्सा मिलेगा' तो भड़क उठी थी और उसे तमाम गालियाँ दे डाली थीं। उसकी सखी श्यामा भी तो बेटों को ही अपनी सारी सम्पत्ति देना चाहती है जबकि वे उसे पूछते तक नहीं। यही तो पुत्र मोह है, जिससे धनी-निर्धन, शिक्षित-अशिक्षित, विद्वान-मूढ़, स्त्री-पुरुष कोई नहीं बच सका है। दीनानाथ भी इस मोह के शिकार हुए। एक दिन पता चला वे पुत्र के नये घर में रहने के लिए चले गये हैं। अपना सारा संचित पैसा उन्होंने उसको घर बनवाने के लिए दे दिया था। वह समझ गयी थी कि जल्द ही उन्हें ज़बर्दस्त झटका लगने वाला है। उनका प्रेम जिस तरह बेटे-बहू और पोती पर बरस रहा है वे उसके हक़दार नहीं। उनको उनसे जरा-सा भी लगाव नहीं। महीना बीतते न बीतते बेटे-बहू का मुखौटा उतर गया। दीनानाथ थोड़े पुराने विचारों के थे। वे बहू के बेडरूम में बेटे के मित्रों का आना-जाना पसन्द नहीं कर सकें। उन्होंने विरोध जताया तो बेटा बहू के पक्ष में खड़ा हो गया। उन्हें पुराणपन्थी कहने लगा। बहू ने तो इसे चरित्र-हनन का मुद्दा ही बना दिया। दीनानाथ उसी घर में कुछ दिनों बेगानों की तरह रहे। होटल में जाकर खाते रहे। उनके कमरे से बिजली, पानी का कनेक्शन काट दिया गया। पोती को उनके पास आने नहीं दिया जाता। बहू उनको चिढ़ाती हुई-सी उनके सामने से निकलकर अपने मित्रों के साथ घूमने जाने लगी। वे समझ गये कि उसे उनका इस घर में रहना पसन्द नहीं। बेटा भी बहू के पक्ष में ही खड़ा रहा। हारकर उन्होंने घर छोड़ दिया और फिर किराये के मकान में आ गये। गनीमत

थी कि उन्हें पेंशन से अच्छा पैसा मिल रहा था वरना उनका क्या होता? इधर वे बेटे से अपना पैसा माँग रहे हैं और वह हँसकर कह रहा है मेरे पास कहाँ पैसा है? वे कहते हैं कि वे अपना पैसा लेकर रहेंगे पर वह जानती है कि बाप के पैसे पर तो बेटा अपना जन्मजात हक समझता है। उनका बेटा भला अपना हक कैसे छोड़ेगा? यह अजीब ही है कि आज के माँ-बाप बेटों पर अपना हक जताने का भी हक नहीं रखते।

दुष्चक्र

उस दिन सुबह से ही विधायक रामरतन चौधरी के घर के सामने वाली सड़क पर हंगामा मचा हुआ था। विधायक की मृत्यु हुए अभी बमुश्किल एक सप्ताह हुए थे। सड़क पर कालोनी के लोग जमा थे। चिक-चिक हो रही थी। विधायक की तथाकथित पत्नी मालती देवी अपने पाँच बच्चों के साथ सड़क के एक किनारे खड़ी रो रही थीं। मकान के दरवाजे पर अपनी कमर पर हाथ धरे विधायक के छोटे भाई डॉक्टर कामता प्रसाद खड़े थे। पता चला उन्होंने ही उन्हें घर से निकाला है। उनके अनुसार मालती देवी उनके भाई की जायज पत्नी नहीं है, इसलिए उनका या उनके बच्चों का घर और जायदाद पर कोई हक नहीं। जब तक रामरतन जिन्दा थे, उनकी दबंगई के आगे कामता प्रसाद थर-थर काँपते थे, पर ज्यों ही उनकी मृत्यु हुई वे शेर हो गये थे। उन्होंने भाई की सम्पत्ति पर अपना दावा पेश किया और अब मालती देवी को उनके बच्चों के साथ घर से निकाल रहे थे। सभी लोग जानते थे कि बच्चे कामता प्रसाद जी के ही हैं। लगभग पन्द्रह सालों से मालती देवी उनके साथ थीं। वे सुन्दर, सभ्य, शालीन, सुसंस्कृत और भली महिला थीं। यूँ तो वे बाहर कम ही निकलती थीं, पर इधर कुछ वर्षों से वे निकलने लगी थीं। फिर भी सिर उघाड़े उन्हें किसी ने नहीं देखा था।

यद्यपि उनके अतीत के बारे में तमाम कहानियाँ प्रचलित थीं पर वर्तमान का सत्य यही था कि वे रामरतन जी की पतिव्रता पत्नी थीं। रामरतन जी की पहली पत्नी मर चुकी थीं और वे अरसे से एकाकी जीवन में थे। पुश्तैनी बड़ा मकान था, जिसके आधे हिस्से में उनके भाई कामता प्रसाद सपरिवार रहते थे। दोनों भाइयों में नहीं बनती थी, इसलिए मकान को दो हिस्सों में बाँट दिया गया था। दोनों के प्रवेश-द्वार अलग थे। उनके घरों की तरह उनके दिलों में भी बड़ी सी विभाजक रेखा थी। यह रेखा तब और प्रगाढ़ हो गयी थी जब विधायक जी मालती देवी को घर ले आये थे। और घर में ही धूम-धाम से आर्यसमाजी विधि से उनसे विवाह कर लिया था। बड़ी-सी दावत दी गयी थी। शहर और बाहर के

भी नामी-गिरामी लोग इस भोज में सम्मिलित हुए थे और उनके इस विवाह को सामाजिक मान्यता दी थी। अब एकाएक विधायक की मृत्यु के बाद मालती देवी गैर-कानूनी पत्नी हो गयी थीं और कालोनी के ज्यातर लोग कामता प्रसाद के पक्ष में खड़े हो गये थे। जो लोग इसे गलत मान रहे थे, वे भी चुप थे। किसी की भी हिम्मत नहीं थी कि वे कामता प्रसाद का विरोध करें। कामता प्रसाद पेशे से डॉक्टर थे और सभी को उनसे काम पड़ता था। आस-पास की घरों की खिड़कियाँ खुली हुई थीं, जिनसे स्त्रियाँ बाहर झाँक रही थी। उन्हें बाहर निकलकर हस्तक्षेप करने की पति व परिवार से इजाजत नहीं थी। उनमें से कुछ स्त्रियाँ, जो मालती देवी के सौन्दर्य, सुगढ़ता व ख्याति से जली-भुनी रहती थीं, प्रसन्न थीं। पर कुछ भली स्त्रियाँ दुखी थीं। उन्हें कामता प्रसाद का यह कदम मानवता के विरुद्ध लग रहा था। बेचारी पाँच बच्चों को लेकर कहाँ जायेगी? उसके मायके के बारे में भी जानकारी नहीं कि कैसा है? कहाँ है? पता नहीं कोई है भी या नहीं। वैसे भी जाति से वे मारवाड़ी थीं। शायद दलित से विवाह कर लेने की वजह से मायके वालों ने त्याग दिया होगा।

शाम ढलने को आ गयी। भूख-प्यास से बच्चे बिलबिला रहे थे। मालती देवी वहीं सड़क के किनारे धूल-मिट्टी में बैठ गयी थीं। कामता प्रसाद ने दरवाजे पर ही कुर्सी लगा ली थी। कालोनी के कुछ लोग जा चुके थे कुछ जा ही रहे थे कि अचानक वहाँ एक चमचमाती बड़ी-सी गाड़ी आकर रुकी। गाड़ी से एक लम्बा-चौड़ा लगभग पचास-पचपन का सुदर्शन पुरुष उतरा। मालती देवी उसे देखते ही बिलख-बिलखकर रोने लगीं। बच्चे भी आकर उससे लिपट गये। पुरुष ने आग्नेय दृष्टि से भीड़ और कुर्सी पर जमे बैठे कामता प्रसाद को देखा और बच्चों के साथ घर की तरफ बढ़ा। थोड़ी देर में ही भीड़ ने अवाक् देखा कि कामता प्रसाद दरवाजा छोड़कर एक तरफ खड़े हो गये हैं और मालती देवी बच्चों के साथ अपने घर में प्रवेश कर गयी हैं। शायद मर्दों की इस दुनिया में मर्दों से सताई स्त्री का एक मर्द ही उद्धार करता हो। स्त्रियाँ तो अपने दड़बों से बाहर ही नहीं आ पातीं। अगर कालोनी की स्त्रियों ने एकजुट होकर कामता प्रसाद का विरोध किया होता तो शायद इस दूसरे मर्द का प्रवेश मालती देवी के जीवन में नहीं हुआ होता।

मालती देवी के घर में प्रवेश करते ही पुरुष कामता प्रसाद से मुखातिब हुआ—ये क्या लगा रखा है? ये मत समझना कि उनका कोई नहीं है। मैं ज्वाला सिंह ...रामरतन का अभिन्न मित्र अभी जिन्दा हूँ। मेरे जीते-जी तुम उनसे उनका हक नहीं छीन सकोगे। यह कहते हुए उन्होंने अपनी कमर में बँधे लाइसेंसी

रिवॉल्वर पर हाथ फेरा। कामता प्रसाद के होश तो उन्हें देखते ही उड़ गये थे। वे बिना कुछ बोले अपने घर की तरफ सरक गये। ज्वाला सिंह सांसद थे और उनकी पहुँच बहुत ऊपर तक थी। पुलिस-थाने को अपनी जेब में रखकर चलते थे। रामरतन के ज़िन्दा रहते वे कई बार इस घर में आये थे और हर बार मालती देवी के सौन्दर्य और सुरुचिपूर्ण रहन-सहन से प्रभावित होकर लौटे थे। उनके मन में कहीं न कहीं मालती देवी के लिए कोमल भावना थी, जिसको कोई नाम देने में वे हिचकते रहे थे। पर अब रामरतन के जाने के बाद उनकी भावना उछाल पर थी।

समय बीतने लगा। ज्वाला सिंह के संरक्षण में मालती देवी अपने बच्चों को पालने लगीं। कामता प्रसाद अब उनसे नहीं उलझते थे, पर पीठ पीछे वे ज्वाला सिंह से उनके नाजायज़ रिश्ते की अफवाह फैला रहे थे। कायर पुरुष इसके अलावा कुछ कर भी तो नहीं सकते। अपनी हार को जीत में बदलने का इससे बेहतर उपाय उन्हें नहीं सूझता। मालती देवी के कानों तक जब ये खबर आयी तो उन्हें बहुत दुख हुआ पर वे क्या कर सकती थीं। वे सुन्दर थीं, युवा थीं और अब ज्वालासिंह उनके घर नियमित आते थे। वे जानती थीं कि समाज स्त्री-पुरुष के बीच मित्रता की वजह सिर्फ 'यौन' ही मानने का आदी है। कभी-कभी उनका मन होता कि ज्वालासिंह से कहें कि उनके घर कम आयें, पर यह कहते उन्हें डर लगता। वे जानती थीं कि उनका साया हटाते ही उनके शत्रु सक्रिय हो जायेंगे। तीनों बेटियाँ तेजी से बढ़ती हुई किशोर हो गयी थीं। दोनों बेटे अभी छोटे थे। सभी अच्छे स्कूलों में पढ़ रहे थे। उनकी जरूरतें बढ़ रही थीं, जिन्हें ज्वालासिंह के सहयोग के बिना वे पूरा नहीं कर सकती थीं। पति के पेंशन व मकान के किराये के अलावा थोड़ी-सी खेती थी, जिसे उन्होंने बटाई पर दे रखा था। अर्थ से अधिक उन्हें एक पुरुष के संरक्षण की जरूरत थी। वे अधिक पढ़ी-लिखी भी नहीं थीं कि नौकरी कर सकें फिर इतने बच्चों को छोड़कर उनका कहीं काम करना भी मुश्किल था।

मालती देवी ने जीवन की इस विडम्बना को स्वीकार कर लिया था। बदनामी को उन्होंने नियति मान लिया। उन्हें बस इस बात का सन्तोष था कि वे गलत नहीं हैं। वे चाहती थीं किसी तरह बच्चे पढ़-लिखकर आत्मनिर्भर हो जायें। उनकी शादी कर दें फिर किसी आश्रम में चली जायेंगी। ज्वाला सिंह उनके लिए देवता समान थे। पर वे भूल गयी थीं कि कोई भी मर्द बिना किसी स्वार्थ के किसी स्त्री की मदद नहीं करता। एक दिन जब ज्वाला सिंह ने उन्हें अपने बिस्तर पर खींच लिया तो उन्हें झटका लगा। उन्होंने विरोध किया तो ज्वाला सिंह ने अपना ऐसा

रूप दिखाया कि वे काँप उठीं। उन्हें बच्चों सहित फिर से सड़क पर ला देने की बात वह शख्स कर रहा था, जो उनके पति का अभिन्न मित्र था। जिसे आज तक वे देवता समझ रही थीं पर शायद मर्द कभी देवता नहीं बन पाता, वह भी तब, जब कोई सुन्दर, युवा व मजबूर स्त्री उसे एकाकी मिल जाये।

मालती देवी को समझौता करना ही पड़ा। अपनी किशोर बेटियों की इज़्ज़त और बेटों के स्वर्णिम भविष्य के लिए खुद को कुर्बान करना ही उन्हें ठीक लगा। उन्हें अपना अतीत याद था। माता-पिता की मृत्यु के बाद वे कितनी अकेली हो गयी थीं। एक चचेरा भाई था, जिसने सहारा देने की जगह उनका शोषण करना शुरू कर दिया। वह उन्हें अमीरों के घर भेजता था। विरोध करने पर मारता-पीटता था, भूखा रखता था। रामरतन चौधरी के पास भी वह भेजी गयी थी। रामरतन जी को वे कुछ उदास लगीं तो उन्होंने कारण पूछा। तो वे बिलख-बिलखकर रोने लगीं। सारी कहानी सुनकर रामरतन जी द्रवित हो गये। और उन्हें हमेशा के लिए अपना लिया। मालती देवी के अतीत की भनक कामता प्रसाद को थी इसीलिए उन्होंने मालती देवी को कभी भाभी के रूप में स्वीकार नहीं किया।

मालती सोच रही हैं कि उनकी क़िस्मत भी कैसी है? एक दलदल से निकलकर वे स्वर्ग में आयी थीं। पर दुर्भाग्य स्वर्ग का देवता ही चला गया। अब स्वर्ग में देवता की जगह एक अजगर आ गया है जो उन्हें नर्क में गिराना चाहता है। उससे खुद को बचाती हैं तो बच्चे हमेशा के लिए नर्क में गिर जायेंगे। उन्हें तो नर्क की आदत है पर उनके मासूम बच्चे! नहीं नहीं वे खुद को गिरा देंगी पर बच्चों पर आँच नहीं आने देंगी। एक बच्चा होता तो वे मेहनत-मजूरी भी कर लेतीं, पर पाँच-पाँच बच्चे! काश वे काम लायक पढ़ी-लिखी होतीं। पर माँ-बाप के बचपन में ही गुजर जाने के कारण उनकी पढ़ाई अधूरी छूट गयी थी। आज उन्हें लग रहा था कि किसी स्त्री का पढ़ना-लिखना, आत्मनिर्भर होना कितना जरूरी है। वे अपनी बेटियों को खूब पढ़ायेंगी..और आत्मनिर्भर होने के बाद ही उनकी शादी करेंगी ताकि उन्हें जीवन में कभी उनकी तरह मजबूर होकर समझौता न करना पड़े।

मालती देवी इतना तो जानती थीं कि किसी स्त्री के लिए मर्द का संरक्षण जरूरी होता है पर इस संरक्षण की उसे इतनी बड़ी कीमत देनी पड़ती है, यह वे नहीं जानती थीं। उनके साथ भी यही हो रहा था। उनकी बड़ी बेटी पूनम अब अट्ठारह की हो चुकी है। सुमन पन्द्रह की और किरण बारह की। उन्हें उनकी सुरक्षा की चिन्ता है और विवाह की भी। सभी कॉलेज में पढ़ रही हैं और अब

सब कुछ समझने लगी हैं। ज्वाला सिंह अंकल माँ के कमरे में क्यों पड़े रहते हैं, उन्हें इसका अनुमान है। उन्हें अच्छा तो नहीं लगता पर उन्हें माँ की मजबूरी भी पता है। बाहर जब कोई उनसे अंकल के बारे में पूछता है, वे झल्ला जाती हैं और पूछने वाले की शामत आ जाती है। पूनम ज्यादा तेज-तर्रार है। उसे अंकल बिल्कुल पसन्द नहीं हैं क्योंकि वे बाकायदा माँ के कमरे में बैठ कर शराब पीते हैं। सुमन और किरण को अंकल से उतनी परेशानी नहीं है। वे उनके आने पर खुश होती हैं क्योंकि उनकी हर फरमाइश अंकल पूरी कर देते हैं। आज की पीढ़ी की जरूरतें पूरी होती रहें तो वह बड़ों की बड़ी से बड़ी ग़लती को भी नज़रअन्दाज़ कर देती हैं। नैतिक पतन यूँ ही नहीं चरम पर है। पूनम अपनी बहनों से अलग है। उसमें स्वाभिमान की मात्रा कुछ ज़्यादा है। अंकल के आने पर वह या तो अपने कमरे में बन्द हो जाती है या फिर पास-पड़ोस में जा बैठती है। अंकल में एक बात तो अच्छी है कि वे उन्हें अपनी बेटियों की तरह ही मानते हैं पर बाहर के कुछ लोगों को डर है कि कहीं किसी दिन नशे की खुमारी में वे लड़कियों को अपना शिकार न बना लें। इन्हीं कुछ लोगों में एक वकील साहब भी हैं। वकील साहब बड़े ही सुदर्शन और प्रतिभाशील हैं। उम्र तीस-पैंतीस से कम नहीं, पर रख-रखाव से पच्चीस से अधिक के नहीं लगते। उनके मुकाबले उनकी पत्नी बहुत ही साधारण और उम्रदराज लगती हैं पर पति-पत्नी के बीच ग़जब का सामंजस्य है। दो बच्चे हैं। लड़की आठ साल की व लड़का पाँच साल का है। वकील साहब साहित्य और संस्कृति में भी रुचि लेते हैं। बात-बात पर शेर कहते हैं। लच्छेदार बातें करके किसी भी युवती को अपना मित्र बनाने में माहिर हैं। उनकी इस शौक में उनकी पत्नी भी महत्त्वपूर्ण भूमिका निभाती हैं। पहले वे खुद किसी युवती की मित्र बनती हैं फिर उसे वकील साहब की दोस्त बना देती हैं। किसी स्त्री का ऐसा भी चरित्र हो सकता है यह रमा ने पहली बार जाना था। पूनम उसके साथ एम.ए. कर रही थी। बहुत ही समझदार लड़की थी। फिर भी वकील वफिलाइन साहब की पत्नी होने के कारण लोग उन्हें वकीलाइन कहते थे। के प्रयास से वह वकील साहब की दोस्त बन गयी थी। वकील साहब पूनम के घर की कमजोरियों से वाकिफ थे और उसे अपने ढंग से समझाते रहते थे। अब जब भी अंकल पूनम के घर आते, वह वकील साहब के घर चली आती और देर शाम तक वहीं पड़ी रहती। वकील साहब के घर के दरवाजे उसके लिए हर वक्त खुले रहते। वकील साहब ही नहीं उनकी पत्नी और बच्चे भी दिल खोलकर उसका स्वागत करते। इतना अपनत्व पाकर पूनम को उनका घर अपना लगने लगा। अब उसको अपना घर अच्छा ही नहीं लगता था।

पूनम को पता ही नहीं चला कि कब वह वकील साहब के प्रेम में पड़ गयी। इस प्रेम में वकीलाइन के इस स्लोगन का बड़ा हाथ था कि उन्हें अपने पति का प्रेम शेयर करने में कोई परेशानी नहीं। वे वकील साहब के साथ पूनम को अकेला छोड़कर कहीं भी चली जातीं। घर में रहतीं भी तो दोनों को एकान्त में समय बिताने का पूरा मौका देतीं। वकील साहब जिनका नाम शेखर था, पूरे घाघ थे। वे धीरे-धीरे पूनम को अपनी गिरफ़्त में ले रहे थे। इस काम में उन्हें कोई नैतिक बाधा नहीं थी। उनका विचार था कि ऐसी-वैसी माँ की बेटी का हश्र ऐसा-वैसा ही होता है। उन्हें पूरा विश्वास था कि लड़कियों को उनके तथाकथित अंकल एक दिन शिकार बनायेंगे ही इसलिए वे उनका प्रथम भोग लगाने को आतुर थे। पर वे यह भी जानते थे कि पूनम बहुत ही नैतिक लड़की है। ग़लत चीज को कभी स्वीकार नहीं करेगी, इसलिए उसे प्रेम के नाम पर हासिल करना चाहते थे। पूनम को देखते ही उनकी आँखें और ज़ुबान ही नहीं पूरी देह बोलने लगती। वे देवदास के अवतार बन जाते। पूनम पर इन सब का प्रभाव पड़ने लगा था। शेखर पूनम की देह को जगा रहे थे। अवसर देखकर कभी उसके हाथ सहला देते कभी पाँव। उस स्पर्श में ऐसा कुछ होता था कि पूनम की पूरी देह झनझना जाती। एक अजीब-सा सुख उसे मिलता। वह स्पर्श करने पर उनसे नाराज नहीं होती थी। शेखर को इस बात से शह मिलती। एक दिन जब पूनम उनके ड्राइंगरूम में सोफे पर बैठी थी। वे चुपके से उसके पीछे आये और पूनम के चेहरे को पीछे झुकाकर उसके होंठों को अपने होंठों में भर लिया और उसे जोर-जोर से चूसने लगे। हर चुसकारी पूनम की देह में बिजली दौड़ाती रही। वह तड़प उठी। कई मिनटों के बाद शेखर ने उसे छोड़ा। यह चुम्बन पूनम के लिए बिल्कुल नया अनुभव था। उसकी चेतना शून्य हो गयी थी। गलत-सही, पाप-पुण्य की बात वह नहीं सोच पा रही थी। बिना कुछ बोले वह घर चली गयी और कमरे में बन्द होकर देर तक फूट-फूटकर रोती रही। उसने सोच लिया कि अब वह शेखर के घर नहीं जायेगी। पर कहते हैं न देह का नशा अफ़ीम से ज्यादा सिर पर चढ़ता है। पूनम अब और ज्यादा शेखर के घर जाने लगी। कुछ दिनों चुम्बनों का सिलसिला चला फिर वे आलिंगनबद्ध होने लगे। पूनम को यहाँ तक कुछ भी बुरा नहीं लगता था। इसे वह दोस्ती की प्रगाढ़ता ही समझ रही थी।

पर शेखर को यहीं तक नहीं रुकना था। पर वे पूनम पर एकदम से आक्रमण नहीं करना चाहते थे। उन्हें डर था कि इससे बात बिगड़ सकती है। बात खुलने पर वे खतरे में पड़ जायेंगे, इसलिए वे पूनम को उसकी सहमति से हासिल करना चाहते थे ताकि वह अपनी तरफ से शिकायत करने लायक न रहे।

एक दिन शेखर ने पूनम की तरफ दूसरा कदम बढ़ाया। उसको आलिंगन करते समय उसकी देह में खिले बिजली के फूलों पर आक्रमण कर दिया। उन्हें पूरी तरह अपने वश में कर लिया। बिजली के फूल कभी उनके हाथों में छटपटाते कभी होंठों में। पूनम को लगा वह मर जायेगी। उसका पूरा शरीर उत्तेजना से काँप रहा था। देह के इस रहस्य से वह सर्वथा अपरिचित थी। उसे एक ऐसा सुख मिल रहा था, जिसकी वह कल्पना भी नहीं कर सकी थी। शेखर बार-बार फूलों से खेल रहे थे और वह हर बार अपने नाखूनों से शेखर की जाँघ को लहूलुहान कर रही थी। शेखर समझ गये कि कली यौन का आस्वाद लेने को विकल है पर वे आगे नहीं बढ़े। उस दिन पूनम का मन घर जाने को नहीं हुआ। अब पूनम पूरी तरह शेखर के प्रेम-पाश में बँध चुकी थी। वह उनके लिए किसी भी हद तक जाने और कुछ भी करने को तैयार थी पर शेखर को जैसे कोई जल्दी नहीं थी। अब वे उसे तड़पा रहे थे। कई-कई दिन उससे नहीं मिलते।

रमा को लग रहा था कि पूनम आजकल अनमनी-सी रहती है, पर पूछने पर कारण नहीं बताती। रमा का आना-जाना उसके घर था। पर उसकी सुमन से ज्यादा पटती थी। सुमन ने ही उसे बताया कि पूनम आजकल वकील साहब के घर ज़्यादा जाती है। किसी की बात नहीं मानती। सुमन को वकील साहब बिल्कुल अच्छे नहीं लगते थे। उनकी दोहरी बातें उसे नहीं भाती थीं पर जाने क्यों पूनम पर उनका जादू चढ़ा रहता है। उनकी ज़रा-सी भी शिकायत नहीं सुन पाती। रमा को भी वकील साहब कुछ ठीक नहीं लगते थे पर वह यह भी नहीं जानती थी कि पूनम से उनके रिश्ते कैसे हैं? वह तो यह अनुमान भी नहीं लगा पायी कि वे इस तरह भी गिर सकते हैं। शादी-शुदा व बच्चों वाले होकर भी वे एक कन्या को नष्ट कर सकते हैं। फिर भी वह इस तरह के दूसरे उदाहरणों से पूनम को समझाया करती। उसकी बातों का असर पूनम पर हो रहा था। उसे यह लगने लगा था कि शेखर के पास अपना घर-परिवार, पत्नी-बच्चे, नाते-रिश्तेदार, पद-प्रतिष्ठा सब है। वे उसे कभी अपना नहीं सकते। दुनिया की नजर में उनका रिश्ता ग़लत है, अवैध है। पर वह क्या करे?उनसे दूर रहना भी मुश्किल है। किस दुष्चक्र में फँस गयी है वह? जिस तरह के रिश्ते को वह खुद हेय दृष्टि से देखती है, अनजाने में उसी तरह का रिश्ता वह बना बैठी है। अंकल और माँ को वह इसीलिए तो नफरत से देखती है कि उनके बीच का रिश्ता अवैध है। पर माँ तो मजबूर थी। अपने बच्चों की बेहतर परवरिश के लिए उस बन्धन में पड़ी, पर वह तो स्वेच्छा से इस बन्धन में पड़ी है। उसकी तो कोई मजबूरी नहीं। अब उसे लगता कि शेखर ने जान-बूझकर उसकी भावनाओं को हवा दी। उसकी

देह की युवा कामनाओं को जगाया। उसकी उम्र भी तो ऐसी है कि मन हमेशा रंगीन सपने देखता है। रोमांटिक गीत, उपन्यास कहानियाँ और फिल्में अच्छी लगती हैं। शेखर का रूप-रंग, रोमांटिक बातें, शेरो-शायरी, उसकी हर चीज़ की प्रशंसा ने उसका दिल जीत लिया तो उसकी क्या गलती है? वह नासमझ थी पर वे तो समझदार थे। उसे वकीलाइन पर भी गुस्सा आता—कैसी औरत है जो यह कहती है कि उसे पति का प्यार बाँटने में परहेज नहीं। पति को दूसरी स्त्री के साथ अकेला छोड़ देती है। वह तो कभी ऐसा नहीं कर पाती। उसे तो अब शेखर का पत्नी से प्यार जताना भी नहीं भाता। शेखर अक्सर उससे प्यार जताते-जताते जाने किस आवेग में भर कर पत्नी के कमरे में चले जाते हैं और कुछ देर के लिए दरवाजा बन्द हो जाता है। दरवाजा खुलने पर दोनों खुश-खुश बाहर आते हैं। जितनी देर शेखर पत्नी के कमरे में बन्द रहते हैं, उतनी देर पूनम अंगारों पर लोटती रहती है। शिकायत करने पर शेखर उसे समझा देते—पत्नी है उसकी इच्छा का आदर करना भी मेरा कर्तव्य है। वह मेरे लिए इतना करती है तो मैं उसे छोड़ तो नहीं सकता।

पूनम उलझ गयी है। उसका दिल दिमाग बँट गया है। दिमाग कहता है शेखर उसे इस्तेमाल कर रहे हैं, इसलिए उनसे दूर रहो। दिल को उनके सान्निध्य के लिए सब कुछ मंजूर है। वह शेखर के ऑफिस से लौटने से पहले ही उनके घर जाने के लिए उसे सजाने-सँवारने लगती और दिमाग की आवाज़ को दबा देती।

मन्त्र-मुग्ध सर्पिणी की तरह पूनम का वश खुद पर नहीं रह गया था। अब वह शेखर को पूरी तरह पा लेना चाहती थी। जीवन के इस रूप को वह देख लेना चाहती थी। शेखर का अब तक किया प्रेम उसे अच्छा लगा था। वह सोचने लगी थी कि मिलन का रंग तो और गहरा और प्यारा होगा। वह रात भर जागती और उस सुख की कल्पना में विभोर रहती। पर शेखर वह अवसर आने ही नहीं दे रहे थे।

एक दिन पूनम ने सोचा कि जब वकीलाइन उससे इतनी खुली हुई हैं तो क्यों न अपने प्रेम-सम्बन्ध का वह खुलासा कर दे। जानती तो वह हैं ही, फिर भी...। शायद तब वे उनके मिलन का स्थायी प्रबन्ध कर दें। पर जब उसने उन्हें सब कुछ बताया तो उनका चेहरा उतर गया। पता नहीं वे बन रही थीं कि सच ही उन दोनों के बीच की इतनी नजदीकी की खबर से उन्हें धक्का लगा था। दूसरे दिन जब वह शेखर के घर गयी तो थोड़ा तनावपूर्ण माहौल लगा। उसे देखते ही वकीलाइन ढेर सारे गन्दे कपड़े लेकर उनको धोने के बहाने बाथरूम में घुस गयीं। शेखर उसे अपने बेडरूम में ले आये और उसे बिस्तर पर लिटा दिया। वे

उसे चूमने लगे थे पर उनके चुम्बन में वह पहले वाली आग न थी। उसे अच्छा नहीं लगा तो उसने उन्हें खुद से अलगाना चाहा, पर उनकी पकड़ मजबूत थी। वे उसके कपड़े उतारने लगे। वह तनाव में थी कि अगर उनकी पत्नी आ गयी तो क्या सोचेंगी? फिर उसने मधुर मिलन का जो सपना सँजोया था वह इतना मशीनी और तात्कालिक नहीं था। पर शेखर मानने को तैयार नहीं थे। वह इस डर से नहीं बोल पा रही थी कि उनकी पत्नी सुन लेगी। फिर भी खुद को बचाने की पूरी कोशिश कर रही थी। जब सफलता नहीं मिली तो उसने खुद को ढीला छोड़ दिया। और आँखें बन्द कर इस क्रिया का आनन्द लेने की कोशिश करने लगी पर ये क्या उसे तो कोई आनन्दानुभूति ही नहीं हो रही है। शेखर मात्र दो मिनट उसकी देह पर चढ़े रहे फिर उतर गये और उसे दूसरे बाथरूम में जाकर खुद को अच्छी तरह साफ कर कपड़े पहन लेने का आदेश दिया। उसने सदमे की हालत में अपने कपड़े उठाए और बाथरूम में घुस गयी। लौटी तो शेखर ड्राइंगरूम में बैठे थे। वह उनके सामने जा बैठी। वे थोड़ी नाराजगी से बोले—पत्नी को सारी बातें बताने की क्या जरूरत थी? जब तीनों सब कुछ समझ रहे हैं। वे इतनी देर से बाथरूम में हैं, क्या यह अकारण है? सब जानती-समझती हैं। अभी जो हुआ उसे न बता देना कभी। अब तुम घर जाओ।

वह आत्मग्लानि से भरी कुछ देर वहीं खड़ी रही फिर नौ-नौ मन के हो रहे कदमों को घसीटती अपने घर आयी और अपने कमरे में बन्द हो गयी।

अब उसे समझ में आया कि उसके साथ क्या हो गया है? पर वह किसी को बता भी तो नहीं सकती थी। सब कहेंगे तुम ही तो उनके घर जाकर पड़ी रहती थीं। इतनी भी नासमझ नहीं हो।

उधर उसकी देह जागी हुई थी। शेखर ने उसकी देह को जगा तो दिया था पर तृप्त नहीं किया था। वह तड़प रही थी। अब वह क्या करे? शेखर का चेहरा आज कितना अनजाना-अनपहचाना लग रहा था। वकीलाइन ने तो आज उससे बात भी न की थी। क्या अब वह पहले की तरह बार-बार उनके घर जा सकेगी? शेखर के पास तो एक भरपूर नारी देह है पर वह इस जागी देह का क्या करेगी? यह किस मोड़ पर लाकर खड़ा कर दिया उसे शेखर ने? जीवन के ऐसे ही मोड़ लड़की को गलत रास्ते पर ले जाते हैं पर वह खुद को सँभालेगी।

वह फिर सोचती उसकी देह क्यों नहीं तृप्त हुई? क्यों उसे सहवास का पता ही नहीं चला? दो मिनट में कोई क्योंकर सन्तुष्ट हो सकता है? क्या शेखर पूर्ण पुरुष नहीं है? या फिर शेखर को कोई तनाव था? हो सकता है क्योंकि उसकी पत्नी घर में ही थी। फिर जरूरत क्या थी इस जल्दबाजी की? क्या वह पूर्णाहुति

करके इस रिश्ते को खत्म करना चाहता था या फिर पत्नी ने प्रतिरोध करना शुरू कर दिया था। कुछ तो ग़लत था जो पूनम नहीं समझ पा रही थी। वह रात भर सोचती रही, रोती रही। कभी लगता उसके साथ रेप हुआ है। उसका धर्म भ्रष्ट कर दिया गया। उसका कौमार्य लूट लिया गया। उसका शोषण किया गया। कभी सोचती वह शेखर से कैसे मिलेगी? अगर एक बार भी शेखर उसकी कामनाओं को तृप्त कर दे तो वह खुद को सँभाल लेगी। भावनाओं के द्वन्द्व में रात भर जागने के कारण सुबह तक उसे नर्वस ब्रेक डाउन हो गया। उसकी हालत देखकर घर वाले परेशान हो गये। कारण वह बताती नहीं थी। सिर्फ उसके आँसू बहते रहते। भूख-प्यास मर गयी। रमा उसे देखने आयी तो दंग रह गयी। अट्ठारह वर्ष की हँसती-खेलती लड़की को अचानक कौन सा रोग लग गया? यह तो वह जान गयी कि उसके साथ कुछ बुरा हुआ है पर क्या? यह पता लगाना मुश्किल था। उसने आंटी से कहा कि किसी मनोचिकित्सक को दिखा देते हैं। परीक्षाएँ करीब हैं, इस मनःस्थिति में वह परीक्षा कैसे देगी? सुमन और वह उसे लेकर एक डॉक्टर के पास गयीं। डॉक्टर ने उन्हें बाहर रोक दिया और पूनम को लेकर अपने परीक्षण कक्ष में चले गये।

पूनम बड़ी-सी मेज पर लेटी हुई थी। उसकी आँखों से आँसू बहे जा रहे थे। वह कुछ भी नहीं बता रही थी। डॉक्टर आनन्द समझ गये कि लड़की आत्मग्लानि और अपराधबोध से ग्रस्त है। उन्होंने उसे बड़ी मुश्किल से अपने विश्वास में लिया ताकि वह उन्हें अपना मन दिखा सके। सब कुछ जानकार डॉक्टर आनन्द सकते में आ गये। एक मासूम बच्ची को पहले मनोवैज्ञानिक तरीके से वशीभूत किया गया फिर उससे इस तरह दुराचार किया गया था कि वह खुद को ही अपराधी मान रही थी। उन्होंने पूनम को समझाया कि शेखर उससे प्रेम नहीं करते। उन्होंने उसकी स्थिति का लाभ उठाया है बस। खैर अब जो हुआ सो हुआ उसे भूलने की कोशिश करो और किसी भी हालत में शेखर से न मिलो। मैं कुछ दवाई देता हूँ उस दवा से तुम्हें नींद भी आयेगी और तुम अच्छा भी महसूस करोगी।

सुमन और रमा को इतना तो पता चल ही गया था कि पूनम की इस हालत के लिए कहीं न कहीं शेखर ज़िम्मेदार हैं पर जब तक पूनम खुद कुछ न बताए, वे इस विषय पर बात करके उसे और परेशान नहीं करना चाहती थीं।

दवा के असर से पूनम सोने लगी। उसकी सेहत भी सुधर रही थी पर एक नयी बात भी हुई कि वह शेखर के बारे में सकारात्मक सोचने लगी। उसे लगने लगा उनके बीच जो हुआ, वह गलत नहीं था। शेखर ने उसे न केवल प्यार किया

था बल्कि अपने घर के मन्दिर में उससे शादी भी की थी। उसके बाद ही उसे छूने लगे थे। फिर वह गिल्टी क्यों महसूस कर रही है? वे उसे प्रारम्भ से ही अपनी पत्नी के रूप में देखते रहे थे। पूनम को याद है जब शुरू-शुरू में वह उनके घर जाती तो वे उसका बड़ा सम्मान करते थे। घर में कोई भी पूजा-पाठ होता। वे एक तरफ पत्नी को तो दूसरी तरफ उसको बैठने को कहते। हालाँकि वह नहीं बैठती कि लोग क्या कहेंगे? इस बात पर उन्होंने कह दिया—जब उन्हें लोगों की परवाह नहीं तो उसे क्यों होती है? वे उसे अपनी पत्नी मानते हैं। उनकी बात को वह हँसकर टाल गयी पर उनकी यह बात उसके मन को गुदगुदाती रही। वह सोचने लगी—काश शेखर उसके पति होते!

वह छुट्टी का दिन था। आकाश में बादल छाए हुए थे। लगता था कि मूसलाधार बारिश होगी। फिर भी पूनम शेखर के घर जाने को तैयार होने लगी। माँ ने मना किया तो नहीं मानी। रास्ते में ही बूँदा-बाँदी शुरू हो गयी। शेखर के दरवाजे पर पहुँचते-पहुँचते वह सराबोर हो गयी। दरवाजा शेखर ने ही खोला। वह अन्दर आयी तो घर में सन्नाटा लगा। शेखर ने बताया कि कल शाम को ही पत्नी बच्चों के साथ मायके गयी है। पूनम ने सोचा कि उसका आना तो सुनिश्चित था, फिर उन्होंने उसे आने से मना क्यों नहीं कर दिया? क्या वे स्वयं उससे एकान्त में मिलना चाहते थे। उसे सोचते देखकर शेखर ने उसे बाँहों में भर लिया और चूमने की कोशिश की तो वह किनारे खड़ी हो गयी। उसने कहा—यह पाप है। उसके अन्दर इतनी गहरी नैतिकता होगी, इसका अनुमान शेखर नहीं लगा पाये थे। पर हार मानना उन्होंने भी नहीं सीखा था। भावुक स्वर में बोले—अपनी पत्नी के साथ यह पाप नहीं है।

'मैं आपकी पत्नी नहीं हूँ।'

—पर मैं तो मानता हूँ।

'मान लेने से कोई किसी की पत्नी नहीं हो जाती।'

—तो इधर आओ...उन्होंने उसे बाँह से पकड़ा और घर के उस कोने में ले गये, जहाँ छोटा-सा एक मन्दिर बना था। मन्दिर में माँ दुर्गा की प्रतिमा थी। उन्होंने माँ के सामने थाल में रखे सिन्दूर को उठाया और उसकी माँग भर दी। वह अवाक् खड़ी रही तो बोले—मैं ईश्वर को साक्षी मानकर तुम्हें अपनी पत्नी स्वीकार करता हूँ। पूनम संज्ञा शून्य थी उसने अपनी तरफ से कोई कसम नहीं ली।

उस दिन के बाद से ही शेखर उसे साधिकार छूने लगे थे और उसे भी उनका स्पर्श बुरा नहीं लगता था।

पूनम की भावनाएँ डॉक्टर के नसीहत पर भारी पड़ीं और एक सप्ताह भी न बीता कि पूनम फिर से शेखर के दहलीज पर आ खड़ी हुई। पहले दरवाजा खुलने में देरी हुई फिर वकीलाइन के चेहरे पर नागावारी के भाव उभरे। इन सब पर ध्यान न देकर वह ड्राइंगरूम में आकर बैठ गयी। ड्राइंगरूम उसे कुछ बदला-बदला लगा। उसने गौर किया कि शेखर के जन्मदिन पर उसके द्वारा भेंट दी गयी फूलों की झाड़ गायब है। साथ ही वे चीजें भी नहीं हैं जो शेखर और उसकी सहमति से खरीदी गयी थीं और कुछ दिन पहले तक जिनका घर में खास स्थान निर्धारित था। बच्चे भी पहले की तरह उसके पास नहीं आये। उसके आने की खबर पाकर शेखर बाथरूम से तौलिया लपेटे ही निकल आये। पूनम ने देखा तौलिए में लिपटा शेखर का शरीर कितना क्षीण और छोटा है। पुरुषोचित सुडौलता का नामोनिशान नहीं। क्या इसी पुरुष के पीछे वह पागल है?

—कैसे आना हुआ? शेखर ने घबराये स्वर में पूछा।

'तो अब उसको अपने आने का कारण बतलाना होगा'—उसने सोचा।

—दरअसल हम लोगों को कहीं जाना है। फिर आना तो बातें होंगी।

स्पष्ट संकेत था कि पूनम यहाँ से जाये। वह उठकर चल दी। अपने घर पहुँचते ही उसे बुखार हो आया। फिर वही डिप्रेशन...वही द्वन्द्व...एक-दूसरे को काटते विचार। कभी खुद को ठगा महसूस करती, कभी लगता वह शेखर को ग़लत समझ रही है। वह समझ नहीं पा रही थी कि शेखर से उसे प्रेम है या नफरत। कभी लगता उसे शारीरिक सुख ही मिल गया होता तो शायद वह शेखर के बदले रूप को भूल जाती। पर उसे सब कुछ खोने के बाद भी कुछ न पा सकने की कसक साल रही है। वह शेखर को यूँ ही नहीं छोड़ सकती है। कभी वह खुद पर नाराज होती। क्यों वह पागलों की तरह शेखर के घर दौड़ लगाती थी? क्यों नहीं समझी कि बाल-बच्चेदार आदमी किसी लड़की से प्यार नहीं कर सकता? क्या उसे भी देह की भूख थी? शायद हाँ तभी तो शेखर के दो मिनट के मशीनी संसर्ग ने उसे तड़पा कर रख दिया है। वह तृप्ति के लिए बेचैन है। शेखर क्यों नहीं समझते यह बात? उनके पास तो एक स्त्री मौजूद है पर उसके पास तो कोई पुरुष नहीं। कभी सोचती शेखर प्रेम में क्यों असफल रहे? क्या उनमें कोई शारीरिक अक्षमता है? उनसे फिर संसर्ग हो तो पता चले। पर वे तो जैसे उससे दूर भाग रहे हैं। क्या करे वह? कहीं उसमें ही तो कोई कमी नहीं पा गये वे? आखिर क्यों उसके युवा देह का आकर्षण भी उन्हें नहीं बाँध पा रहा है? कहीं वे उसके भावनात्मक उबाल से तो भयभीत नहीं है। अपने परिवार को खो देने या समाज की रुसवाई का डर तो उन्हें नहीं रोक रहा। कोई कारण तो

जरूर होगा। वे उसे बता देते तो वह उनका सहयोग ही करती, पर वे तो पलायन कर रहे हैं। उनके इस पलायन ने ही उसे बीमार किया है।

एक दिन इसी डिप्रेशन में वह उठी और शेखर के घर जा पहुँची। गर्मी की तपती दुपहरिया थी। हवा तक जैसे किसी शीतल छाया में सो रही थी। दरवाजा शेखर ही ने खोला और उसे देखते ही बोला—बावली हो गयी हो, इस दुपहरिया में। अच्छा आ ही गयी हो, तो अन्दर आओ सब सो रहे हैं। शेखर के बेडरूम में जमीन पर ही गद्दा पड़ा हुआ था। सभी आड़े-तिरछे लेटे सो रहे थे। वकीलाइन ने एक बार आँखें खोलकर उसे देखा फिर करवट बदल कर सो गयीं। शेखर भी लेट गये और उसे भी लेट जाने का इशारा किया। वह बच्चों के पास लेट गयी। शेखर ने एक चादर अपनी देह पर डाल ली थी। चादर के भीतर उन्होंने उसका हाथ पकड़ा और अपने पुरुष अंग पर रख लिया। उसने हाथ खींचना चाहा तो उसके हाथ को कसकर जकड़ लिया और तभी छोड़ा, जब सन्तुष्ट हो लिए। उसका हाथ गन्दा हो गया था। उसे बड़ी वितृष्णा हो रही थी। सोचने लगी—यह आदमी कितना स्वार्थी है। अपना सुख साध लेता है पर दूसरे के सुख की उसे परवाह तक नहीं है। यह उसे इस्तेमाल कर रहा है। शायद यह इसके लायक ही नहीं है। किसी स्त्री को सन्तुष्ट करना इसके बूते की बात नहीं, तभी तो उससे भागा फिर रहा है। पता नहीं पत्नी को कैसे खुश रखता होगा? हो सकता है पत्नी अपनी जरूरत कहीं और पूरी करती हो, तभी तो इसके लिए क्षणिक सुख का साधन जुटाती फिरती है। इधर एक और लड़की इनके घर ज़्यादा दिखने लगी है। वह भी किससे बँधी है? उसे मुक्त होना ही पड़ेगा, वरना वह इस आदमी की रखैल बन कर रह जायेगी। रखैल भी कैसी, जिसे न यह संरक्षण देगा न देह-सुख और कुछ तो दूर की बात है। वह खुद पर नियन्त्रण रखेगी। दुर्घटना समझकर सब कुछ भूल जायेगी। किसी गलती को जीवन भर दुहराना समझदारी तो नहीं। वह घर लौटी और फिर कभी शेखर के घर नहीं गयी। वह अपने डिप्रेशन से लड़ रही थी, इसलिए चिड़चिड़ी हो गयी थी। इधर वह अपनी माँ से लड़ती और कहती—मेरा जल्द विवाह कर दो। वह न केवल शेखर से बल्कि अपने शहर को भी छोड़ जाना चाहती थी। यहाँ वह खुद को पराजित महसूस कर रही थी। उसका जैसे दम घुट रहा था। शेखर ने उसके साथ छल किया है। शायद इसलिए कि वह एक ऐसी माँ की बेटी है जिस पर किसी की रखैल होने का तमगा चिपका है। पर अंकल ने कितना कुछ माँ और उनके बच्चों के लिए किया भी है। अब उसके लिए लड़का भी ढूँढ़ रहे हैं। उनके कारण ही तो उसका परिवार बना हुआ है वरना जाने क्या हो जाता? शेखर उनका एक अंश भी नहीं कर सकता।

यह संयोग ही था कि विधायक अंकल के प्रयास से दिल्ली में एक अधिकारी लड़का मिल गया। धूमधाम से शादी हुई। शेखर भी उसके विवाह में आमंत्रित थे। उसकी विदाई में सबसे ज्यादा शेखर ही रोते दिखे। उन्हें रोते देख एक पल के लिए पूनम के मन में विचार आया कि—कहीं सच ही उन्हें उससे लगाव तो नहीं था पर दूसरे ही क्षण उसने इस विचार को अपने दिमाग से झटक दिया।

पूनम डरी हुई थी। शेखर के साथ उसका संसर्ग कष्टकारी साबित हुआ था। वह सोच रही थी कि कहीं पति भी शेखर जैसा न निकले। पर पति समझदार था उसने उसे सुख से सराबोर कर दिया। पति से भरपूर प्यार पाते ही पूनम ने शेखर को क्षमा कर दिया। उसका आत्मविश्वास लौट आया। वह किसी फूल की मानिन्द खिल उठी। एक वर्ष बाद जब वह ससुराल से लौटी तो शेखर उससे मिलने आये और एकान्त पाकर उससे पहले की तरह प्रेम जताना चाहा तो वह बेरुखी से बोली—अब मेरी शादी हो चुकी है।

वे भावुक स्वर में बोले—यही तुम्हारा प्रेम था। तुम तो कहती थीं आजीवन साथ निभाऊँगी। वह हँसी और उठकर वहाँ से चली गयी। शेखर आहत से उसे देखते रह गये। पूनम सोच रही थी—यह आदमी कितना शातिर है। अब भी उसे इस्तेमाल करना चाहता है। कहीं यह उसकी छोटी बहनों को न शिकार बना ले। घर में उसका आना-जाना तो है ही। माँ उसपर विश्वास भी बहुत करती है। नहीं.. वह ऐसा नहीं होने देगी। उसने अब तक अपनी बहनों को नहीं बताया था कि उसके डिप्रेशन की वजह शेखर थे। अब वह सब कुछ बता देगी। रात को जब सभी बहनें साथ लेटीं तो पूनम ने सारी कहानी बतानी शुरू की। उसे यह जानकार आश्चर्य हुआ कि बहनें सारी बात जानती थीं। सुमन ने भी एक घटना उसे बताई।

पूनम की विदाई के तत्काल बाद वे उसके कमरे में आये और उससे प्रेम जताने लगे। फिर उसका हाथ पकड़ लिया। वे आवेश में काँप रहे थे। उन्हें पता नहीं था कि वह उनकी असलियत जानती है। उसने उन्हें डपट कर कहा—मेरा हाथ छोड़िए वरना चिल्लाऊँगी। आप मुझे पूनम की तरह भोली मत समझिएगा।

शेखर काँपते हुए वहाँ से चले गये।

पूनम को खुशी हुई कि उसकी बहनें उससे ज्यादा समझदार हैं और वे किसी दुष्चक्र में नहीं पड़ेंगी। उन्होंने माँ के जीवन से सच्चा सबक ले लिया है।

अन्तहीन

नये वर्ष का आगमन हो चुका है। रमा सोच रही है कि अब तो ज़िन्दगी की उल्टी गिनती शुरू हो गयी है। कितना अजीब एहसास है। पहले वह ज़िन्दगी को आगे बढ़ता देख खुश होती थी अब घटता देख उदास है। जबकि जो बढ़ता है वह घटता भी है, यही कुदरत का सत्य है। वह सोचती है कि अभी तक जीवन में न तो कुछ स्मरणीय नहीं कर पायी है और न उसके पास दुनियावी उपलब्धियाँ ही हैं? जैसे धन-दौलत, महल-दो महल, पद-प्रतिष्ठा, गाड़ी-घोड़ा आदि। मित्रों और रिश्तेदारों की दृष्टि से भी वह लगभग कंगाल ही है। पर जब वह सकरात्मक सोचती है तो लगता है इतना भी व्यर्थ नहीं गया उसका जीवन। उसने हजारों को ज्ञान दिया, प्रेम दिया, उम्मीदें दीं, हौसला दिया—यह कोई कम तो नहीं है। ठीक है बदले में उसे धन-दौलत नहीं मिला पर उसके इस व्यक्ति रूप को सम्मान तो मिला ही।

जहाँ तक उसके स्त्री रूप का प्रश्न है, उसको भी वह मिला, जो कम ही स्त्रियों के नसीब में होता है। वह उपलब्धि है—एक सच्ची आजादी। इस भारतीय

समाज में कितनी स्त्रियाँ स्वतन्त्र हैं? आर्थिक रूप से स्वनिर्भर, उच्च पद-प्रतिष्ठा प्राप्त स्त्रियाँ भी लगभग गुलामी का जीवन जी रही हैं। देह से आजाद हैं तो मन से गुलाम। उससे भी नहीं तो किसी न किसी रूढ़ि या परम्परा की गुलाम और धर्म तो है ही जिसकी जकड़ से वे खुद भी मुक्त नहीं होना चाहतीं। उन्होंने खुद को नाना शृंखलाओं में जकड़ रखा है। वे अकेले होने से डरती हैं इसलिए उधार लिए तमाम विचारों की गुलामी करती हैं। रिश्ते-नातों के अन्तहीन सिलसिले के निर्वहन में उनकी पूरी ज़िन्दगी चुक जाती है। भ्रम तो उन्हें भी होता होगा कि वे आजाद हैं...खुश हैं पर वह जीवन को समझ ही कहाँ पाती हैं?

वह भी तो पहले उन्हीं के जैसी थी। कहाँ समझ पायी थी जीवन को...प्रेम को! कहाँ जानती थी कि जिस प्रेम को वह बाहर ढूँढ़ रही है वह उसके ही भीतर है। उसने दुनियावी उपलब्धियाँ भले नहीं पायी हों पर उसका आत्मविश्वास, उसकी चेतना छोटी उपलब्धि नहीं है। वह सोचती है कि काश जीवन के प्रारम्भ में ही वह इस सत्य को समझ गयी होती तो आज उसका जीवन दूसरा होता। वह इस समाज के लिए संसार के लिए बहुत कुछ कर चुकी होती। पर अभी भी देर नहीं हुई है क्योंकि अभी उसका अन्त नहीं होने वाला। यह सोचते ही वह प्रसन्नता से भर उठी।

रमा प्रसन्नता से अपने भविष्य की रूप-रेखा बना रही है। पर समाज उसकी इस प्रसन्नता को समझ नहीं पा रहा है। वह उसे डरा रहा है। अकेलेपन का हौआ खड़ा कर रहा है। कह रहा है कि जीवन में परिवार, रिश्तेदार जरूर होने चाहिए, वरना बुढ़ापा कष्टदायक होगा। अन्तिम संस्कार करने वाला कोई नहीं मिलेगा। मुक्ति नहीं मिलेगी। वह सोच रही है—तो क्या इसी सुरक्षा की चाहत में रिश्ते-नाते बनाये जाते हैं? और निभाए जाते हैं मन मारकर भी। प्रेम की जगह स्वार्थ का रिश्ता! भविष्य की सुरक्षा के लिए वर्तमान की जद्दोजहद! अनन्त गुलामी। मृत्यु के बाद की चिन्ता में घुलता वर्तमान बड़ा दयनीय लगता है उसे। बुढ़ापे की सुरक्षा में वर्तमान के आजादी की कुर्बानी विचित्र है न। रिश्तेदार चाहते हैं कि अपने बुढ़ापे की सुरक्षा के लिए, अपनी अर्थी को कन्धा सुनिश्चित करने के लिए वह अभी से अपने कन्धों पर उन्हें लादकर चले। अपना सब-कुछ उनके नाम लिख दे। पर रमा को अपनी चिन्ता नहीं है उसने अपना पूरा शरीर मेडिकल कॉलेज को बहुत पहले ही दान कर रखा है ताकि उसका शरीर मृत्युपरान्त भी काम आ जाये। करीब उसी के जैसी अकेलेपन की स्थिति में अनामा और श्यामा भी हैं। पर वे डरी हुई हैं। समाज के लोगों द्वारा खींचे गये बुढ़ापे और मृत्यु के काल्पनिक भयावह चित्र उन्हें भयभीत करते

हैं। अकेली स्त्री के दुखद अन्त की अनगिनत कहानियाँ उन्होंने सुन रखी हैं। श्यामा को अपने बेटों से सहारे की कोई उम्मीद नहीं तो अनामा का कोई है ही नहीं। रमा को उसकी बहनें आश्वस्त तो करती हैं पर वह उनकी सीमाओं से परिचित है। वे अपने पतियों के अधीन हैं और अपनी आजाद ज़िन्दगी के नाते रमा उनकी आँखों को हमेशा खटकती रही है। सहारा मिल भी जाये तो क्या वह दूसरों के हिसाब से जीवन जी पायेगी? पराधीनता का जीवन बड़ा कष्टदायक होता है। वह भी बुढ़ापे में...पर वह हार नहीं मानने वाली।

आज वर्ष के पहले दिन रमा ने इस समस्या का काट सोच लिया। अवकाश-प्राप्ति के बाद वह अनामा और श्यामा के साथ मिलकर एक वृद्धाश्रम खोलेगी, जिसमें निराश्रित अकेले बूढ़ों को शरण दी जायेगी। सभी बूढ़ों को उनकी क्षमता के अनुसार कार्य दिया जायेगा ताकि उन्हें बेकार या पराश्रित होने का बोध न हो। उनका बुढ़ापा भी सबके साथ आराम व खुशी के साथ गुजर जायेगा। इस नवीन कल्पना से उसका मन प्रफुल्लित हो उठा और वह अपनी पढ़ने वाली मेज-कुर्सी पर आ बैठी। थोड़ी देर में वृद्धाश्रम का ड्राफ्ट उसके हाथ में था और वह अनामा और श्यामा से हँस-हँस कर उस सम्बन्ध में बात कर रही थी।

□□